J・ミシュレ

学生よ

一八四八年革命前夜の講義録

〈新版〉

大野一道◉訳

藤原書店

〈新版〉によせて

本書初版が刊行された一九九五年は、ベルリンの壁が崩壊し、ソビエト型社会主義の破綻が明らかになってからまださほど時へぬ頃であった。ミシュレが一八四八年の二月革命の前夜に学生たちに講義した記録である本書には、同じ年にマルクスらにより発表された『共産党宣言』と暗々裏に比較しつつ、一九六八年の五月革命の理念との共通性という観点から、ガエタン・ピコンが解説を付した版（一九七一年）があり、それをもとに訳出したのだった。

初版発行からはや二〇年近く、世界はグローバリゼーションという名のもとでの一体化が進む一方、九・一一に代表されるテロリズム――それは文明の衝突ないし新しい形での宗教戦争の側面を持っているのかもしれないが――そういった形での憎しみや不寛容の蔓延、また社会的格差の拡大といった暗雲に覆われている。そんな今この『学生よ』を読み返すとき、ミシュレの言葉はなお一層の重みをもって心に響いてくるのではないだろうか。

ミシュレの言葉をいくつか引いておこう。第一回講義では「深い社会的分裂」について語り始めるとともに、学生たちに向かい、皆さんは「世界を統一するという仕事」を委託されているのだと訴える。それは、民族、宗派、階級といったさまざまな差異を越えて、まず人間としてあることの自覚から始まるという。ミシュレ自身、そこでは一人の人間として学生たちに向き合っているというのだ。さらに第八回講義ではつぎのように述べる。「今日までの政治は、いまだ野蛮状態にあるのです。／政治が、そうした状態からもう一度脱するために第一に必要なことは、心が変ることです」と。そして続ける。「対立する階級」の間でも、自らと相手とを「結びつけているきずなをより良く理解すること」が重要なのだと。

もちろんミシュレは、十九世紀半ばのフランスを念頭においてこう述べているわけだが、二十一世紀の世界でも同じようなことが言えないだろうか。「対立する」のは「階級」のみならず、国家や民族、あるいは部族、そして宗教や宗派かもしれない。しかし何よりもまず「人間として」の「きずな」を再発見するという「心」の変化が必要であり、そういった内的変化によって、この「野蛮状態」を抜け出すことが必要なのだ。そこにはまず人間としての友愛を、一人ひとりの中で、とりわけ学生のような若者たちの中で育んでゆくことが肝要だろう。世界中で憎しみや不寛容が広まっている今日、彼のこの講義に今一度耳傾けることはけっして無意味ではあるまい。

大野一道

二〇一四年九月

◇学生よ〈新版〉――目次

学生よ

一八四八年革命前夜の講義録

〈新版〉

凡例

一　原文のイタリックは書名等の場合は『　』で、引用文の場合は「　」で囲み、強調の時は傍点を振るのを原則としたが、一部「　」で囲ったところもある。

一　原注は（1）、（2）……の印を付けて各章末に置いた。

一　訳注は＊1、＊2、……の印を付けて巻末にまとめたが、本文中に〔　〕でくくって補ったものも幾つかある。

一　原文がラテン語のところはカタカナで訳した。

分裂を越えて、結合を！

皆さん、
私は体調が良くないのですが[*1]、この講義を始めたいと思いました。奇妙な一年がちょうど過ぎ去ったあとで、皆さんの精神の中で重要かつ嘆かわしい問題が検討されているのを知っていたし、感じていたからです。ああしたスキャンダル、あの道徳的ワーテルロー[*2]のあと（ただし、何人かの人のワーテルローだったのですが）、私は皆さんの考えに気づいていたし、皆さんが黙って討議していることを聞いていました。私はそこに加わりたいと願いました。もし病気だったとしても、多分この時代の一番重い病人ではないだろうし、話をするべきだと感じたのです。
変わりやすい健康状態が、この教壇から遠ざかるどころではない、逆に再び登壇しなければと言っていたし、促していました。これからどれくらい教え続けられるだろうか？　それを言うことはできません。不安定な健康状態は自然からの警告ではないまでも、忠告なのです。そうでなければ一体何でしょう？　こうした健康状態でなければ、私は、ああして急いで産み出すことを、二十年間に、というのは一八二七年から四七年にかけてですが、二十巻の書物と、それらに関する個々別々の二十の講義を世に出すことを、多分忘れていたでしょう。私は沢山産み出しました、あまりにも沢山。

したがって夢みなければならないのです、皆さん。――本を書き終えながら私は、この講義の中で皆さんを私の内面生活に、もっと親密に参加させ、皆さんに私の方法、やり方、手段を、さらにいっそう伝えねばなりません。もしも独自のそうしたものを持っていれば、ですが。ここには、自分の方法を隠してその成果を示す芸術家はいません。弱さを得意気に見せびらかすようなことも、われわれには無縁です。ここには、自分の持っている人間的なものを、それを修正拡大しながら継承してくれるだろう人々に、提出する一人の人間がいます。無邪気に自分の限界を示し、自らへの批判を教え、今日自分に欠けているものは何かと述べる一人の人間がいます。――今日私に欠けているものを、皆さんは明日になれば作ってくれるでしょう。皆さんはいっそうよく準備され、さらに精神の自由を獲得し、われわれの欠陥そのものによって教えられます。だから皆さんは、われわれの時代の人々に重くのしかかっていた、心の内と外にある諸々の運命から、解放されていくでしょう。

時間と知識に恵まれた者の義務

これら知的道徳的運命の中で主要なものを、私は漠然と感じていました。ある未知の方が私に、それをはっきりと言い表わしてくれました。私の講義に出ていたのではない一人の婦人、私の知らない方でその後お会いしたこともないある婦人が、今年の夏、わざわざ訪ねて来て下さいました。その婦人は、大変革命的な名前の方で、非常に精力的な先祖を持っていて、私の本への称賛と批判とを同時にして下さいました。つまり次のようにおっしゃったのです。「あなたの本は、明らかに民衆の利益を求めて書かれていますが、しかし民衆的な本と言えるでしょうか？　簡単に言ってしまえば、あなたは民衆のために十分尽くしておいでですか……？」こんなにも重大な質問に対し、皆さん、私は最良の答えではなく、最も安易な返事をしてしまいました。次のように言ったのです。私はいくつもの言葉を持っていたわけではないので、自分が熟知している唯一の言葉を使用しました。その言葉は不幸なことに、多分あまりに抽象的だったでしょう。しかしそれを変えるのは容易ではありませんでした。民衆的な本は極めてまれだったのです。フランス大革命は、あんなにも力強く実り豊かなものでしたが、しかしただ一つとして民衆的な本を産み出すことはできませんでした。私は厄介で困難な状況にぶつかって、それに耐えてきました。私は、私のようにほぼ世紀の変り目に生まれて、第一帝政期の沈黙の十五年間を耐え、王政復古期の中途半端な十五年間を耐え、最後に「芸術のための芸術」の十五年間を耐えてきた人々のことを言っています（ブラボーの声）。私は神様のおかげで、すばらしい出発点を持ちました。それは本当です。私はヴィーコ[*3]の「人類は人類を創る、民衆は民衆を創る」という、あの深遠な言葉から出発しました。そしてこの最初の学習のあと、二十年間勉強して、確かに、もっとはっきりした、もっと力強い、そしておそらくもっと洞察力に富んだ一つの思想へと、「民衆」に関する私の小さな本の中で導かれていきました。とはいえそれが民衆的な本でないこと、そうした本として書いたのではないこと、そうした本を書くのは私たちに続く世代の仕事であり、彼らの偉大さと栄光となるだろうということ、それを十分感じています。これが私のした答えでした。

この御婦人の異論は私にとって新しいものではありませんでした。もっと漠然とした形でしたが、私はしばしばそうした問題を自分に問いかけていました……。そして皆さん、あなた方自身、次のような思いにとらわれたことは一度もなかったでしょうか？　そうした思いで心乱されたことは決してなかったでしょうか？　自分自身に語りかけたことは断じてなかったでしょうか、「私たちは十分民衆のために行動しているのか？」と。

自分のした答えにあまり満足できなくて、すっかり考えこみながら、私はある天才に会いにいきました。彼は最高度に民衆的センスを持っているので、私自身の良心と思って相談しているのです。――私は言いました。「あなたはこんなにも深い社会的分裂にショックを受けませんか？いたるところでわれわれの間に立ちふさがっている、あの壁が、障壁が、障害が見えませんか？金持と貧しい者の間で扉は開かれているでしょうか？　貧しい者の扉は、もしかしたら金持のそれより、さらに固く閉ざされているのです！　私たちはこの分裂の中に、この隔絶状態の中にとどまっていられるでしょうか？　これはまっとうな生でしょうか？……あなたは豊かな才能をお持ちだから、この障壁を打ち倒し、あれらの扉を開き、人々のあいだで絶ち切られたきずなを回復するにはどうしたらよいか、おっしゃっていただけませんか？」――私は、くだんの婦人がしたのとはまったく別種の強さで、私自身への自己反論を彼に表明しました。と、彼は、深遠であると同時に高尚な意味をこめて次のように言いました。「彼らを放っておきなさい。なぜあなたは民衆を啓蒙しようという貴族的な特権を、ことさらわがものにしようとするのですか？ 彼らを放っておきなさい。彼らは自分たちの光を見つけるでしょう、そして世の中を上昇し、彼らなりのやり方で、もっとはっきりと見るようになるでしょう。あなたのやり方では見ることができないような明晰さで」。

皆さん、私は、こんなにもすぐれた友の私への忠告がいかに重いものであろうと、それに唯々として従ってしまうわけにはいきませんでした。

以上が自分に言い聞かせていたことです。そして皆さんに言いたいのは次の点です。われわれ自由な時間と知識とに恵まれている者と、労働する人々とのあいだで事情は同じであろうか？ 彼らには勉強し探究する時間があるだろうか？ そうした時間を持てるときにも、疲労が障害とはならないだろうか？ 夕方へとへとになって戻ってきて、冷え冷えとしたかまどや、何もない食卓を取り囲んでいる虚弱な病んだ子供たちを見出すとき、人は自らの創意に富んだ能力を、生き生きと豊かな精神の活発さを、思いのままに使えるだろうか？……と。さらに理性は次のように教えてはいないでしょうか。こんなふうに運命によって束縛されることの全然ない、つまり足を鎖で縛られることの少しもない者が、（まず最初に）もう一方の者たちと出会うために歩を進めるべきではないのか？……と。大多数の人々の上にいまだ重くのしかかっている巨大な運命を、誰に否定できましょう？　地球のあらゆる地点から発してくるあの苦痛にみちた声、いまだ肉体的苦しみの声であるという以上に、自らを探し求め、自己表現しようと欲しながら、それができないでいる黙した思考の声であるそうした声が聞こえないのでなければ、そうした運命を否定できるはずはありません。

私にはよく分かっています、経験から知っています、貧困の毒針がなしうるものを、その効力を、そしてあえて言うなら、不幸が人間を鍛えてくれる恩恵を。しかしやはり、自由な時間を持てる機会がなければなりません。地上にはどんな改善の希望があるにせよ、つねに時間と労力の運命といったものが存在するでしょう。それこそ言うのに一番つらい、心にとって最も悲しい事実です。むしろ反論してもらいたいことかもしれません。でもやはり、次のような仮説を立てて考えましょう。そして、新しいものを創りだすべきなのは、労働する人以上に、暇な時間を持つ者の義務なのだという考えから、出発していきましょう。

精神的結合の必要

教養ある皆さん、見てごらんなさい、皆さんがどんな状況にあるかを。歴史によって過去の方へ導かれ、そこから未来のために実践的な結論を引き出すことのできる皆さんは、いわば時間の中央にいるようなものです。場所に関しても同様です。地球上での自らの位置を知っているからです。そのうえ皆さんは様々の階級の人々といっそう気さくにつきあえます。いずれにしても好感の持てる、歓迎できるつきあいが可能です。皆さんはあらゆるものの中心にいる。ものごとが四方八方に出発する地点にいる。いくつもの意味で言えるのですが、皆さんは統一を委託されているのです。この委託は、統一を強化し、押し広げ、基礎づけるという義務を伴っています。まだほとんど進んでいない、世界を統一するという仕事です。

皆さん、次の点をまちがえないようにしましょう。統一を持つのを何よりもじゃましているのは、われわれが統一を持っていると信じていることだという点を。われわれフランス人は、特にその点で大変重大な錯覚をしています。われわれに統一を与えているのは、中央集権化と呼ばれている、機械的な、行政上の統一、人工的なあの枠組みです。現代の作家で、私は私自身をも責めねばなりませんが、フランスのこの統一を賛美し、ほめ称える歌を作らなかった者がいるでしょうか？　私は一八三三年に、わが国の諸地方の関係について書いたものの中で、リラの響きを聞いたように思いました。私はそれらの大いなるハーモニーに聴き入りました。[*4] しかしそれらすべては単なる始まりにすぎません。我々はものごとが始まったばかりのところにいるのです。その点を決して見失わないようにして下さい。

行政、政治、司法のこの大いなる中央集権体制の中で、巨大な神経組織のようなもの、その繊維がお互いに鳴り響き、最終的には中心部に伝わってくる神経組織のようなものを認めたと思わなかった人がいるでしょうか。わが国のすべての道で、パリの近郊で、あの電線が見られるでしょう。それはピレネーからパリまで思想を伝え、そしてそれをブレストやストラスブールに、またリールに送り出す線です。

それがすべてでしょうか、皆さん？……パリから遠く離れて旅をしてごらんなさい。ストラスブールの方へ、あるいはレンヌやリモージュの方へ遠く離れていくと、三つの言語を見出すでしょう。重大なことに、その三つの言語においては、あなた方の法律、文書、法令がまったく理解されないのです。あなた方が大変心ひかれているこうした行政的統一を、まるごと彼らは法の強制によるものと感じるし、それを理解する以上に耐えしのぶことになります。一方、私たちが大変誇りにして、外国人に示してみせる法の統一では、実践において、つねに根強く頑固なものである慣習が、どのくらいわが民法典の網をかいくぐっているのか、またその点において、すべてにおけると同様、どのくらい地方的特性が今日まで破壊不能なものとしてあるのか、分かっている者は誰もいません。

だから言語と法の統一をあまり鼻にかけないようにしましょう。それは、現実というよりも、おそらくは表面的なものです。一つのことを忘れないようにしましょう。統一は結合ではないということです。この国には、はるかにずっと完璧な統一がありうるとしても、それは精神的結合を前提とはしないでしょう。こう言ってよければ、それは一歩前進でしょうが、しかしこの前進は必ずしも確かでないということにも十分注意して下さい。時おり逆に、それは妨げとなります。

たとえばコルシカ、盗みがまったくないのに、殺人であんなにも汚されていたコルシカにとって、まったく異なる社会風習のために作られたわが国の法典は、彼らを国に結びつけるどころか、そこから遠ざけてしまう一因になります。コルシカは一番変った例ですが、まさに他のいくつかの地方でも、統一の手段と思える制度のいくつかが、激しい反発を引き起こしています。

新聞の役割

皆さん、それでは精神的結合を実現する手段とはいったい何でしょうか？　皆さん全員が、それに答えたことがあります。それは思想のコミュニケーションであり、新聞であると。

新聞は確かに、普遍的な仲介者ではないでしょうか？　郵便局から新聞が、あの様々な意見の代表者が、幾千となく送り出されていくのを見るのは、何という光景でしょう！　あれらの新聞は最も遠い国境地帯にまで、諸党派の伝統を、論戦の声を、運んでいきます。しかしながらあれら論争の声は、言語と思想のある種の統一の中で調和を保たれます。朝、印刷機が止まる時刻、煙突が蒸気を出すのを止め、紙がすばやく出てきて、新聞がフランス全土に舞い散ってゆく時の、あの光景は見ものです。あれらは、この大いなる体の血管すべてを、ああやって循環していくことになる、国民の魂のようには思えませんか？

皆さん、皆さんが新聞に関するかなり難しい統計を、どんなやり方で作成してみようと思っても、新聞の読者を百五十万以上に、これは日刊紙のためには過大な推定でしょうが、そうした数にまで拡大するのは不可能なのです。[5] 私はコミュニケーションの便宜とか、共同の予約購読といったものは認めましょう。ところがです！　われわれは三千四百万か、それ以上もいるのです！　人口のどんなにわずかの部分が、新聞の恩恵にあずかっているのか見てごらんなさい！　そしてこの動きから排除されているのが、一番エネルギーの乏しい部分だなどと思わないで下さい。陸軍や海軍等の中には、日刊紙とはまったく無縁で、新聞に載る意見を決して聞いたことのない、数多くの者が居ます。が、彼らは比較的すぐれた人々です。

今や、人々に働きかけるのは訪問販売でしょうか？　皆さん、ご存じでしょう。訪問販売は二種類の物を普及させています。一方は有害なもの、ひどく有害なもの、わいせつな出版物とか、迷信を広めるような出版物です。他方は無益なもの、極端に巧緻な、ほとんど凝りすぎたともいえる文学で、農民の家庭に安値で広まっています。最も有名な例を挙げると、シャトーブリアンが田舎で売られています。最高に仕事をし、苦しみ、最高に繊細で創意に富んだ作家が、理解してもらうのが完璧に不可能な人々の手もとに見出されるのです。

皆さん、新聞がずっと前からおちいっている現状は、どこからきたのでしょう？　新聞は民衆に届いていません。

日々、新聞関係のあんなにも難しい職務を果たしている人々の責任でしょうか？　いいえ、皆さん、彼らを責めることはできません。新聞はきわめて有用で重大な、また困難をきわめる使命を追求しています。権力の行為を絶えず監視し、理論に関して有益な討議を行なうという使命です。だがこれら二つは、概してあまりに抽象的だし、あまりに微細で巧智にたけたものになっていて、あとを付いていくのが困難で、教養のない大衆には参加できないのです。日刊紙は神聖な使命を果たしていますが、この使命の本質的特徴は、抽象的で微細で巧智にたけた討議であり、これがどうしようもないくらい民衆を、新聞ぎらいにしてしまいます。

わが国の都市労働者を対象に企画された新聞は、ジャーナリズムの活動領域を拡大したでしょうか？　第一に、皆さんご存じでしょうが、あれらの労働者は一種の貴族階級です。彼らの多くは大変教養のある人々ですが、そうでない人々も驚くほど頭の回転が早いのです。民衆と、少なくとも民衆の大多数と、これほど無縁のものはありません。労働者新聞は、発行部数は少ないし、ジャーナリズムの活動領域を著しく拡大したわけではないのです。

連載小説、新聞の連載小説は真の影響力を、良いにせよ悪いにせよ持ちましたが、ここでそれを検討することはしません。まったくものを読まないでいた大変数多い一階層が、女たちがいました。ところが彼女たちは読むようになったのです。だが皆さん、眺めてごらんなさい、予約購読数は大いに増えたでしょうか？

とても打ち破れないと思われるような、大変強固な障害があります！　何ということでしょう！　新聞は他のいかなるものよりも、われわれの間につながりを、また精神のきずなを創り上げた力だというのに、まったくもって限界があって、民衆の大海の中に、ある程度の深さまで降りていくと、もはや行動できなくなるのです！

たしかに上の方で作られる重要な出版物から、何かが下の方へ発散していきます。たとえばヴォルテールが、皆さんご存じの巨大な成功を収めたとき、彼の精神は、最終的に下の方の階級にもいくらかは浸透することになりました。それは明らかです。同じことをルソーについても言わねばなりません。一つの息吹が、感化作用が、あれら偉大な人々から、彼らの名前をどちらも知らない人々のところにまで達したのです。しかしながら皆さん、誰も言ったことのない重大なことが、厄介かつ嘆かわしいことがあります。それは仲介者がふつうは非常に凡庸な人々なので、彼らが上から下へと伝達するものは、ほとんど常に伝達されるべきではないようなもの、伝えるのに最も安易な部分、つまりけんかとか論争とか、要するに否定的なものとなるということです。これが民衆に伝えられるものです。健全でしっかりとした食物を求めていた健全でまじめな大衆には、必要ではないものです。あまねく広がっている、ヴォルテールは非建設的な作家であるという意見もこうして生じたのでしょうか？　彼の本を開いてみれば、彼がつねに建設的であるということが見てとれます。絶えず彼は法の中で、風俗の中で、政治経済学の中で、つまりあらゆる中で改革を提言しています。ヴォルテールにおける建設的なものを計算してみれば、驚いてしまうでしょう。ところが何ということか！　彼は大衆にはふつう、その非建設的な面によってのみ知られてしまったのです。

民衆的演劇の力

小説は小説として、あるいは連載小説として広まっていっただけではありません。それはまたドラマにもなりました。そのことによって民衆に影響力を持ったでしょうか？　まず手初めに、フランスにおいて劇場に通う人々の数を数えてみたら分かるでしょう。その数はごくわずかなものので、教養を、よりよい教養を高める他の手段を持っている人々、金持ち、ブルジョア、教養のある労働者、つまり私がさっき話したような労働者、といった人々しか数え上げられないのです。

劇場ではどんな風俗が上演されるでしょうか？　まず何よりも、重罪院で裁かれるような風俗です。それは間違ったエネルギーによって人々の注意を奪いますし、その一方、そうした劇の主人公たちは通常下品で堕落した人間です。そこではブルジョアの腐敗した風俗とともに、十六世紀か十七世紀とされる過去の、大変不正確な模倣もまた提示されます。こうした芝居を作った人々は、多くの場合稀有な才能を持っていなかったというわけではなく、自分たちの作品が持つ精神的影響力にまったく関係なく、そうしたものに無関心なまま、即興的にあっという間に作り上げたということなのです。そのうえ彼らが十六世紀だけを勝手に作りかえ損なおうとするなら、そのたびごとに私は彼らに感謝するでしょう。私が彼らに求めるのは、皆さん、私たちが彼らに求めるのは、というのは皆さんの考えを聞かなくても、この点に関しては私たちは同一意見だと感じているからですが、それは、大革命のテーマだけは避けるようにということでしょう（いつ、いつ、いつ、いつ、いつまでも拍手鳴りやまず）。

皆さん、私たちはみんな、ああいった芸術家たちの特徴を知っています。正当な理由から当代きっての偉大な劇作家とみなされている者には、たしかに大革命の品位を下げようという意図はありませんでした。多分彼が考えていたと推測できるのは、大革命の最も悲惨な面、残虐行為とか暴力とかを示して、その再来を予防しようということだったでしょう。ところがです！　注意して見ると、この点では、なそうとしたことのちょうど正反対がなされているということが分かるでしょう。もし人が、社会的離婚とでもいえるものを強めよう、人々の心の中に、諸々の階級がお互いに対して持ちうるような、憎しみや無分別な軽蔑といった感情をかき立てようと望むなら、まさしくこんなふうに取り掛かるべきだったということになるでしょう。

注意していただきたいが、こうしたことすべては、あまりにも時代を代表している一人の男に反対してのことではありません。そうではなく時代に反対しよう、そして私たち全員の過ちを少しは認めようということなのです。なぜなら私たちが時代なのですから。

舞台に十二人の極貧者たち、よっぱらい、わめく男等を登場させ、そしてこれが民衆だ！　これが革命だ！　と言うことがどういうことになるか想像して下さい（拍手喝采）。

汚水の入った小さな手桶を持ってきて見せ、これが大海だ！　と言うようなものです。

何ですって、これが大海ですって！　何ですって、あの力強い存在、あの規則正しく繰り返される息吹きやその厳かな響き、あんなにも深く魂をかき乱し、その青白く光る波が未知の生命力を揺り動かしているあの大洋、生命が作り上げられ分解されていくあのるつぼ、変革と再生をもたらす生命のあの住みか、何ですって！　これがそれなのか？　このコップの中のものが？　この茶碗の中のものが？……発しうる言葉はそんなものとなるでしょう。ここで大海について言われることは、民衆についてもすべて当てはまります。

精神的要素が、大革命をなした民衆が、あのヒロイズムの大海が問題であるとき、それにしても、説得力の乏しい比較ではないでしょうか！……

あなた方が今は全くできないこと、あれらの偉大な場面が持つ肉体的効果を再現すること、それができるようになったとしても、あの民衆全体に輝いていた神々しいまでのきらめきを、どうやって舞台の上で蘇らせるのですか？

私はフランスというこの大きな帝国に、悲しいことですが一つの小さな国民、アテナイの民の方を振り返ってみさせずにはいられません。古代演劇の持っていた重々しさ、神聖さはここではどこにあるでしょうか？……誰が舞台を占めていたか、誰が悲劇的事件を劇場にのせるようにしたか、皆さんは良くご存じですか？　最も勇敢な兵士アイスキュロスでした。勝利のあとに勝利者が、自ら勝利を語りにやって来たのです。そして皆さんは誰が演技をしたのか、俳優とはどういう者たちだったのかご存じですか？　それはしばしば第一級の高官たちでした。英雄たちや神々が問題となったとき、彼らはとまどうことなく舞台に上がったのです。民衆の魂を高揚させ気高くするのは、公的な職務であるとみなしたのです。この上なく深刻な状況の中、マラトンのあと、野蛮に対する文明のあの目を見晴らせるような勝利のあと、アテナイは祖国の神々に町を救ってくれたことを感謝しようと思いましたが、その時高官たちは十分いなかったし、誰一人十分それをするのにふさわしいとは見えなかったのです。そこで人々は民衆全体の中を探して、神々の印をつけられた汚れない人、若さと美と天才とで輝くばかりの人を見つけました。それが若きソフォクレスで、アテナイの町のため、神々の前にたった一人で姿を見せる任務を背負いました。当時彼は十五歳で、十五歳から八十歳まで絶えまなく劇を作りましたが、これはわが国近代の作家たちにあっては、まったく思いもつかないことです。こうした努力によって彼は百もの劇を作り、丸々一世紀間アテナイの真価を代弁する者となり、神々と民衆とを仲介する者となりました。

これが演劇というものなのです、皆さん。

未来においても演劇が、教育の、また人々を近づけあうための、最も力強い手段であるのは明らかです。これが多分、国民の革新について最良の希望を与えるものとなるでしょう。私はとてつもなく民衆的な演劇、民衆の思いに答え、どんな小さな村々にまで巡回していくような、そういう演劇のことを語っています。

こうした演劇を創設するのに、なされるべき最初のことは、ギリシア人たちが決してないがしろにしかなかったこと、つまり舞台の奥に、彼らの祭壇の上に、祖国の神々がいるということなのです。これがわが国の舞台に欠けていること、そこに再び設置しなければならないことです。あれらの神々は不在であり、隠されており、覆われており、そして姿をゆがめられています。彼らの祭壇が立て直され、私たち全員がそれを取り囲みにやってきたと仮定してみましょう。誰が諸階級のつまらぬ差異を、金持ち、貧者、教養ある者、労働者、ブルジョア、農民の違いといったものを、思い出すでしょうか？……私たちすべてが、フランスにあっては面識ある者です。すべての者が連盟祭で、イギリスを前にしたブーローニュの野営地[*6]で、アウステルリッツの戦場[*7]で、あいまみえました……。

皆さん、革新の時が近いことを私は疑いません。言っておきますが、今年、皆さんは一番下にまで到達しました。もうこれ以上下がっていくことはありません（拍手喝采）。

皆さんはこれからは再上昇するのみです……。一つの文学がまるごとやって来るに違いありません、わが国が産出したいかなる文学もその観念を与えてくれないような文学、まったく異質な強さと若さと豊かさを持った文学が。皆さん、私はこの講義において、そうした文学のいくつかの特徴を、できれば前もって感知しておきたいと思います。これが何よりも私が考えたことです。

単に文学においてのみでなく、生活において、行動において、万人が万人へと向かう巨大な動きが起きるでしょう。人間が人間を出迎えにいく十字軍のようなものです。これが私の希望することです。私は一つの大きな社会的動きを、信じているし期待しているし、そうした時期は遠くないと考えています。

次回の集まりでは、こうした動きの主要な要因は何になるだろうか、そして、一体誰がイニシアチブをとり、第一歩を踏み出さねばならないのか、それを皆さんと共に探ってみたいと思います。もっとも今から、この点に関する私の意見をお知らせしておいても、ちっともかまわないでしょう。アテナイは神々と民衆との仲介役を一体誰にゆだねたでしょうか？　アテナイは若者を選びました。子供が家族内の仲介者であるのと同様、若者は都市における仲介者となるべきです（拍手喝采）。家庭内の争いにおいて、父がテーブルの一方におり母が反対側にいるとき、一方の手を取り他方の手の中に置いてやるのが子供であるというのと同様……。都市においても、同じなのです。これがあなた方が見るだろうこと、というよりも、むしろあなた方がなすだろうことです。というのも、問題になるのは、あなた方なのですから。

次回取り上げるテーマは、こうしたものです。私は都市における仲介者としての若者の役割を、そしてわれわれがほどなく見ることになるだろう、社会的革新の主要な要因としてのその役割を、明確に描き出すよう努めるでしょう。

第二回講義——1847.12.23.

抽象的文化を打ち破れ！

皆さん、

時代の悪があると私は言いました。それは、あなた方と民衆のあいだに越えがたい溝があるということです。

民衆ですって！　われわれは全員、民衆ではないのか？……私はここで、その言葉によって、三千万の人々のことを言おうとしています。いや三千二百万と言うべきかもしれません。彼らはあなた方の読む書物や新聞も、あなた方の見る演劇も、否、自分たちが従っている法律のことさえも一切知らないのです。

お願いですから、当てにならない統計などは放っておいて下さい。統計は、学校に通っている者たちの数を好きなように増やせます（彼らが何も学んでいないとしても、構わないではないですか？）。軍籍登録のとき、署名まがいのものを書けるようになる者たちの数も増やせます！

……皆さん、あなた方と精神的なつながりを、ほとんど何も持っていない三千万以上の人々がいます。まさにその点から出発しなければなりません。あなた方は、およそ二 ‐ 三百万人の国民です。こんなふうでなくなるよう努力しましょう。

もしも出版物、新聞、演劇といった力強い集団的手段が、分裂した二つの民衆を一つにするのに十分でないとしたら、それらに直接的な個人的な行動を、口頭によるコミュニケーションを、熱のこもった豊かな言葉をつけ加えるべきではないでしょうか？　そうした言葉は紙を介することなく、まっすぐに人間から人間へと、心から心へと達するでしょう。われわれは大きな近代的機構の働きを度外れに信頼しているので、口に出して言う言葉の働きを、単純すぎ、弱すぎ、無力であるとして軽んじてしまいました。とはいえ、出版物自体無力であることも分かっています。分裂は広がり、裂け目は拡大しています。

人間たちのあいだに存在する最も強いきずな、思想の共通性が、この社会には存在しません。共通のいかなる文化も、文学も、それを持とうといういかなる意志も存在しません。教養ある人々は教養ある人々のために書いています。物書き労働者、その中には大変すぐれた人が何人もいますが、彼らは教養人の作法で書いているのであって、民衆のためには何一つ書いていません。

ユダヤ人を見てごらんなさい！　彼らには『聖書』がありました。それが彼らの統一でした。ギリシア人を見てごらんなさい！　彼らにはホメロスがありました。彼らはホメロスにおいて理解しあっていました。スパルタ人とアテナイ人は貴族階級だったということを聞いているでしょうが、それは本当です。しかし彼らの臣下、彼らの奴隷の大多数でさえ、彼らといっしょにホメロスを持っていました。その点では、自分たちの主人らと同じ水準にいることになったのです。彼らには、あなた方の持っていないもの、思想の統一がありました。あなた方にはひどく分裂しているように思われるドイツ人でさえ、今日、一種の統一を持っています。見かけは漠としていますが、しかし深い統一を、彼らの民間伝承の中に、シラーの中に持っているのです。ウェーバーの中で、彼らは音楽の統一を持っています。偉大な音楽家たちの天分は、あらゆるランクの住民に浸透しています。ある王侯がある村を通過するとき、一軒のわらぶき家からベートーヴェンの歌曲がもれてくるのが聞こえます。それを認めると、彼はそのリズムにあわせて歩いていきます。音楽というドイツの真の王のもと、彼はいっとき平等の中を歩むのです。

あなた方には、何かそれと似たようなものがあるでしょうか？

この国での社会的分裂は、昔からのことです。十二世紀以来、三つの言語が生まれていました。三つの国民がと言いたいくらいです。まず、ほとんどいたるところに教会があり、あくまでもラテン語を話そうとしていました。その当時から、もう理解されていない言葉です。ついで、自分たちの長い詩や物語といった、まったく別の文学を持っていた貴族階級がいました。あまり人数の多くないこの階級は、自分たちの言語をフランス語と呼んだのです。

それこそが、フランスなのでしょうか？　それは、せいぜいのところフランスの先頭です。フランスはそれについて何も知りません。フランスは百のお国言葉に分かれています！……お国言葉、途方もない無教養な言葉！　今日では分かっていることですが、人々の中で最も巧みだった者たち、トルバドゥールやトルヴェール、あの愛の神学者たちが話していたのは、大抵は繊細で学識豊かな言葉でできた方言だったのです。

こうしてあなた方はつねに分裂したままだったのです。諸々の科学の中で、ものごとをはっきりさせようという精神が増大していきますが、それもほとんど役に立ちませんでした。こうして大革命にまで行ってしまうのです！　大革命はあなた方に、世界中のいかなる民もまだ持っていない、国民的統一という伝説をもたらします。イギリスもドイツもイタリアも、こういった伝説は持っていません。いまやそうしたものの一つを、天の計らいであり、奇蹟であるものをあなた方は持っています。思想として最高に崇高な伝説、大革命を、そして事実として最高に雄々しい伝説、ナポレオン帝国を持っています。そのあとでは統一が持てるようになるだろうと思われたのに、ところが持てないでいるのです。

誰を責めるべきでしょうか？　心の誤ちなのでしょうか？　私たちは全員、この国ではエゴイストで、かたくなで、物質的な享楽やむきだしの利益追求に身をゆだねているため、各人がめったやたらに銀行と株式市場と商取引の道にいそしみ、われわれは祖国に無関心になり、心の持つあらゆる感覚を失ってしまったというのでしょうか！……

皆さん、私は皆さんの中に、自分たちの金と時間と生活とを、より高尚な、有益な、隣人愛に富んだことのために使っている方がいるのを信じています。また私の知らない人々でも、同じことをなさっている方がいると信じています。それゆえ、私は教養ある、安楽な生活をしている階級の人々を、一かたまりに無差別に非難することなどできません……。――私はそうしたことすべてを全く区別せずに話すことができます。というのも私は、いくつもの階級を通り抜けてきたからです。だからそうした階級すべてを学んだと信じる、いささかなりの理由があります。――一方、私は多くの金を自らの快楽のために使っている人々をも知っています（あなた方がそういう人を知っているかどうかは知りませんが）。思うにそれらは、あすになれば一つの考えが地平線に姿を見せるだろうと、信じて待っている人々なのです。彼らは待ちながら気晴らしをしています。気晴らしをしようと努めながら、さらにいっそう退屈しています。

学校教育の悪

たとえ大勢の人々が自分一人の世界に引きこもり、かたくなになったとしても、人間の本性はそんなものではありません。心の欠点があるところでは、精神の中に大義を探し求めねばなりません。精神は、ある意味で、われわれの本性の基盤なのです。その判断が心を導いてゆきます。精神は、われわれを率いてゆくもろもろの糸が、動き回り、引っ張りあっている奥舞台です。したがって必ずしも心に責任を負わせるべきではありません。心の欠点はとりわけ精神の欠点からやってきます。ところで精神そのものを、誰がその出発点から、とりわけゆがめているでしょうか？　われわれに与えられているひどく抽象的な文化、思考をうんざりさせいらつかせる数多くの決まり文句、要するに学校教育です。

精神が自発的に閉塞状態になるということはありません。極めて人為的な諸原因、特にあの学校教育的な文化が、精神に心ならずも、ひからびて、うがちすぎた形態をまとわせてしまったのです。そうした形態は精神を生命から引き離し、ますます民衆から遠ざけます。

そうなのです、われわれは自発的に分裂しているのではありません。

ところでこうした抽象化、うるおいのなさ、孤立といった状態に一番苦しんでいるのは誰でしょうか？　誰が、とりわけ生命の源へと戻る必要を感じているでしょうか？　あなた方にそれをお話ししましょう、……しかしみなさん全員が知っています。そうです、若者なのです。

若いとはどういうことでしょうか？　活動的で生き生きとしていて具体的で、抽象的なことの逆だということです。熱意あふれて血の気が多く、いまだ全人的で、生来の自発性を保ったままだということです。最後に、われわれ民衆出の者が、そう呼ばれてもいるような、野蛮なままだということです。野蛮という言葉は、私にはつねに気に入っていました（拍手喝采）。

若者にとって最悪のこと、それは早くも幼児期から、手助けするものにとり囲まれていることです。私は、あなた方が属している階級の若者の話をしています。彼らは手助けに、迷惑なほどの手助けにとり囲まれています。目を開けたときから、文法書や公教要理、つまり論理と形而上学の本が、言葉の哲学が、抽象の抽象化が与えられます。さらに、概説書の類、精神を不毛にするのにふさわしい内容の一覧表〔＝目次〕といった無人のアラビアが与えられます。

奇妙なこと（あなた方は、そのことを十二分知っているし、われわれ全員それに耐えてきたのです）、言っておかねばならない悲しいこと、それはこの社会は弱さに応じて圧迫するということです。この社会は女と子供を、自らの重みすべてをかけて圧迫するのです。奇妙なのは、ひとびとから幸せだと言われる階級の子供ほど、多分つらい思いをしているということです。貧しい子供を、マニュファクチュアにおけるような最悪の状況の中で、取り上げてごらんなさい。そういう子供は動きを余儀なくされます。金持ちの子供は不動を余儀なくされます。二時間の勉強のあと、さらに二時間の授業といった全部で四時間ぶっとおしの不動が存在する、しかじかのコレージュを例に挙げることができるでしょう。動き回るこの年令を考えれば、自然が押しつけてくる動きへの欲求は、マニュファクチュアでの絶え間ない動きが貧しい子供に強いる苦痛などより、はるかにずっと強いものだと私は言いたい……。カレハ、ソコニイテ、エイエンニスワリツヅケルダロウ……。これは、ウェルギリウスが自分の地獄として見出した最高に恐ろしい責め苦でした。

そのうえ、あの子らが気を取られているやり方を見分けてごらんなさい。マニュファクチュアの子供は行動し歩きます。誰一人彼に何を考えているかの責任を問いません。彼は夢想の中で自由なのです。わが学校に通う子供は、この方向では少しも自由ではありません。疲れ、疲労困憊しているのは彼の思想です。両脚への責め苦とは比較できない内面の責め苦です。彼は体も精神も固定されています。文法あるいは公教要理の中に、抽象化の中に、つまり不可能なこと、近づけないことの中に固定されていまでです。プラトンやアリストテレスは、わが国の子供達が十二歳で知らねばならないものごとに、やっと三十歳になった頃、到達していました。

この恐るべき教育は、かつてはイエズス会士によって組織されていたものですが、あまりにも従順にわが国のコレージュによって踏襲され、司祭たちのもとでも、俗人たちのもとでも、全く同じことになっています。とはいえ俗人たちの方が学識の点では上ですが。コレージュでは、この教育は十四ないし十五歳ごろ、ほんの少し軽減されます。ついに第二学級に、修辞学級に到達した子供は、退屈が終るのを見るでしょう。文法は停止し、文学が始まります。彼はほっと一息つき、ウェルギリウスのひざの上に憩います。一つの魂を手に取るのです。それは一人の人間なのです。

彼がこの魂を開いてみるちょうどそのとき、いくつかの特別な学校は、彼を再び捕らえてしまいます（理工科学校、法律学校あるいはほかのどれもが、です）。そして、ちょうど熱気を取り戻し活気づいた彼を、再び抽象化というステュクス[*1]の中に沈め込んでしまいます。

いま述べたすべてのことにおいて、私はわが国の古典教育を攻撃しようという意図は全くありませんでした。私は古典教育を最もあからさまに支持する者です。私は次のことを信じています。中世時代から解放され、それを脱したわれわれが、そう、つい少し前まで中世の圧倒的なドグマのもとで身をかがめ、つい先日まで農奴として四つんばいになって地をはっていたわれわれが、もしもあれらの文学から、ギリシア人である思想の王者たちの態度と、ローマ人である行動の王者たちの態度をわがものとしてこられなかったなら、われわれは、いまだ中世の奴隷根性の中でおそらくはい回っていただろうと。古代による、あの偉大な民の社会による教育が、われわれに役立つのはその点です。あれらの民は、それぞれが三世紀間のうちに（彼らの豊かな時期は、ほとんどそれ以上は続かなかったのです）、中世のすべての人が千年かけて産み出しえたよりも、もっと多くの人物をもたらしました。ああいった人物たちを、あれらの民を学ぶのは良いことだと信じねばなりません。彼らに似通うのが良いと言っているのではありません。似通うべきではなく見つめるべきなのです。したがって私はギリシア、ローマ文学の、またギリシア、ローマ史の支持者ということになります。それを教えることは、私の考えでは、最も高貴な教育なのです。

私はこの教育を、遺産として、また内容の点で擁護します。しかし方向に関しては非難します。あまりに早く文法に取りかかってはなりません。細部の歴史を知らないときに要約された歴史に取りかかってはなりません。素材から、詳しい細部から始めなければならないのです。こうした細部を我がものとし、それに困惑し始めるとき、子供が、でもこうしたことすべてを要約してみたら、短くし簡単にしてみたら?……と言うとき、子供をあわれむ一人の人がやって来て、特別な好意から一冊の文法書と概説書を贈り物として与えてくれたらよいのです。こうした教育は、だから心づかいを、道程を、ゆっくりとしたおだやかで巧みな準備を必要とするでしょう。私は別のところで、またその問題をとり上げるつもりです。

公式にのみ頼る危険性

あらゆる種類の勉強において過度の負担となっている諸々の公式類は、つねに補佐として、後で求められる手助けとしてやってくるべきでしょう。それらの助けを過大視してはなりません。それらはしばしば手伝ってはくれますが、しばしば邪魔するものともなります。

私の近所に長いこと二人の若いブルターニュ出身者がいました。彼らは機械の仕事をしていて、自分らのために一つの歩行機を作りました。二つの車輪のあいだの動く軸の上にすわり、ちょっと押すと、すばやく前進することができるものです。平らな所ではこれ以上便利なものはありません。夢の中のように何里でも踏破できます。ところがちょっと高くなったところが現われると、機械は手助けになるどころか邪魔なもの、迷惑なものになったのです。機械によって運ばれる代わりに、機械を運んでいかなければなりませんでした。

皆さん、これが公式についてのイメージとなります。いつでもそれを使おうとすれば、それらの人為的道具を用いてしか行動せず、自然な生きた行動に決して頼ろうとしなくなる人間といったイメージです。公式は平野でだったら、というのは通常の場合にはということですが、役に立ちます。だが思いがけないものに出っくわして、自発的行動とエネルギーとが要求されるとき、それらの道具は、またそれにいつでも頼ろうという習慣は、人々を妨害し、困惑させるものとなります。人々はその重みをになうことになるのです。

話を戻しましょう。コレージュをついに卒業し、専門の研究に呼び寄せられる若者がいます。彼はパリの街角にいます。大きな家に、人が言うところのホテルに、たった一人で住んでいます。人とのつきあいがないのですが、いずれつきあいをするようになるかもしれません。それも悪いつきあいを。だが今のところ、彼は一人きりです。孤島のロビンソン〔・クルーソー〕のように。コレージュと高等専門学校とのあいだに休息のいっときがありました。彼は家庭でちょっぴり体を温めてから、そこに到達したのです……。冷やかさと空虚感しかありません。この町は生命と熱気と力にみちみちています。しかし彼はそうしたものは何一つ知らないのです。彼はそれを砂漠と呼びます。人々が、親切な人々がそこにはひしめいています。彼はそのことを知りません。孤独な、ある意味では抽象的な生活をしています。自分の前にひどく抽象的な本、たとえば皆さん全員が知っているような、小さな活字の、五色の小口をもったあの小さな本を置いています。ここで彼には理解するための先例が欠けています。前にも何もなく、後にも何もありません。彼は注釈を探し求めます。だがそうした注釈が何をなすというのでしょう？　大部分は難しさを増大させます。それらは次のように説明してくれます。彼の精神にやってくるすべての難解さとは無関係に、取るに足りない、難解で、ほとんど知られていない無数の事例があり、そうしたものに彼は生涯決して出会わないかもしれないが、それでも、それらはそこにあるのだと（拍手喝采）。

皆さん、よくお分かりでしょうが、こうしたことすべては現行の法律教育に反するものではありません。一般に行なわれている抽象的方法、分析による方法は、それ自体としては良いものだと私は信じています。深い学識をもった専門家たち、彼のもとで私も研究できればと願うような、そういう人々に反対して語ろうとは、全く考えてもいません。ただ、彼らが与えてくれる高度な教育と、そこに到るために受けてきたコレージュの教育とのあいだに、仲介するものが必要だろうとだけ言いたいのです。明らかにそこには一つの欠落があります。文学研究をおえた若者が一直線に、民法典へと到達することはできないのです。

生きた現実から学ぶこと

この法典の前後にあるものを知らなければならないでしょう。法典以前の社会はどんなものでしょう、そしてこの法典が作り上げた社会は、どうでしょうか。かつての社会が、その必要と欲求からこの法典を生み出しました。学生は法律をさがし出し、それを生み出した社会状況の中で、その法律を再発見してみなければならないでしょう。相続法において一例を挙げてみましょう。

大革命以前に家族はどんなものだったでしょうか？　皆さん、この家族なるものに関する雄弁かつ深遠な啓示をわれわれは持っていますが、その啓示がわれわれの法律を理解するのに十分手助けとなるのです。ミラボー[*2]の『回想録』を読んでごらんなさい、ヴァンセンヌ[*3]の主塔から彼が父親あてに書いた手紙、しばしば革命についての演説以上に雄弁なあの手紙類を読んでごらんなさい。そこに家族の中での革命が見えるでしょう。都市の中での革命よりもはるかにずっと恐ろしいものです。そこに、十五年も早く、息子に反対する父の、父に反対する息子の九二年と九三年〔＝大革命最盛期〕の事項が見えるでしょう。そして大革命が最初に必要としたものが民法典だったということが理解できるでしょう。ヴァンセンヌの主塔から、またミラボーの手紙において、われわれの相続法がはるか遠くやって来るのが見えるでしょう。当時の国家と同様、特権と不正の上に築かれていた古い家族の冷酷さが、そこにおいて理解できるのです。

民法典の前文類からは、そうしたことについては、ほとんど学べないことに注意して下さい。それらは単純、明確、優雅で、しかし、そっけなく冷淡でもある文体によって書かれました。民法典をめぐる討議自体不十分なものです。それは抜きん出て能力のある人々によって起草されましたが、しかし彼らは恐怖政治から抜け出てきた者たち、刃の下から首を引き出してきたばかりの者たちで、大変な才能があったにもかかわらず、色青ざめ力衰えたままでいました。あれらの討議は、いかに見事ですばらしいものであるにせよ、必ずしも偉大な物事にふさわしいものではありません。ロクレ[*4]のせいなのかどうか分かりませんが。

法律をその源泉において、社会において、革命前の家族において捉えなければなりません。そうしてしまったあと、それ以降のこと、つまりそれが生み出した結果において法律を捉えねばなりません。この結果を、皆さん、相続に関して、どこで探し求めるべきでしょうか？　単に書物の中に、だけではありません。

通りを歩いていると、きのうは閉まっていたのに今日は開いているある家の門口で、茶碗、皿、家具、版画等々が地面に並べて展示されているのをしばしば見かけるでしょう。それはある人が死んだあとで行なわれる競売です。なぜこうした競売がなされるのでしょうか？……よく見てみると気づくでしょう。残念ながらおかしな物品だということに。ふつう出てくる結論は、死んだのが大したセンスもない哀れな人だったということです。それが、買おうと買うまいと、通りかかった人が思うことです。これらの家具は、お互い同士の配列の中で、一つの意味、一つの調和、一つの全体を形作っていたのでしょう。しかしバラバラに分けて地面に置いてしまうと、とたんに、すべてが偶然で古物商の無頓着のためだということを知らなかったなら、時に皮肉とも思うかもしれないようなバロック風の混乱の中で、すべてを失ってしまうのです。

それらを見たなら、あなた方は法律が大変厳しいことに気づくでしょう。どういう点でそうなのでしょうか？　たとえば、ここに祈禱書があります。死んだ人は、三十年間も絶えることなくそれを読んでいました。ここに絵があります。毎朝こういった絵から彼は信仰を目覚めさせられていました。最後に家具があります。彼のもとを離れることのなかった古いしもべです。何ということ！　こうしたものすべてが泥の中に散らかっています。敵対者がいるのでしょうか？……そんなことは全くありません。法律なのです。母のような哀れみにみちた心配りをする法律なのです。一人の子供がいます。そうなのです！　皆さん。法律はこの子に対してひどく関心を持っていて、わが国の民法典によると、その結果として法律は家を荒らしてしまうのです。そうなのです！　あれらの家具は、あるべきところにあれば、何と！　千五百フランの価値があったでしょう。ところがここでは十五フランの値となっています。法律が家族の至聖所を、街頭に置くのです。法律が死者の思い出を、もの笑いの種に売り渡してしまうのです……。法律は自分に言い聞かせました。「この子には近親者がいる。兄弟、姉妹、伯父等々がいる。そうした人々はこれらを盗むこともできよう。だが私は、この子の母なのだ……」。そして法律はこの子を破産させるのです。

この光景だけで、民法典に関するいかなる注釈よりも、多くを語ってくれます。どんな書物も、観察することや実人生について教える力を持っていません。若者はここに、家庭を破壊してしまう現代の法についての批判を見出すでしょう。そしてなぜ他の多くの国々では、なんとしてでも家庭内の蓄積、和解、統一を確保しようと、長男のために家族そのものと正義とを犠牲にするのか、その理由を見出すでしょう。若者は同時にこうした二つの方式を理解してから、過去の野蛮状態に戻ることなく、現代の野蛮状態を改善する手段を捜すでしょう。

医者は病人を通して人生を学ぶ

若い医者は、若い法律家よりも実人生に深く入り込むのに、何と良い位置にいることでしょう！

ある病院の独身インターンが持つ途方もない利点を思い描いてごらんなさい。主任医師は行ったり来たりして権威があるように思われますが、あまり信頼は得られず、個々の病人にさいてやれる時間もほとんどなく、病人それぞれを知ることもありません。一番、二番、三番等の呼び方で知っているだけです。ところがインターンは、すぐそこにいて、時間もあり、時々どうすればよいかさえ分からなくなりますが、もし彼にエスプリがあり、気さくな様子をしていれば、病人たちに悩みを打ち明けてもらうことができます。それが彼らを癒す真に唯一の方法です。続けてわれわれは、中世のすばらしい統一を復元することになります。医者が聴罪司祭になるということです。ただし中世においては、この一人二役の人物は、無学な人だったという点が異なっていました。

私の感じでは、こうやって病院のインターンをしていることほど、人生に入り込もうと願う者にとって良い立場はないのです。

この問題では、私の同僚の中でも著名な一人、サヴァール氏[*5]が私に話してくれた話があります。このすぐれた物理学者は最初メジエール[*6]の学校で、モンジュ[*7]やクルーエ[*8]（鋼の焼入れを発見した人）の出た有名な学校で、技師をやっていました。あの人々よりも鋼の方が、はるかに焼入れされていませんでした。クルーエには風変りなところが色々あったのですが、中でも、自分から生じたのではないものは何一つ身につけないのを自慢していました。つまり自分の靴、衣服等を自分で作っていたのです。サヴァールも学問において同様でした。器具に関しては自分のものしか使いませんでした。コレージュ・ド・フランスにおける彼の教育は、内容においても方法においても、すべて自分が考案したものでした。彼は物を見させたり、触らせたりする巧妙な機械をわざわざ製造しました。そこを通って発明というものが生まれた、あらゆる中間状態を提供したのです。そして奥深い技法を通して、ものごとを、先例の中や真の光を作り出す同世代のものの中に、置き直していたのです。

孤独で、節制をし、精神集中をした彼は、こういった自己集中の中で大いなる力を見出していました。日曜日にパンとチーズを買い、実験室に閉じこもって、次の日曜日まで一歩も外に出なかった彼を見たことがあります。あれ以上厳しい人はかつて全くいませんでした。しかも自分に対して厳しかったのです。

一八一二年ごろ、みんなが戦いに出かけていったとき、サヴァールは外科医になり、ある病院に雇われました。あらゆる国の負傷者たちが病院にあふれていた、あの恐るべき潰走の時期です。負傷者、チフス、あらゆる種類の病気がありました。彼はそこでは当時の学説に献身しているある医者の弟子でした。多くの者にまじって一人の負傷者がやってきました。大きな、たくましい、ヘラクレスのような背たけのコザック兵でした。しかし彼は恐ろしい傷をおっていました。医師は最初の日からほとんど希望をもたず、負傷者のことをあまり考えもせず煎じ薬を処方しました。翌日、翌々日と医師はやってきましたが、コザック兵は目に見えて弱っていきます。医師は言いました。二番は調子よくない。煎じ薬だ！　と。コザック兵は相変わらず弱っていきました。サヴァールはその間、この広大な病院の中を、気持を落着けて歩き回っていました。彼を知っていた者たちなら驚かないことでしょう。その頃彼はケルスス[*9]の翻訳とラブレー[*10]の注釈に携わっていました。彼は行きつ戻りつしながら、時おり相変わらず弱ってゆくコザック兵を観察していました。医師は言いました。この男は命を取り留めないだろう。かまうものか、煎じ薬だ！　と。サヴァールは、何もしようがなかったのですが、コザック兵をじっと見つめ始めました。そしてこの男がすばらしい体格をしていること、並外れてがんじょうなことを見て言いました。まったく、このかわいそうな奴は、コザックの国からひどく遠くに来ているものだ。彼のために何がしてやれるだろうか？　ひどく病んでいて、命もだめなのだろうか？　彼の国では、いつだってブランデーを飲んでいただろうに。よし、飲ませてやろう。きっと喜ぶだろう。こうしてサヴァールは、コザックたちが飲んでいるものに近い、質の良くないブランデーを求めに行きました。そして少しそれを飲ませたのです。するとその男は奇妙なまでに元気を回復しました。たった一滴で、です！　それは命の水であるはずはなく、彼が飲みなれていたブランデーだったのですが、どうやら故郷の思い出を飲んだようなのです。翌日医師がやってきて言いました。サヴァール、消炎剤のすばらしい効果を見てごらん、この男は良くなり始めたぞ。サヴァールは、翌日もこっそりと、さらに多くの分量を与えました。ついにはこの男は回復したのです。

　私はすべての人に、負傷者にブランデーを与えて看病するよう勧めたりはしません。しかし特殊な状況があったのです。まず、故郷の思い出が力強く目覚めさせられました。ついで負傷兵は、自分が敵の国に百パーセントいるわけではないということに気づいたのです。ブランデーのごくわずかな一滴によって、サヴァールは彼に故郷と人間性とを一度に取り戻させてやったのです。

ポーランド人ミッキェーヴィチの体験

皆さん、私は医学生であったことは一度もありませんが、ビセートル[*11]とサルペトリエール病院[*12]を何回も通ったことがあります。そこにいた一人のインターンに会いに行ったのです。今は失った友人です。あそこでは若い医者は、時間さえあるなら、精神的なものごとに関して何と多くを学べるだろうか、と私は気づきました。サルペトリエール病院では、誰一人探ることの決してできなかったもの、フランスの傷、われわれの行なった戦争の広大な恐ろしい喪の悲しみを見ました。まさに母たちの口から、そうしたことを知らされねばならなかったです。――あらゆることで、同じ答えでした。「私には息子がいました。あの子が死ななかったなら、私はここには来なかったでしょう……」。――今日でも、相変わらず同じ話なのです。なぜあの息子は死んだのでしょう、そしてどんなふうにして？　なぜといって、病院がなかったから、連隊が風土に適応しなかったから、彼がリールからマルセーユに、マルセーユからアフリカに連れていかれたから、等々。あそこでこそ人は生と死を学びます。書物にも新聞にも、どこにも書かれていない数多くを学びます……。古代人にはなじんでいたのに、われわれ近代人にはない一つの語「オルビタス」〈＝自分の子を亡くすこと、子供の不在〉に注目しておきましょう。この言葉は翻訳できません。

たとえば、やはりビセートルで、あなた方は教訓的で感動的なものごと、祖国の真の廃墟を見るかもしれません。二年前人間の中でも最も哀れなあのビセートルの人々が、ポーランドのために寄付の申し込みをしたことがあります。乞食たちによる寄付です！　彼らの食料を奪取するに等しいことでした！

古い思い出を持つあれらの人々、同時に本能と経験の人であり、行動と仕事と戦闘とを体験したあれらの人々から、しばしば、何と深い啓示が引き出せることでしょう！

私たちの著名な同僚でかつ友人のミッキェーヴィチ[*13]が、子供のときに持った奇妙な印象を私に語ってくれたことがあります。一八一二年、彼が勉強をしていたリトアニアに、モスクワから戻ってきた人々の一団が到着したときのことで、彼ミッキェーヴィチが、その人々と持った交流のことです。大変な寒さが始まろうとしている時でした。ポーランド人たちはこの上なく大きな心配と、期待と、異常なまでの不安の中にいました。毎朝温度計を見にいって、それが、どんどん下っていくのを見ておびえていました。それから、すでに雪におおわれていた至る所の道を通って、飢えた人々がやって来るのが少しずつ目につくようになりました。それは人間たち、そう、まだ人間たちでした。すべてがそうした人々でみたされました。一般の家も公共の建物も、当時ミッキェーヴィチがいた中学校も、すべてが一度にいっぱいになってしまいました。寒さは肌をさすように鋭くなっていきます。彼らのために至る所で火がたかれました。ホールに廊下に、至る所に兵士が、フランス人がいました。ミッキェーヴィチは当時十四歳でしたが、時々それら兵士の亡霊たちを眺めに行きました。そう、亡霊たちと言えたでしょう。彼らの中の何人もが、自分たちの体力をはるかに超えて歩いてきたのです。外観からは説明できない内面の強さによって。偉大な詩人は誰一人言わなかったことをただちに見てとりました。これら年老いた兵士たちは寝なかったのです。夜、火を囲んで、ひじを枕にしてずっと夢みているような彼らの姿が見られました。もう眠りを失っていたのです。それほどまでに苦しみと疲労になじんでしまい、休息する習慣をなくしていたのです。彼らは心の中であの大いなる物語を思い巡らしていました。〔一七〕九二年に始めて、一八一二年にそこに居るというのは、同じ人間にとって、過分のことだと皆さんも感じるでしょう。人間の力を超えた度はずれのことなのです。だから、あの物語がつねに彼らのもとに戻ってきます。彼らはそこにいました。火を囲みながら、夢み続けていました。

「死者たち」(これがミッキェーヴィチの最初の詩の表題)の偉大な詩人は、自分の歳以上の重々しさをこめて彼らをずっと見つめたあと、あの老人たちに思い切って一つの質問をしました。「皆さんはとてもお年を召しています。一体どうして、こんなお歳になって、お国を離れてきたのですか、しかも今回は、こんなにも遠くやって来るために?」その時、これら年老いた擲弾兵たちは、まっ白な大きな口ひげを引き上げながら、あっさりと答えました。「あの方を離れることができなかったからさ。あの方をたった一人で行かせることが、ね」。

ナポレオン麾下の軍隊が心の底から発した声なのです。スペインやロシアへの常軌を逸した遠征に対する、その答えなのです。「あの方を行かせることができませんでした!」この最後の言葉「あの方をたった一人で行かせることが！」は、気高いものです。こうしてあれら年老いた兵士達は、ナポレオンのあとにつき従っていた新世代の人々をも、五十もの民族をも、物の数に入れなかったのです。彼らがいなければナポレオンは一人きりになってしまった、というのですから。

フランス人の心から発した大いなる答え、心底からの声でした。出発した時の、革命時の考えも思い出も、もう持っていませんでした。しかし、その心は生き残っていました。そして犠牲の精神も。それが潰走の中にあった最も貴重な宝で、ポーランドの一人の子供によって、ああやって受け取られ救い出されたのです。彼はこの宝を持ち続けました。多くの試練を通して彼を支えたものこそ、それです。ミッキェーヴィチはこの思い出の力によって、フランスがあんなにも忘れてしまったとき、私はここであえて申しましょう、ほとんどフランス以上にフランス的なものとして留まったのです（拍手喝采）。

生きた歴史の体験

それこそまれな機会であり、人間の心からそんなにも深い啓示が発してくるには、きわめて例外的な状況が必要であると皆さんはおっしゃるでしょう。いいえ、皆さん、私はそうは思いません。機会は、まれなものではありません。機会に背いてしまうのは、われわれの方なのです。日々、あなた方が自分の部屋で、何らかの本を、大革命の歴史を、もしかしたら私の革命史を読んでいらっしゃるあいだ、そうなのです！　そんな瞬間に、私は思うのですが、皆さんは時おり、そういうことに気付くこともなく、大革命が、第一帝政が通っていくのを聞いていらっしゃるのです。六十歳か、もっとにもなる男が、しゃがれ声で、しかじかの品を売り叫んでいる、あのことを言っているのです。彼は夜の明ける前に、何らかの品を売ろうともう起き出します……。もう一度言いましょう、通ってゆくのは、歩み続けているのは大革命であり、第一帝政であり、皆さん、それらの疲れを知らぬ歩みなのです。だからガラス窓に顔を押しつけてみれば、あなた方は見出すでしょう。それは本の中で読んだと思ったもの自体であり、本はそれらについて不正確なイメージを与えていたのだということ、そして、現実こそ存在し続けているのだということを。ああいった人々は不滅です。六十歳にも七十歳にもなっているのに、パリの通りを走り回り、あらゆる種類のこまごまとした商売をしている彼らが、いまだ見られます。何ということでしょう！　皆さん。いっとき彼らと話してごらんなさい。皆さんは書物に書かれていない歴史に関する、あらゆることで驚いてしまうでしょう。書かれてあるのは、最小の部分、多分最も値しない部分です。ところが書かれていない物ごとの、生きた世界があります。この世界はまだ生きています。だがあすになれば生きていないでしょう。なぜならあれらの人々は日々去っていくからです。そこで、あの男と話してみるなら、そして一瞬あなた方が自分が博士であることを（あるいはバカロレア合格者であることでもかまいませんが）忘れたとするなら、あの男は、第一帝政の歴史の中にも大革命の歴史の中にも見出されない何かを教えてくれるでしょう。彼らは全員、事実の宝をもっています。しかもたいそう豊かな宝を。あの男は語ってくれるでしょう。第一帝政の大敗北を、そして自分の敗走を。そしてあなた方は、あれら勇気と忍耐の人々の中に見受けられる特異な献身を知るでしょう。自分の孫たちを支えている、七十歳にもなるああした祖父を見出すでしょう。彼は強く、不滅です。他のすべてのものは通り過ぎました。彼の息子も娘も、そうしたものはすべて死にました。あの老人しか残っておらず、彼は小さな馬車をひき、屋台をひき、通りで売り声を上げているのです。先日、ああした男たちの一人が大声で売っているのを聞いて、誰かが言いました。「見てごらんよ、あの哀れな奴は、アウステルリッツの戦闘に勝つ必要があるとき以上に動き回っているじゃないか!」と。そうです、あの戦闘を彼は継続しているのです……!　つまり、不幸に対決するその活力によって、その力強い不滅の意志によって、戦い続けているのです。(私は、驚いているように見える人のために、右の言葉の意味を理解できなかったかもしれない人のために、このことをつけ加えておきます)。

天才と民衆のもとで自己を鍛えること

皆さん、もし若者が家族から遠く離れ、この広大なパリの中で途方に暮れて、こんなにも多くの未知の人の中で、どんな人に近づいたらよいかと私に尋ねてきたとしたら、私はちゅうちょすることなく答えるでしょう。「強い人々に、強くしてくれる人々に近づきなさい」と。ひどく抽象的な文化、緻密で形式主義的な教育は、少しも性格を鍛えてくれないし、あとで突然あなた方が投げ入れられてしまう正反対の世界、あの物質的で官能的で卑俗な世界は、もしも用心しないならば、あなた方を破滅させてしまうでしょう。だから力を探しに行きなさい！　一体どこに？　力をわが物としている人々の近くに、です。ところで、力は上の方と下の方にあります。天才の中と民衆の中に。そこにこそ見出せるでしょう、中間的社会に欠けているもの、とりわけあなた方に必要なもの、つまり精神的エネルギー、偉大な意志、ものごとをなし、つらい思いに耐える力が。天賦の才をもつ強者は、時間を支配し時間を創造する人々です。つらい思いを耐える者は、雄々しく忍耐強い活動によって時間を横切っていく人々、生の神秘を知っている唯一の人々です。中間の人々はそうしたことについて全く何も知らないでしょう。いつでも実際的なことを話し、夢想を追いかけ、快楽ないし利益によって日々盲目にされています。確かな現実は、力は、そこにはないということを知って下さい。

「でも社交界を、サロンを見なければならないでしょう、知り合いを作らなくてはならないでしょう？　私は家族から離れて、パリで一人きりなのです……」とおっしゃるのですか。何という誤ちでしょう！……ここにあなたたちにとっての、父や兄弟がいるではありませんか。優れた人はいたるところで若者の父となります。そして兄弟は？　それは民衆です。

皆さん、あの偉大な家族と、まだあなた方が自分を認めさせていなかった、あなたたちの生まれながらの家族と、近づきにならねばなりません。何も恐れることはありません。一方からも他方からも、あなた方は歓迎されるでしょう。天才は（私は自分の知っていた人々の中でそれを感じたのですが）、あらゆる人々の中で最も近づきやすい人、最も気さくな人です。他で言ったことがありますが、彼は民衆以上に民衆です。素朴な人以上に素朴です。他方、労働者、骨の折れる活動をし、つらい体験をしている人は、最初は控え目にし、時には警戒心を強くするとしても、少しでも観察し眺めてくれたなら、正直で素朴な若者を、喜んで善意をもって、十分に認めることができるでしょう。そして若者に手を差しのべるでしょう。多くの物事を見てきた老兵たちは、そしてあんなにも洞察力にあふれた年老いた女たちは、特に、その点で決して間違えはしないのです。

皆さん若者と、民衆との関係はどんなものとなるでしょうか？　彼らへの歩み寄りは、どんなふうにして、すべての心が熱望している社会的革新を準備するでしょうか？　どんなふうにして若者は、「都市」の仲介者、平和の回復者となりうるでしょうか？　それがこの講義の本来のテーマでした。しかしもう時間ですので、そろそろ終わらねばなりません。まだそのテーマを論じ出してもいなかったのに。

こんなにも遅い進み具合に驚かれるかもしれません。何か付随的な問題や、ある種の思い出への興味に引きずられて、自分のテーマを忘れてしまったのでしょうか？　そんなことは全くありません。私は、何よりもまず、あなた方の固有の利益において、あなた方の精神状況の中で、私の話をきいて下さっているあなた方若者において、この歩み寄りが必要だということを示さねばならなかったのです。こんなふうに育てられたあなた方は、民衆があなた方を必要としているのと同じ位か、あるいはそれ以上に、民衆を必要としているということを、私は証明せねばなりませんでした。

われわれの中で、活動的能力を犠牲にして、精神を繊細にしてしまう、あんなにも人工的な教育は、各人から半分の人間を、思弁的な半分を作ることになります。こうした半分は、完璧な人間を作るためには、もう一方の半分を、本能と行動の半分を待つことになります。唯一の国民を二つの国民にし、それら二者をともに不毛なものにしている社会的離婚は、あらゆる魂、あらゆる精神の不完全さと無力さの中に、同じようにはっきりと現われているのです。

第三回講義――――――――――――――――1847.12.30.

全人的存在が必要である

皆さん、

「ひとかどの気骨ある人物だけが必要です」。数日前、友人でもある一人の若者が草深い田舎から、私にこう書いてきました。彼とは時おり、今日の精神的状況について手紙で話し合っています。誰一人これ以上に正確な判断力を持っていません。誰一人これ以上に健全な魂を持っていないからです。彼は田舎で、明るくたくましく、たった一人で暮らしています。魂を奥底から養いながら。独創的な教養、民衆的でもあり学者的でもある書物と農民のはざまの教養を身につけて。彼は農民そのものであり、万人の言葉と思想を万人に語り、万人とともに学び、木靴をはいて田園を走り回っています。ポケットにモリエールかラブレーを入れて。

そうです、人物が問題なのです。才気は二次的なものです。才気煥発な人々はわんさといます。才気をどうするのか、才気ある人々をどう使うのか、どうやって才気から解放されるのか、分かっていません。花をとるためにまいた発芽力のある種子みたいなものです。その種子は逃げ出し、いたるところに這い広がり、すべてを満たしてしまいました。大地はもはや滋養ゆたかで有用なものを何も与えません。

才気はあり余るほど余っています。ところが人物はまれです。人物が、人間が、真実現れ出ますように。貯えられて成熟した多くの物事が、人物の登場を待ちうけています。彼のために保存されています。人生の中に、学問の中に散らばっている数多くの力が、ひとかどの人物がやってくるや否や、結集し、彼のものとなり、彼の力となるでしょう。

ここでは、フランスという想念はまだ十分明確になってはいません。多くの偉大な物事が、あえて敢行され成功し大胆不敵に勝ちとられたので、それらの思い出が、人物とはまさに活力の中にあるものだという伝統を残しました。毅然たる人間は、その日がやってきたら、次の名高い言葉、「大胆さを、さらにもっと大胆さを」を自らに言いきかせさえすればよく、大胆さは力に匹敵するということなのです。

こうして人々はあらゆることに関し、思いもかけない勇気に身をゆだね、偶然や奇蹟に身をゆだねます。力を準備し蓄積することなしで、また運命を保証し、前もって運命に結びつくことなしで済ませてしまいます。力はまた、二つの物事、先見の明と気骨とを併せ持つ人のみを魅了するし、そういう人のためにのみ取っておかれます。力は時に大胆不敵な人の心を奪いますが、しかし力強い人、先の見える人、辛抱強い人、学問と経験、本能と熟考、思弁と行動とのあいだでバランスのとれた人のところにのみ留まります。

こういう人が人間なのです。彼は賢者で民衆です。これら二つのものが、彼の中で一なるものを作っています。彼が行動し生産するのです。行動と生産は、バランスのとれたこの力の自然な現われです。力は前提条件です。力がなければ、芸術においても人生においても、力強いものは何一つ存在しないでしょう。

反=教育のすすめ

ところでこの条件を、わが国の教育は与えていません。各人は各人のためにその条件を作り出さねばならないのです。

わが国の教育は半分の教育でしかありません。それはもっぱらあらゆる種類の公式を、そこに学問が要約されたとみなされる公式を伝えようとしています。間違いなく有益なことですが、不完全です。さらに学問を、生きた形態のもとで、有機的現実として、生命として見てみる必要があるでしょう。

だから若者は、自分のためになされていないことを、なさねばなりません。自分のために、反=教育を作らねばなりません。ここでいう反とは、反対ということを意味してはいません。そうではなくて、対をなしていること、調和を保った形で対立しているということです。それはこの明確な対立の中で、他方を解釈し照らし出すものとなるのです。

この反＝教育、これが書物と公式の教育に生気をよみがえらせてくれる唯一のものですが、これを若者たちは人生の観察の中で、人生の最も教育的な形態である労働と苦悩の中で、とりわけ見出すでしょう（これが前回の講義の主旨でした）。若者が、自らのま近にありながらほとんど気づいていないあの広大な労働の世界に、共感をこめた研究と思いやりあふれた心とをもたらすなら、報われることになるでしょう。若者はそういう世界にいつかもたらしうるものより、はるかに多くのものをそこから引き出すことでしょう。それは勇気と忍耐についての教えであり、世人の目につかないヒロイズムの奇蹟であり、際限ない悪の中で際限ない意志を持つといったことです。本能的で熟慮を持たないああいった光景を前にして、若者は当代の人間を、低俗で卑俗な生活を、投げ捨てるでしょう。そして自らの中に別種の人間を感じ、雄々しい力と民衆の魂とを自らにまとわせるでしょう。

もしそういうことになったら、ある偉大なことが起きるでしょう。精神的統一が取り戻されるでしょう。精神的統一、社会的統一、これらはまったく隣りあった、ほとんど同一のことです。二つの精神の和解は、社会における二つの階級の和解となります。

若者よ、心において民衆でありなさい。民衆はあなた方のものです。

心と献身において豊かでありなさい。禁欲的でありながら同時に広い心で、自ら進んで貧者となりなさい。

大革命をなした人々には、なぜ何ものも妨げとはなりえなかったのか、皆さんは知りたくありませんか？　彼らの無敵の剣は活力であり、勇気だったのでしょうか？　他の多くのものも活力にあふれていました。何百万というトルコやロシアやその他もろもろの奴隷も、わが国の人々と同様、死を求めて受け入れました。

否、彼らが自分たちの前で持ちこたえるものを何一つ見出さなかったのは、世界の各国民と出くわしに行ったとき、それを前にすると大地全体が目をふせてしまった宝物、つまり桁外れの精神的豊かさを、彼らが担っていたからです。この精神的豊かさゆえに、彼らはこの世の財宝と思われていたものに、目もくれなかったのです。

一つないし二つの事実だけを述べておきましょう。

代議士グレゴアールが、サヴォア（当時、王国でした）の体制を整える任務をもって出かけてから、パリに戻ったとき、彼は自分の世話をしている婦人の前に、出発時に費用として受けとった財布を投げ出し、コインの音を響かせながら言いました。「デュボアさん、私は共和国のために金を持ち帰りましたよ。――まあ、どうなさったのですか？――いや、パンは食べてましてよ！」――デュボア夫人は年老いた金持ちの婦人で、彼を泊めて、食事を出してくれていました。というのもグレゴアールはこの世に何一つ持っていなかったからです。

共和国の第一擲弾兵ラトゥール＝ドーヴェルニュ[*1]は、中でもエネルギッシュな男で、五十七歳の時にも、三度目の志願兵として出発しましたが、日に二ソルの牛乳で暮らしていたということを誰が知らないでしょう？――ブイヨン公は、彼の親戚で、彼に土地を与えようと思っていました。一体その土地を、彼はどうしてしまったでしょう？

これが祖国の聖者の伝説（真実の歴史上の伝説）です。――わたしたちはそうしたものを多くは望みません。世の中に役立つのは過度の禁欲よりも、生活と習慣の簡素さです。こうした簡素さを持ち、平等への奥深い感覚によって貧しい生活に近づくだろう者、そうやって自らの政治的信条と生活とを調和させるだろう者は、あえて言えば、そこから果てしもない力を引き出してくるでしょう。自ら自身に関する平等主義者で、友愛の現実の中にそうやって身を置くことで雄々しい喜びに満ちあふれる者は、自らを豊かで満ちたりていると感じるでしょう。

平等精神の欠如

ここで私は一つのこと、一つの障害を隠しだててはならないでしょう。その障害とは、ふつう信じられているように、わが国の習俗の軟弱さの中や、われわれが禁欲とか自己犠牲から遠ざかっていることにあるのではありません。そうではなくて障害はもっと深刻かつ奥深いものなのです。手かげんせずに、世間体も気にせずに、私自身で言っておきましょう。

誰が平等を望んでいますか？　誰もいないのです。

私は数多くの自由の友に出会いました。だが平等の友にはいまだ一人として出会っていません。この問題で試されえた人は、ただ一人として現実にいないのです。誰一人平等を望んではいないし感じてもいません。民衆も金持階級も同様です。教養ある人々は民衆について言います。無知な人間だ、だから私が導いてやろう、と。民衆は教養ある人について言います。弱くて非活動的な役だたずだよ、と。

こうして両方の側で、誰一人平等の感覚を持っていません。民衆の方は、教養ある者が教養によって、多くの民衆の経験を自らの中にしばしば凝縮していることを知りません。逆に、教養ある人の方も、あの民衆が自らの中に多くの教養人の活力を多分凝縮してだろうということを知らないのです。

皆さん、家族の中で、あなた方自身を検討してごらんなさい。

若い博士が自分の家に戻ってきたとき、どんなことが起きるかを見たことはありませんか？　皆が、祖父も父も母も、兄弟姉妹でさえも、この貴族を前に、どんなにか民衆になってしまうでしょう？　彼の方は自らを民主主義者だと信じているのに（拍手喝采鳴りやまず）。

彼は家族の中の貴族であり、まもなく君主となり、政府となるでしょう。彼にはあらゆることについて頼ることになるでしょう。皆が彼に相談し、彼の言うことを信じるでしょう。彼は学者なのです。パリに行っていたのですから、等々です。

彼が話すって？　みんな黙ってしまいます。祖父は大革命の戦争に参加し、国中を見てきたのですが、ひと言も言いません（同意の叫び）。父親は実業家で仕事に従事していますが、彼も何も言いません。一家の小舟を導き、あまりにもしばしば思弁し、すべてを自分と一緒におぼれさせてしまうのは、この有能な若者なのです。他の者たちは思弁についてはまるで分からず、彼の後を目をつぶって従っていきました。これが家族の中のこの貴族の、もたらすところのものです。したがって、社会の中で、われわれが貴族の本能を持ちつづけないようにと、お願いですから、どうにか願ってもらえませんか？　本性に応じて自らの兄弟を導いたり軽蔑したりする者は、あのよそ者を、労働者を、貧しい者を、兄弟として眺めるでしょうか？　彼の思弁的友愛は第一歩で立ちどまり、とまどっています。あんな服装の男、手袋もしていない男！　等々といったぐあいに。

だが結局のところそういったすべては、外面のことなのでしょうか？　心もまた貴族的になっているのではないでしょうか？

ずい分と口から出まかせに言われるでしょう。自由、平等、友愛、それは一つの象徴であり、公教要理であると。誰もがそれを繰り返しえます。平等の敵も、好きなだけその言葉を言います。あの外交官の古狸タレーラン自身、次のように言いました。「ヴォルテールやボナパルト以上に精神を持っている者がいる、それは万人だ」と。彼ら皆が、一般理性の優越性を認めています。皆が、人類は一人の人よりも多くの精神を持っていることを認めています。しかし、この公式を言うことは、何の意味もないことです。それを特殊事例に適用しなければなりません。すると、そこですべてが消え去ります。こうしてこの若者は家族の中で言います、自分の弟のことを話しながら、子供でしかないよと。また妹のことでは、女でしかないよと。あるいはもっと上の方にいって、男でしかないよと。あるいは無知な階級さとか、少数派でしかないよ、と。それから自分のことで予測して、多数派でしかないよ、と。どんどん上の方に続けていってみましょう。二十もの国民を支配するある皇帝は言うでしょう。民衆でしかないのだ、と。

こういうことが理論と実践のあいだに広く存在している矛盾です。

現代の大いなる関心は、一般理性へのこうした思弁的敬意が、公式から実践へ、言葉から現実へと移っていくかどうかということです。あなた方が受け入れているこの一般性は、一体何によって構成されているでしょうか？　個々人によってです。その個々人をあなた方は一人また一人と排除してしまうのです。

私たちは一人の皇帝について話してきました。よろしい、では、いかなる帝国よりも高く、一つの世界に比肩しうるような所にまで上っていきましょう。そして見てみましょう、一つの世界が弱者に対するこうした軽蔑を持って、いかに存在したかを。ローマ世界は自らの親衛隊の上に、何百という軍団の上に、しっかりと乗っていたのに、ある朝何かを聞きました。「あの小さな音は何だろう？……ああ、あれらは敗者たち、奴隷たち、ウェルギリウス[*2]とかテレンティウス[*3]とかエピクテトス[*4]といった連中なのだ。あれらはキリスト教徒たちだ……。奴隷たちでしかない」。この小さな音の、しかし、もたらしたものは大きかった。あの無敵の世界は下の方でむしばまれ、嵐に立ち向かう主力戦艦のように浸食されていきました。そしてある日、もう何一つもちこたえられなくなり、戦艦は沈んでいくでしょう。ごくごく小さな虫によって食われてしまったので……。さあ言いなさい、あれらは奴隷でしかないと。

あれらの奴隷たち、キリスト教徒たちが勝利を収めます。世界の、精神の世界の指導者として、彼らが内面をつかんでしまうのです。崩壊が起きるとしたら、どこからでしょうか？……しかし、何人かの理屈屋もいて、彼らは既成の信仰を受け入れる代りに、信仰の一つを自らのために選ぼうと欲します。それが異端という語の意味です。焼かれ、殺され、遺灰は風に飛ばされます。でも構わないではないですか？　何人かの異端者たち、少数派でしかないのです。殺してしまいましょう！……だがこの少数派が増殖します。ついには、良く見なければなりません、それが多数派となり全体となるのです。なぜなら、それが人間精神というものですから……。精神は自らの信仰を選ぼうと望みます。

したがって、お分かりでしょうが、十分に注意しなくてはなりません。少数派だと言われ始めるとき、時に、ひょっとして、それが多数派であるということがあります。ですから決して言ってはならないのです。それは男でしかない、一階級でしかない、女でしかない、子供でしかない、などと。

大いなるものの卑小、小さなものの偉大

皆さん、世界で最も偉大な人は男でした。彼には妻がいました。ある日彼は妻をとり替えようと望みました。大いなる苦悩、涙、叫びがありました。彼は言いました。「女でしかないな」と。あなた方は第一帝政期に暮らしたことはありません。皆さん、だが私は当時を生きたのです。そ

の時子供でした。だから皆さんにお話ししましょう、それは誰一人ものを言わなかった時代だったと。皇帝はご存じのように、あらゆることをなしました。彼はヨーロッパを変えました。いくつもの国民を消し去りました。窓から共和国を投げ捨てました。誰一人ものを言いませんでした。深い沈黙がありました。ある朝彼は妻をお払いばこにしようとしました。と、すべての者が言葉を発しました。あらゆる家庭で話し合いが始まったのです。夫と妻との、次のような論争を聞いたことがあります。夫の方は言いました。「彼のために子供をもうけてやれなかったんだよ。彼女の方に何らかの落ち度があるさ。彼の方はエジプトから戻ったときに離婚できたんだ」。「でもそうしなかったわ」と妻。「じゃ今でどうしてわるいんだ？　皇帝はまったく孤独さ。有力な家系と縁結びしなくちゃならないのじゃないか？　皇帝が孤独だということは、フランスもそうだということなんだからね」。それに対し妻は、異議を唱えず、ただ次のように答えました。「そんなこと、どうでもいいわ。でもそんなことをしても、あの方には幸運は来ないわ」。「なぜさ？」「あの方に幸運なんか来ないのよ」。

皇帝ナポレオンは意に介しませんでした。彼はジョセフィーヌに「政治というのは一つの頭脳だけを持つものであって、心には何も持たないのだ」と言ったのです。彼女はおずおずとながらも、ほのめかしました。この頭脳は……間違えることもありうると。

もしもジョセフーヌが、女たちが、自由にしゃべれたなら、彼女たちは皇帝にむかって次のように言ったでしょう。「なぜあなたは、あんなにも遠く、野蛮な人々のところ、ロシアとか、オーストリアとかに捜し求めにいらっしゃるの？　わが家をお守りなさいな。あなたは大変先まで進んでいかれたから、道のりを測るには、もう出発点という唯一のものしか残されていませんわ。あなたは法律を無効にし、国民の代表者を追放し、新聞を打ち砕き、友達を自分の召使にしてしまいました。この宮殿には何が残っているでしょう？　ナポレオンにボナパルトを思い出させる一人の女ですわ……。あなたが戦争に出かけるとき、彼女に知らせないで、夜、部屋から降りていくとき、あなたは彼女があなたの馬車に既にすわっているのを見出すのです。当時のフランスを代表するこの色青ざめたイメージの中に、あなたが勝利を連れ去っていかないかどうか、誰に分かるでしょう？……あなたは皇帝の娘と金の指輪を交わそうとしています。ジョセフィーヌから、結婚するときにもらったあの鉄の指輪をどうするおつもり。運命に捧ぐと彫られてあったあの指輪を」。

女たちのこうした言葉に対し、政治家たちは次のように言い足すことができたでしょう。あなたは観念学派を無視していますね。思い出して下さい、六十年前、ヴォルテールの二人の友人で、観念学派だったダルジャンソン兄弟[*5]は、ルイ十五世の治下、政治の基盤として、フランスがデュボア枢機卿[*6]以来の伝統に従いイギリスとは決して同盟すべきでないし、さらにはその後ショアズル[*7]によって採用された政策にならって、オーストリアと同盟すべきでないという原則を立てたということを。そしてフランスが一つの観念だったということを。フランスはヨーロッパにおいて、一つの創造的観念の上にのみ、フランス自身が築くであろうものの上にのみ、依拠すべきだった、つまりポーランド共和国とイタリア共和国に依拠すべきだったということを。

だが皇帝は女たちの言葉にも、政治家たちの言葉にも耳を傾けませんでした。その結果は皆さん、ご存じです。彼はオーストリアと縁を結び、ポーランドを無力なままに放っておき、あんなにも不確かな基盤を頼みとして、未知なるものの中にのめり込んでいきました。

また本題に戻りましょう。次のように言ってはなりません。少数派でしかない、無知な階級でしかない、男でしかない、女でしかない、子供でしかない、といった具合に。

子供ですって！　大したものです。未知のもの、限定されないもの、夢であり、ひらめきによって知恵となるものです。子供だったダニエル[*8]の美しい話、確かに真実なあの物語を読んでごらんなさい。彼は年寄りたち、バビロンの僧侶たちを改めさせてしまいました。また登場したとき、ほとんど子供だったオルレアンの乙女の話を読んでごらんなさい。まず言われたことは彼女を父親のもとに送り返さねばならない、この小娘に「大いに平手打ちを食らわせ」ねばならないということでした。彼女一人が、状況の核心を、つまり武装して王国全体をつっ切り、王をランスに聖別させに連れていかねばならないということを見ていました。彼女は自分自身で彼をそこに連れていきました。

子供というのは、つまり大したものなのです。勤労階級にあって子供がいかにしばしば大人以上であるか、見なかった人がいるでしょうか？　子供は、過重労働によってまだ変形されていませんし、堕落させられてもいません。少なくとも金持の息子と平等です。私たちは生まれる時と死ぬ時にはみんな平等です。慎重さ、繊細さ、時に巧妙さの精神が、わが国の年老いた農民の中で注目すべきです。無邪気に見えながら、しばしば人をうまく欺くのに役立ついくつかの言葉は別として、彼らは木靴をはいた外交官です。こうした平等を表明することわざをご存じでしょう。「老いた農夫は、老獪な宮廷人」というものです。

女の役割

皆さん、今日のフランスの状態を十分検討してみましょう。そしてお願いですから、金持の所帯と貧乏人の所帯のあいだにある、ことのほか目立つ違いに気づいて下さい。貧乏人の所帯では、いくつか粗暴な言動があるにもかかわらず、女が指揮し、操っています。金持の所帯では、女は仕事から追い出されています。次のような人々は別として。つまり商売にたずさわる大変頭がよい中産階級の婦人たちで、こういった階級はあらゆる国民に欠けていて、フランスにのみ存在するのです。

貧しい階級にあっては、女が家庭を牛耳っています。土曜の夜（観察するのにこれ以上興味深く面白いものは何もありません）、給料がやって来るとき、男の方はくたくたに疲れ、うんざりして、忘れること、つまり酒を飲むことしか求めないでいるとき、そのとき女は忘れたりはしないのです。彼女は夫のあとを、めすライオンのように追いかけます（一週間のパン、子供たちのパンにかかわることなのです）。彼がどんなに乱暴だとしても彼女は諦めないでしょう。力づく、あるいは愛撫、いずれかの方法で彼の持っているものを取り上げ、そうしたあとで彼に必要な分は彼女の方から与えるのです。一般的に貧しい家庭の女は、一家の救いの神だと言うことができます。これらの階級が不幸に打ち勝ち、何世紀にもわたって生きのびてきた理由は、貧しい女独特のエネルギーと、家庭における彼女の支配力があったためです。彼女らの家庭はつらく波乱にみちたものですが、そこでは夫は総じて知性と意志によって従順にさせられました（拍手喝采）。

逆に金持の階級では、女は仕事から排除されています。特に夫がそう望んでいるというわけではありません。そうではなく仕事の複雑さ、分かりにくさ、法の抽象性、数字、金銭上の利害をめぐる解決に骨が折れるといったことが女をたじろがせてしまったのです。一目見ただけで彼女は言います。そんなこと知らないわ、やりたくないわ、できないわ、等々と。一般に彼女は間違っています。というのも門の前にあるトゲの生えた生垣のように、おびえさせるトゲの先端を見せている生垣のように、そこにあるそれらの数字の背後には、大変単純な良識の問題があり、そうした問題を女たちはしばしば男たち以上に上手に解決するからです。どうしてでしょうか？次のようなことなのです。つまり男たちは前もって体系を、先入観を、責任を負っているという誇りを、軍人的エネルギーへのおぼろげな記憶をさえ持っていて、それらは数字と関係する仕事においては、まことにばかげたこととなるからです。彼らは戦闘をまじえよう、何かを失敗覚悟でやってみようとします。思い切ってやろうとしないで、思い切ったことをやってしまいます。というのは彼らは、自分自身に関しては何一つ危険にさらさないで、自分の子供たちのパンだけを危険にさらすからです（ブラボー、ブラボーの叫び）。

そのような場合、女たちが仕事への嫌悪を克服し、よく眺めてくれたなら、彼女たちにはすぐさま分かるだろうし、分かったならば要求するだろう、より多くの慎重さを要求するだろう、と私は信じます（彼女たちが欲するときは、男たち以上の意志が持てます）。私は深く陰うつな印象とともに、一八四七年という年について、そして巨大な崩壊について語っています。この崩壊は、かつては存在したのに今日ではもはや存在しない、あるものの欠如によって生じました。あるものとは親族会議のことです。かつては多くのことが、夕食のテーブルを囲んで共同で議論されました。父も、祖父も、母も、妻も、全員が意見を述べ、そこから一つのまとまりが生じました。今日ではそういうことは、もうありません。それはまさに男の責任というわけではないのです。それは、極めて狭くなり、仕事や法律において抽象的で難しいものになっている専門性のためです。その結果、女はあきらめてしまいます。しばしば広い経験をもっており、人々が見なかったし決して見ることもないくらいの物事を見てきた祖父母でさえ、同じようにあきらめてしまいます。その時、すべては唯一の頭脳、若くて少々向こう見ずな唯一の男に左右されることになります。彼は自分のことを、そもそも判断力のある人間だと信じているので、思い切ったことをして、大損をしてしまうのです。

未来を担うもの

政治上の事柄においては、これ以上は何も申し上げませんが、最も賢い人々が二次的問題でもたつき、つまらぬことに夢中になり、あらゆることの基礎となるものを忘れたり、無視したりしているという悲しむべき光景が見られます。こういう政治的問題において、一家の母親たちは、もしちょっとでも相談されたなら、まず最初に心と良識にかかわる問題、あらゆる政治に先立つ問題のことを考えなかっただろうかとは思いませんか？　どんな問題でしょうか？　子供の問題です。託児所、保護施設、学校によって子供を国家的に庇護するという問題です。これがあらゆることに先行することです。男たちの国家は改革されるでしょうか？　私には分かりません。しかし女たちには、われわれ以上に次のことがよく分かるだろうと私は信じます。つまり第一義に重要なのは、今後さらに養成できる国民、子供という民であり、わたしたちは今日彼らのことをなおざりにしているが、明日には彼らがフランスになるだろうということです。

テュルゴー[*9]が「国家より前に自治都市がある。しかし自治都市より前に、学校を、子供を組織化しなければならない。それがあらゆる物事の初めである」と述べたのは六十年前のことでした。

皆さん、子供や女は、無学無知と呼ばれている階層ですが、私に言わせれば本能的階層であり、本能やひらめきに加えて、つらい経験をも持っている階層です。そうした子供や女のことを考慮に入れない人々は、未来について何も知ることはないだろうと私は言いたい。

未来！　未来なのです！　私たちが知りたいと願うもの、私たちが夢みるもの、暗い日ざしの中に時折かいま見ると思うもの、そしてわれわれのもとから逃がれ、われわれを欺き、夜になるとまた戻ってくるもの……。いったい私は誰に対して未来を尋ねたらよいでしょう？

数学者は冷たく言うでしょう。「これ以上単純な何があるでしょう！　あなたの公式をしっかりと組み立てなさい。その公式がまず、全体として同じ要素でできているように、ついで計算したように正確であるようにしなさい。するとあなたは、類似のあらゆる場合に、予知能力で武装されるのです」。

それに対し物理学者はつけ加えます。「疑い、探究するのはなぜですか？　自然はつねに自分自身に似通って振る舞います。きょう太陽は昇りますが、何百万という人があすも太陽は昇りうるだろうと請け合います。もし太陽がなければ、別の太陽が、別の惑星系がということになるでしょう」。

だがどちらの学者に対しても、精神世界は、否と言わざるを得ません。

否、なのです。歴史上の公式は、算術や代数学のように同じ要素でできているものではありません。それはいくつもの量と質との、さまざまに異なった力の混合物です。

否、なのです。精神的太陽、市民世界の日差しは、同じようには輝かないでしょう……。そうした太陽がわれわれのところにより良いものとなってやってくるのを、私は希望し、信じます。それが私の堅い信念です。

物理的世界は均一のものです。形態を変えることはできます。だが、その世界を追求し手放さない科学は、ラヴォアジェ[*10]が大変上手に言ったように、量と物質においてその世界に接続し、その世界を再発見するのです。だが精神世界の方は！　そうです！　皆さん。何という大きな違いがあることか！　それは自らの創造者であり、絶えず自らの深い意志という豊かな深淵から、活動と情熱との無限の力から、この世界を引き出してきます。精神世界はもろもろの世界を創造するのです！

したがって問題なのは、物理学者が言うような創造された自然ではないのです[(1)]。創造された自然は、つねに自らに似通って振る舞います。問題なのは、まさに日々自らを創造する自然、日々自らを作る自然であり、不思議な測り知れない、神のような、恐るべき、人々が意志と呼んでいる力なのです。人類の流れが拡張しながら進んでいくのを、一世紀一世紀、未知の支流を受け入れているのを、あなた方は見ませんか？　それは南アメリカの川幅何里あるか分からないアマゾンやラプラタといった大河におけるように、その水源がどこにあるか誰にも分からない流れを、所々で合流させるのが見られます。これが歴史なのです。つねにXから、つまり思いもかけない要素から出発して複雑になっていく同様の問題を、さあ計算してごらんなさい。

私がこうしてお話している時にも、ここでさえも、もしかしたら一つの意志が花開くかもしれません。一つの意志、もしそれが強固で長続きすれば、それが創造です。

これが偉大な恐るべき光景を作りだすもの、絶え間ない創造です。

つねに新しい光景です！　その光景が作り出されるにつれて、歴史と哲学がそれを眺めて記録します……。だが歴史と哲学が、生命にまで高まるものを既に見ていると断言するなら、一体それらの大胆さは、どれ程のものとなるでしょうか？

過去のささやかな経験がわれわれに与えてくれる蓋然性の小さな範囲内で、次のように言えます。未来の大いなる経験は過去の経験と少しは似通うことを、われわれは信じたい気分になるだろうと。いかなる言い回しにおいて話さねばならなくなるか、ということです。

未来を探究すべき方向

皆さん、皇帝ナポレオンは未来に関して何一つ予測しませんでした。彼以前の人々、少なくとも同じように偉大だったカエサルとかアレクサンドロスのような人々も、それ以上に予測したわけではありません。詩人たちの千里眼はもっと遠くにまで達します、が、何と混乱していることか！　シェークスピアを見てごらんなさい。彼は北方の諸伝説をあんなにも力強く活気づけました。予言的と呼びたくなるようなひらめきを持っていました。わたしたちは言います、そうだ、それはわれわれに似通っている、と……だがしかしそれは予言ではないのです。

皇帝は、時おり、予感を、漠然とした不安を感じました。自分の足許で自分から発しているのではない物事が、揺れ動くのを感じていたのです。そのために彼は憤り、怒りを覚えました。ある日、ある人に、次のように言葉をかけたことがあります。「民衆や国民について君はどんな話をするのかね？　民衆？　民衆だって？　わしには政府と高官と軍隊が見えるね……。残りは、砂の粒さ！」

砂の粒ですって？　多分原子でしょう。これらの原子が既に組織化されていたなら、明らかに未来ではなく、現在が問題となるでしょう。そうなっていれば、予測する必要はなく、見るだけで十分となるでしょう。予測すると言うときには、まだ組織化されていない世界が問題だということは明らかです。組織化されていない世界の中を、見てみる必要があります。それこそが問題です。もし見ないとしても、少なくとも聴いてみることはできます。もしあの偉大な男がこの砂の海に聴き耳を立ててみたなら、あんなふうに話すにしても、われわれ子供たち全員が聴いていたものを、一つのため息を、少なくとも聴いたでしょうに！

私はここで行動的な人たちを告発しているのではありません。私には分かりすぎるほど分かっています。事件や戦闘の喧騒の中、日々、ドアをたたきにやっている多くの物事の中で、すべてを聴きとるわけにはいかないことを。だが何といっても皆さん、あのため息、心臓の鼓動のはっきりとしないあの声、それを聴きとるのは心によってなのです。聴きとる人々はどんな人々でしょう？　耳と心を傾ける人々、あの低い声を寄せ集め、その声を参考にする人々、弱い者や小さな者を気遣う者、いやむしろ、男らしい言葉で話すとすれば、小さな者を知らず、否、小さな者も大きな者も知らない人々、深く真実な平等感覚の中で、一方の理性も他方の霊感も同一のものとして見る人々ということになります。理性と霊感、それは異なる形態のもとでの同じものなのです。

皆さん、私たちがいっしょに未来を探究するとき、この未来はいかなる人間科学も教えてはくれないでしょうが、私たちは少なくとも、どこに、どちらの方向に耳を貸すべきかを知っています。成長しているのは誰でしょう？　子供です。渇望しているのは誰でしょう？　女です。熱し上昇してゆくだろうのは誰でしょう？　民衆です。

そこにこそ、未来を探し求めねばなりません。

(1)　ここで物質界について語られたことは、もちろん相対的なものです。創造は断絶することなく行なわれており二つの世界に共通しています。無機的自然は一般に限りなく緩慢に自らの創造を行ないます。生理的生命の創造運動はと言うと、精神界の創造運動と同様絶え間ないもので、生命の深い自発性は持っていません。——精神の自発性、あらゆる事実の中でわれわれにとって最も確かなもの（なぜならそれはわれわれだから）、そして観察するのに最も簡単なもの、それは何といっても二つのしるしによって見てとれます。その二つとは不幸にも議論の余地ないもので、人間から生じており神から生じるものではありません。つまり気まぐれと悪です。

講義中止命令に対し——1848.1.7.

新しい統一の精神

この講義を開講したちょうどその日、一八四七年十二月十六日木曜日、いつもより興奮状態にあった教室に入って、私は次のように言いました。「聴衆の皆さんの中に、この講義を損なおうと思っている人が何人もいるのに気づいています」。

私はこの言葉を、第一回の講義の記録に印刷すべきだとは思いませんでした。だが八百人もの人がこの言葉を聞いたのであり、そのことを証言できるでしょう。

私は教える時間がまだほんの少しはあるだろうと、全然疑ってもいなかったのです。反動の中におけるわれわれの進歩を見定めてみると、ずっと前から聖職者＝党になされていた約束、特に一八四三年以来なされていた約束が、いまだ実現していないということに私はむしろ驚いていました。いずれやってくる事態を待ちながら、私は自分の講義を印刷し、残っていたほんの少しの時間に、広く一般に周知させるべきだと信じました。そのあと、講義中止命令が宣告されたとしても、それがいかなる合理的口実も持っていないということが、明々白々となるように願ったのです。

どんなふうに振る舞われたかを知っておくのは興味深いことでした。ミッキェーヴィチとキネ[*1]に見つけた口実は、ここではもはや役立たなかったのです。

ミッキェーヴィチは周知のごとくローザンヌ〔大学〕の正教授で、パリにはこの最終的肩書を約束されて呼ばれたはずなのに、外国人だという口実で、臨時教授という肩書しか与えられませんでした。だがロッシ[*2]氏や他の多くの人々も、任命されたときはそういうことだったのです。不親切な招聘でした。北国のホメロスをフランスの中心地に招き、彼が着いたとたんに言ったわけです。「あなたはここの人ではない」と。彼を、宿を与えるとして安全な避難所、自分で選んだ安らぎの地から去らせたのに、前もって壊してあった教授席にすわらせたわけです。

キネについては、異なったやり方でした。開設三百年来初めてのこととして、大臣がコレージュ・ド・フランスにおける講義の計画を抹消したのです。要するに講義の意味、意図、精神を表わす授業計画をです。――ところで恐怖をひきおこしたのは、精神の方でした。そうした精神を抹消してから、教授に向かって言ったのでした。「さあ、これからお話し下さい」。

社会体制という言葉がキネの講義を閉ざさせることになったのです。社会的結合という言葉は、何人かの人の耳にはさらにいっそう不快なものに聞こえました。その言葉が私の講義を閉ざさせることとなったのです。

一八四八年一月二日、日曜日、夜の十時に、私はコレージュ・ド・フランス理事、ルトロンヌ[*3]氏の書簡によって、私に講義中断命令が出たことを知りました。政府の決定に従ってのみ行動していると言って、大臣はいわばこのことの責任を負わないようにしている点で、大臣の行為はとりわけ目につくものでした。

月曜夜、理事殿に私は次のような手紙を書き、各紙がそれを転載してくれました。

理事殿

「公教育大臣は、政府の決定に従って、貴君の講義を中断し、この命令実行のため小生に教室閉鎖を義務づけた」とお知らせ下さった理事殿の書簡受け取りました。

政府決定の理由を伝える大臣の説明は何一つありませんでした。

それゆえ上層部から来たこの謎を、さまざまに推測する羽目に追いこまれています。私の講義はかつてこれ以上なかったくらい平穏なものでした。私のいる所では、講義を乱すいかなる無秩序もありませんでした。私の講義は速記され、刊行されています。ですからその意図についてはご判断いただけます。

私の講義の一つが行なわれた前か後かに、私とは無縁なある行為が起きたとして、そのために私は罰を科されねばならないのでしょうか？

そんなことになれば、あらゆる教授は、敵の望むがままに非難され、講義を中断させられ、きわめて悲惨かつ不安定な状況に置かれてしまうでしょう。

たとえば、虚言を発するいくつかの講座が、哲学を好き勝手に激しく糾弾している年度の時など、イエズス会の最初の密使が、哲学がいまだに確保し影響力をもっている唯一の講座を、危険にさらし打ち砕いてしまうかも知れません。

あるいは、はっきりと見分けられる多数の警察官のまさしく目の前で、どこの誰とも分からない若者が、あの警察ならどこででも黙認しないようなデモをしたのに、罰せられないということがあるかもしれません。

なぜ口実を探したり作り上げたりするのですか？　あらかじめ予想された一定の進行の最終的帰結であるものに、なぜ偶然の出来事といった色あいを与えようとするのですか？　ミツキェーヴィチからキネへ、キネから私へと、これは三度にわたるクーデタです。

ミツキェーヴィチはヨーロッパの上に松明をかかげ、フランスとスラブの文明化された、あるいは野蛮なままの諸民族間に結婚状態を打ち立てていました。キネは文学、政治、宗教という諸問題の深い統一を作り出していました。こういった問題は、魂の中心部にあっては同一のものです。私は、道徳歴史講座において、中でもとりわけ精神的な仕事を、あえて言えば人間的な仕事を始めていました。そして「精神的社会的統一」という時代のテーマに触れていたのです。そして私の中にそれがある限りで、階級間の戦いを鎮めようとしました。この戦いは、ひそかに私たちを苦しめており、実のところ利害が対立しているのではないあれらの階級を分離し敵対させ、実際以上に目につく障害を作っています。そうした障害を私は遠ざけようとしたのです。

その点で私はたたかれたのです。たたかれねばならなかったのです。体制と呼ばれているものは（誤ってそう呼ばれるのです、それは力でしかないのですから）、われわれの分裂と、われわれがお互いに対し持っている常軌を逸した恐怖だけを糧に生き、それのみを利用してきました。何を体制は恐れねばならないでしょう？　諸階級の接近、和解、そして統一です。われわれの戦いは体制にとっての平和、われわれの平和は体制にとっての戦いです。

いまや、この教室は閉ざされます。一方思想の敵に対する演壇と教壇が開かれます。それでも新しい統一の精神は、相変わらず教えられ広められるでしょう、わが友人たちの才能により、私の大きな真剣な意志により（この証言通りになるつもりです）。この新しい精神は、将来もほろびることはないでしょう。

敬具

J・ミシュレ

一八四八年一月三日

政府系新聞の徹底的な沈黙。講義中断は行政当局への私の返事によって、はじめて公衆に知れるところとなりました。

高等教育は、ああした沈黙せる者たちによって、静かに息の根をとめられてしまうことなどありえません。

並みいる高等専門学校は、節度をもってだが、力強い抗議をしました。

一月六日、千五百人の人々、コレージュ・ド・フランスや他の高等専門学校の学生や聴講生が、思いがけず私に、残念に思うという気持を表明しに、わざわざやって来てくれました。いつものようにその日も家に居なかったので（王立古文書館に行っていたのです）、私は彼らに面会することができませんでした。そこで、次のような返答を彼らに送ったのです。

わが聴講生諸君へ、高等専門学校生諸君へ

皆さん、
近代的統一をもとめていた三つの講座が、統一の敵たちによって沈黙を余儀なくされました。

道徳歴史講座は、とりわけ政治や宗教面でのイエズス会的教義を不安にさせたに違いないのです。道徳の教育以上に、われわれの見ているものと対立し、反乱を起こさせるような何がありましょう？　そして歴史は？……ああ！　歴史より恐ろしいものは何もないのです。皆さん、歴史は過去に照らして、未来の微光を示します。人は未来を恐れ、未来を受け入れようとしません。可能な限り、そこから自らの目と思考を遠ざけます。「まるでそれを考えなければ、それをなきものにできるかのように」。

皆さん、私たちは厳しい時代に入っています。抑圧と暴力と沈黙の時代です。話すことが封じられ、私たちは印刷出版の中に逃げ込みました。そこでは一つの新聞でも存在する限り、私たちはもちこたえるでしょう。少なくとも約束できるのは、その新聞であなた方は、同じ人間を、毅然とした同じ意見を、同じ粘り強さを、再び見出すだろうということです。

あなた方は道徳と歴史のために抗議して下さいました。皆さんに感謝申し上げます。

あなた方の厳粛な示威行進、私の家までやって来るという格別の名誉を与えて下さったこと、私にはよく分かっていますが、それは人間に対してというより問題に対して行われたことなのです。有力者たち、民族の長老たちは、歴史に学ぶ道徳を恐れています。若者は自分たちが、強く、厳格で、気高い、そうした道徳を欲することを堂々と宣言します。若者は、そうした教育は心の欲するままに存在したということを認めています。

よろしい！　皆さん、私は胸に手をあてて、そうです、思い切ってはっきりと言いましょう。

私はそうした教育にふさわしい者だったのです。私はあなた方から出された証言に値した者だったのです。私の教育の功績によってではなく、少なくとも二つのこと、私が自分の中に感じている、大変確かな二つのことによって、そうだったのです。私が真実を愛し、あなた方を愛していたという二点によって。

私はこの大いなる気高い聴衆、す早い理解力ゆえに世界にまたとないこの人々が好きでした。彼らは最初の一言を聞いただけで常に理解してくれましたし、しばしば、聞く前から理解してくれました。彼らにあって言葉はほとんど必要ないように見えました。私の思想はただ示されただけで、キラキラ光る視線の中でいっそう生き生きとなって、私の方に帰ってくるのでした。

何度となくこの会衆の上を、精神の息吹が通り過ぎるのを私は見たことでしょう。そして未来が、やって来るべき時代の夜明けが、より良いフランスが、現われ始めるのを見たことでしょう！……

皆さん、こうした希望の瞬間に対し、あなた方が知らない内に私の思想をふくらませてくれた励ましにみちた力に対し、私はいったい何を、あなた方にお返しできるでしょう？……自分の持っているもの、私の思想そのものを皆さんに差し上げましょう。

十年間（一八三八－一八四八）の私の講義で終始一貫している思想、それを私はまだ誰にも打ち明けなかったし、どこでも明確に述べたことはありません。

私はこの講義を、まず四年間、事実についてしっかりと研究することにより基礎づけました。

十四世紀から十六世紀にかけて、近代的自由を、つまり自由な精神生活を作り出しました。そうした自由を私は使おうしていました。そして古い権威を破壊し、そうした権威が人間を窒息させていた鉛の重い祭服を破り捨てました。

一つの哲学的講義（一八四二年）の中で、歴史的生命についての一般的考えを、頭の中で、すべて集中させせました。

あの戦争と平和の仕事、新しいものを作るのに必要なあの破壊を再び始めて（一八四三‐四五）、私は中世自体がいかなるものであったにせよ、それは、自らを中世の嫡男であると言っているイエズス会流の運動を生み出したものでは全くないということを示しました。――こうして二度にわたって「虚偽」を破壊したのです。つまり虚偽それ自体において、またその伝統において。それから私は「真実」に手をつけました。そして新しい宗教的政治的「教会」の仕事を説明し、いかにしてその教会が十八世紀に自らの最初の試み、「大革命」を引き起こしたかを示したのです。

したがって今年、私は再度、哲学的結論に近づこうとしていました。一八四二年には歴史についての哲学、一八四八年には社会哲学にです。前者は過去を、日没を眺めます。後者は暁の方を向くのです。

今年の講義全体、唯一の点、本質的な一点に関しています。つまり精神的、社会的分裂と、結合の諸手段ということです。

一般に信じられているよりもはるかに大きな分裂です。三千四百万人中の三千万人が、万人共通の思想の動きに無関係なままでいます。教養ある者は教養ある者のために、本を、新聞を、劇文学を作っています。小さな国民が大きな国民の知らない所で働いている、魔法の領域のようなものです。この領域を乗り越えねばなりません。

どうやって乗り越えるのでしょう？　心の跳躍によってです。――誰がそれをするのでしょう？　まだ心を持ってる者、とりわけ若者が、です。若者はまだ運命の奴隷ではないので、フランスの運命の中に、祖国の統一の中に、自らの運命を置きます。――どんな手段によってでしょうか？　友愛にみちた言葉、仲介するものを持たずに、熱く、生き生きと、心へと赴く言葉によってです。同じ言葉が文書に書かれると、新しい文学運動が、幅広い精神が生じます。それは教養ある者のものでも、民衆のものでもなく、フランスのものなのです。万人のために書かれた書物、万人のための演劇、等々となります。

これが私の講義の全般的精神です。第一回目の講義は分裂について言っています。――二回目は、それを改善するために、あなた方若い人々が民衆に近づかねばならないこと、あなた方自らがそれを必要としていることを言っています。――三回目は、うぬぼれを捨て、弱者のことを思い、「それは子供でしかない、女でしかない、無知な階級でしかない等々」と言わないようにと言っています。――四回目は（反対意見に答えるもので）、外観が、粗暴さないし下品さが、ことを滞らせてはならないと教えるものです。それは下品さとは何か、真の品位とは何か、等を語るものです。

以上がこれまで私が教えてきた内容です。

皆さん、私は続けていくでしょう。死の日までずっと。そして心を注ぐでしょう。あなた方から去ることは決してないでしょう。あなた方を離れて、一体この世で何を私は持っているでしょうか？　それ以上の何も持っていないし、持とうとも思いません。

私はあなた方から去らないでしょう。が、皆さんは私から去っていくでしょう。

私は、あなた方の中で毎週取り戻してきたインスピレーションを、いまや失うのです。す早いけれどあんなにも実り多い意志の疎通を、あきらめねばならないのです。

しかしながら、ある者は私を活気づけ、ある者は私を立ち止まらせ、それと気づかないまま啓発してくれました。書物の中で敢えて口にした多くのことを、私は講義の中で、その真の範囲に合わせて置き直し、訂正しました。フランスに関するあんなにも正しく、しっかりとして細やかな感覚による批判的考察、こうしたものが私には欠けているのです。何という好意に包まれ、あなた方の中に私は、そうしたものを見出したことでしょう！……

これから先、私にインスピレーションないしは批判的考察が欠けてしまったとしても、皆さんは私を依然として読んでくださるでしょう。共に過ごした時間への寛大な思い出から、また精神の緊密な共通性から。そうした精神の共通性の中、私たちは自由をめざす道程において、つねにお互いを再発見することでしょう。

J・ミシュレ
一八四八年一月七日

第四回講義——————————1848.1.6.

社会的和解への若者の使命

皆さん、

ローマは若者に対し一つの気高い社会的任務を、つまり告発という任務を進んでゆだねました。——政治的な高度の告発で、非難攻撃がなかなかできない大物の犯罪者、法務官とか属州総督とか属州の圧政者たちといった者の訴追です。それは若者には、大いなる勇気や清廉潔白なエネルギーがあると考えられたためばかりでなく、あの変質することない性格の純粋さが、告発に力をもたらすだろうと想定されたからでもあります。

しかし私は、皆さん、若者にもっと高い使命を、社会的和解という使命をさらにゆだねたいと思います。

それは、いかなる利害によってもいまだ変質させられない正義への燃えるような愛が若者にはあると、私が想定しているからだとも見えますが、単にそれだけでなく、何よりも、自らに逆らってでも物事を決められる生まれながらの寛大さが、つまり自らの利益に対しては不公平とも不当ともなる高貴な秤が、若者にはあると想定しているからです。

だから次のようには言わないでいただきたい。われわれは明日か明後日には大変公平な法律を持つようになるだろうから、その結果あらゆる権利は完璧に平等にされ、調整され、一並びにされ、もはや人々は共感や寛大によって物事をなすことなどなくなってしまうだろう、人々は心を持つことを免除されるだろう、ただ法律のみが万人に対して心を持つだろう、などと。

これに加えて次のことも言っておきましょう。われらが偉大な母、その前例をつねに心の中に思い浮かべねばならないあの大革命のフランスが、諸々の法律を改正し（訴訟が三分の二に減るほどだった、と言われています）、それと同時に法律の傍らに、法がまさに必要とならないようにするため、ごく小さな裁量法廷と、善良で素朴な調停者とを設け、この調停者は争いごとの核心をまず最初に一挙に解決し、訴訟をさせないようにしたということを。この裁量権を持つ調停者を、大革命のフランスは新しい名前、中世だったら決して理解できなかったろうし、結びつけることもなかっただろう二つの名詞の結合で出来た名前で名づけました。平和の裁き手（＝治安判事）と。中世では、正義とは一種の戦争でした。

そうです！　皆さん。私たちにいま必要なのは平和の裁き手です。それも市民個々人の（＝民事）ではなく社会の裁き手です。二つの陣営に奉仕を申し出る自発的調停者、一方から他方へと赴き、法廷も裁判官席も持たずに動きまわる博愛心にとむ誠実な人、両者に釈明させ、理解させ、誤解をふせぐ人。そう、誤解なるものが、人間の争いごとの少なくとも半分なのですから。半分ですって？　いや多分、すべてです。

でも何ですって？　この熱心な調停者が、もし誰からも受け入れられなかったら、ですって？　エゴイズムにこりかたまった金持や有力者からは拒絶され、正義による以外の何も願わず、あくまでも法を待ち望むというほどに不遜になった貧者からも拒絶される、としたらですって。

いいえ、私はもっとすばらしい期待を持っています。それに、まず金持とか裕福な人々に関しては、前回の講義で指摘しておかなかったでしょうか？　若者が、何よりも、学んでいた学校や大都市から戻ってきて、家族の中で、時に余りにも大きな影響力を持つということを。何と彼は尊敬され、意見を聞かれ、難なく信じられてしまうでしょう、しかもその言うがままに、でしょう？　母親は何という堅い信頼を、彼に対し抱くことでしょう！　この動乱の時代に多くのことを見たり、なしたりしてきた父親でさえ、若者たちの方が多くのことを知っていること、彼らの方が、はるかにずっと多彩な教養を身につけていることを認めずにはおかないのです。前の世代には完璧に知られていなかった自然科学や物理学の知識を、最小限、上っ面ながら若者は持っていますし、それら科学の産業との、つまり皆に共通の生活やその他あらゆることとの実際的関連についての知識を持っているので、父親自身が喜んで認める利点を、彼らは持っているわけです。父親自身、息子に相談し、彼の言うことを信じるのに慣れてしまいます。まったく別の分野においてさえ、若者は軽薄すぎることがほんの少々でもなければ、難なく家族の中で権威ある者となってしまうでしょう。――彼がこの権威を使ってくれますように、それも高貴な使い方をしてくれますように。彼が家庭で、金持の食卓で、行政官が貧者に対してそうあるように、いまだ完全無欠な口から発する正義の声となってくれますように。彼が限度を監視し、父の、強者の領域が、弱者の領域の方へと進み出るのを妨げてくれますように。彼が賃金に心を配り、それを競争によって割り引かず、人間の必要にあわせて確立してくれますように。そして自分の父親の名誉を気遣い、金持たちの裁判所に貧者に対する訴訟を起こさせたりしないようにと、私は願っています。ここでの生来の労働裁判所判事、最も正しい者、それはその家の息子であるべきです。なぜなら彼が一番心が広いのですから。

「しかし相手方は、この仲裁者を簡単に受け入れるでしょうか？」と人々は言うでしょう。

――ええ、彼がそれにふさわしければ、と私は答えます。

この肯定の答を、私は躊躇することなく断固として発するのです。私はと言えば、そういう事実を知っているからです。何回も気づいたことがあります。若者と民衆のあいだで、若者と貧しい人々のあいだで、何と同盟は容易であるかと。なぜでしょうか？　二つの理由によります。それを民衆は、うまく説明はできないのですが、重視しています。

金持の息子は金持ではありません。ましてや所有者ではありません。彼は相対的に貧しいのです。彼は人に依存し、待っています。学生もまた、自分の勉強の給料のようなものを、多かれ少なかれ稼ぐようなものを受けとります。数多くの給料問題が、彼と父親の金庫のあいだで持ち上がります。

もう一つの理由は次のようなものです。彼の若々しいエネルギー、年齢ゆえの真心、気やすく言葉をかわし人間関係をとり結ぶこと、それが彼を容易に民衆に近づけさせます。ほどなく彼は専門の仕事に精神を集中させられ、仕事によって制限されてしまうでしょう。彼は医者になったり弁護士になったり実業家になったりするでしょう。だが今日、彼は人間です。彼はまだ人間たちに関心を持っています。

人間として人間たちに

だがしかし、言っておかなければなりませんが、一つの重大な障害がそこに登場します。専門分野が少年時代から私たちを捉えているということです。私たちは早い時期から、巧緻にすぎる教育によって、いっそう気品があると信じているのに、間違いなく、いっそう無味乾燥でいっそう抽象的な言葉づかいの中に閉じ込められてしまっているのです。そこから若者の困惑が生じます。彼がこうして言葉づかいとは無縁の人々に話しかけるや否や、もう一つの言葉づかいをしなければならなくなるや否や、彼はまず何よりも堅苦しくなり、しゃちこばってしまうのです。いかなる意志の疎通も不可能となります。彼は何と偉ぶっているか、と言われます。「若旦那だからね！」と言われます。お互いとも警戒し、遠ざかり、少なくとも自分を閉ざしてしまいます。こうして猜疑心を持った人は、もはやどうでもよい上っ面以外、何も見せません。故意に無表情で凡庸な姿になってしまいます。ついさっきまで生き生きとした独特な表情を見せていたのに、彼は自分の前にヴェールのようなもの、金持に反対する一つの柵、陰うつでありきたりの外見、ありふれた言葉づかいを、置いてしまうのです。彼が示すのは階級のみ、その階級に共通することだけとなります。あなた方は決して人間にまで到達しないでしょう。

それに対してどんな救済手段があるでしょうか？

そのことのためにも、また他の多くのことのためにも、最大かつ最良の救済手段となるものを、私は前回話しました。この救済手段は魂に向かってと同様、外面に向かって作用するでしょう。感情に対してと同様、意志の疎通に対しても作用するでしょう。この救済手段とは次の一点につきます。

真に平等を愛しなさいということです。

言葉の上で、理論の上で？　いいえ、実践においてです。一見最も取るに足らない些細なことにおいて、微妙で深遠な平等への崇拝を持ちなさい。

私はある男を知っていますが、彼は冬、貧民街を横切るとき、手袋をポケットの中にしまいます。

これこそが救済手段です。あなたの手袋をポケットにしまいなさい。それから気取らずに赴きなさい。気取らずに行動しなさい。人間として人間たちに話しかけなさい。

あなたの手袋とは、つまり美しい言葉づかいであり、上品さでありモードであり、虚栄心の調度品全体ということです。

「何ですって！　それではあなたが私たちに勧めるのは低俗になれということですか？　平等への愛のために、神殿で法衣を買い、木靴をはくべきだとほどなくおっしゃるのではないですか？」と言わるかもしれません。

　こうした反論は、ずっと前から同じ精神で私たちと理解しあっている人々からは、間違いなくなされないものです。そういう人々は私たちが、野蛮ないし低俗を説いているのかどうか、私たちが外面的なしるし、貧困のおろかしい見せびらかしを重視しているのかどうか、知っているからです。

　反論するのは外部の人々です。そういう人々に私は言いましょう。あなた方は知らないのだ、極めて高度な気品は、階級といういかなる観念とも無関係だということを。人柄というものは、気高さの一定程度の段階で、万人と同じ水準にいるというあの特異な特権を人に与えます。小さな者も大きな者も、最も大きな者を越えて、諸階級が終了してしまう領域に入るのです。革命期のわが国の将軍たちは突如そういった地点に登りました。民衆は、彼らに従って戦闘に行き、彼らが決して変らないのを見出しました。にもかかわらずヨーロッパの最高の貴族は、彼らの気高さをうらやんだのです。ポーランドの誇り高い騎士団、世界で一番尊大なあの騎士団中の第一の騎士、勇敢で無垢なコシチューシコ[*1]は、言葉によって最低の農民をも感動させていました。わが国にあっては、聖なる乙女は、自分の村を出て、親王たちや王たちを、その生まれながらの気高さで驚かせました。彼女が話すと、万人が、王も民衆も耳をそば立て、聞き入りました。それは神の言葉だったのです。

偉大な心から発する言葉は、すばらしい充溢から、万人が共に汲み取ることのできる充溢から生じてきます。そうした言葉は真に高いところから降りてくるので、自分の水準を探して空に真近い山々の高みに戻る水のように、自然に、そっと、何の苦労もなく、人々に気づかれることもなく、昇っていきます。この流れの中で、あらゆる心が上昇させられていくので、自らが上っていくのに気付かないまま、心もまた上っていくことになります。こうしてすべての心が、知らぬまに、崇高に、だが素朴になり、そして平和のうちにあるようになります。

このことを、しかし自然の作用として判断しないでください。そうではなく、それは人間の起こす奇蹟なのです。意志によって作られるすばらしさなのです。——高く、純粋でまっとうな意志。それはああした人々にあって、彼らに近づくすべてのものを気高くします。彼らの前には粗野で低俗なものは、もう何もありません。万人は、とまどうどころか、立ち直り、心を安んじます。子供も民衆も、彼らのところに行き、取り囲みます。かつてこんなに近づいたことはありませんでした。皆、彼らの道徳的熱気によって身を温め、そこに自らのもの、民衆のもの、人類のものであるもの、つまり神の恩寵の発生地があると身にしみて感じます。

今しがた名を挙げた純粋で神聖な英雄たちは言うにおよばず、天才だけでも安心させてくれます。天賦の才を持つ人々は信頼感を与えるような所を持っています。——ルイ十四世の前に出てどきどきしたという傷痍軍人の話が知られています。しかしナポレオン軍の兵士たちは、ナポレオンの前に出ても全く動揺しませんでした。

あえて言う必要があるでしょうか？　人々がその人の前に出ると、それまでよりも人間らしくなくなり、どぎまぎし、困惑させられ、恐怖や猜疑心を感じるといった人を好意的に評価するのは、私には難しいということを。そうした印象を生み出す人には、たしかに道徳的力が欠けているのです。強者とは人の心を強くしてくれる者たちのことです。畏怖の念を起こさせ、とまどわせ、猜疑心を生じさせる者の報いは、人々の中に何も見ず、人々を低俗で不毛なものだと思うことです。彼は嫌悪感をもって顔をそむけます。そして自らの貴族性に、その高貴な無能力に、凝り固まっていくのです。

ある若者、若いとはいえ優秀で、ドイツ文化に大変強いことを示す手紙によって外国人だと分かるのですが、その若者が次のように書いてきたことがあります。彼が庶民階級の男たちと話をしたとき、そこから何も聞き出せなかったゆえ、民衆の独創性、民衆に固有の才能を発見するために自分には才能が必要なのだろう、と。彼が言うには「私には彼らが全くできあいの、ふつうの言葉をしゃべっていて、まるで古着屋で服を買っているみたいだ、それらの古着が、自分たちのサイズにあうかどうかを確かめることもあまりないみたいだ、と思えました。どうやったら彼らは自分たちの言葉づかいを創り出せるでしょう？　それが最も困難なことです。古代文明は、そうした創造をなすために、まさしく神を望んだのです」と。

下品と上品について

ここに、そうした神の一つがあります。ただし、それを観察し、その突然の創造においてそれを捉えるすべを知らねばなりません。この神とは「必然」であり苦しみです。それは精力あふれた性質に包まれ、軟弱な不平不満や涙に変るのではなく、生き生きとした、時に本当に霊感を受けたような声で響き渡ります。あれらの釘、鉄のくさび、そうしたものによって古代ギリシア・ローマ人は「必然」を武装させますが、それらは、人間たちの頭と心から、思考や、独創的で新しい言葉を湧き出させるという効力を持っています。

この荒々しいインスピレーションは、苦痛と同じくらい、人それぞれで異なるものです。ここには、似たような形態のもと、眺めるすべを知っている者にとっては、無限の差異があります。われわれが見出す低俗なものは、あの手紙の書き手が信じているように、奴隷的模倣から生じるのでは少しもありません。逆に、個性豊かな人の持続的努力により、精力あふれた探究により生じてくるのです。ただしそうした努力の表現は、つねに適切なものとは限りません。彼らの言葉は、全き平和の中で、戦いの言葉となったりします。どうしてそのことに驚くのですか？　彼らは、われわれよりも、はるかに現前するものとして、わが国の大いなる戦いに関する感覚を持っています。彼らの苦しみと努力にみちた生活、つねに危険にさらされた不確かな生活、それは運命に対する戦争です。

低俗さとは何であるかを知るには、正反対の概念、上品さに関して十分理解しあっておく必要があるでしょう。上品さとは高度かつ高貴な規範で、それにもとづいて人々は低俗、野蛮、陳腐といった呪詛の言葉を発します。この国にあっては、恐ろしい不吉な言葉です。災いをもたらす言葉です。なぜなら陳腐なもの、陳腐な階級、陳腐な人物は、もはやいかなる関心も引き起こさないからです。

上品さという言葉は、まず第一に、きわめて近代的なものです。昔の人々、真の貴族階級には無縁でした。これは、新しいひどく混交した一社会が、それによって自らのしるしを認めようと望む、そうした様々なしるしに適応される言葉なのです。

しかしこの言葉を、それを知らなかった古いフランスに当てはめようとするなら、フランス的上品さは軽やかで話し好きで、時に不作法なものだったと言えるでしょう。――イギリス的上品さは、フランスが今日、不器用にまねしているものですが、無口で、堅くて、厚かましいものです。

ついでに言うなら、まったく別の状況での、ほとんど道理にかなっていない模倣です。――イギリス的無口、あのあごの奇妙な締めつけは、かなり近代的病気、シェークスピア時代のイギリス人には知られていなかった病気です。それはピューリタニズムに始まり、鉛の世界（クラリス・ハーロウ[*2]の耐えがたい一家を見てごらんなさい）の重苦しい影響の下で強化されたのです。最後にこの病気は、成金の息子、インドで財をなした大富豪や商人の孫である新しいジェントルマンにすばらしく似合います。そうしたジェントルマンは上流社会に飛び込んで何も言うことなく、威厳と安全とを見出しました。一段階古参の人々も、彼にはあえて何も言わないのです。

話を元に戻すとして、わがフランスの大領主たちは、あらゆる人々と話をすることで、自分の立場を危くするなどということは全く恐れていませんでした。彼らは、一般に思われているほど、農民たちから遠い存在ではなかったのです。最も高級な宮廷言葉も、十七世紀には、田舎のいくつかの地方、たとえばトゥーレーヌ地方の言葉と本質的には異なっていませんでした。トゥーレーヌ地方の人々はラブレーあるいはマルグリット・ド・ヴァロア[*3]の言葉を話していました。領主はセヴィニエ[*4]〔夫人〕の言葉を話していました。つまるところ、二種類のフランス人がいたのですが、あいだに入る実務家つまり執事がいなかったとしても、彼らは理解しあうことができたでしょう。

ここ、改良され、自由で、憲法にもとづく体制にあるわがフランスは、もはや、そうしたものではありません。二つの国民がいます。現在の領主は、亡命貴族ないしは亡命貴族の息子（ジョッキー・クラブのメンバー）であり、ロンドンに職場がある銀行家か銀行家の息子——歯に衣着せずに言えばイギリス風の服装をしたイギリス人です。彼のイギリス的政策は、人類愛ないし好奇心から、ある朝民衆とは何であるかを知ろうと思います。この民衆、それはフランス人で、尊敬すべき博愛家は、その外国の服装と異種混合的な言葉づかいのために、民衆をあまり安心させられないのです。そこで民衆を疑わしく思い、監視します。会話は長いものとはなりません。フランス人は心の中で言います。「一八一五年的なことだ」。もう一方は言います。「下層民め！」と。

バイロン卿の外套は随分前から流行遅れになっていますが、しかしまだ流行っているところがあります。時代遅れの若者たちがいて、彼らはあの偉大な手本にならって、イギリス風の社会的人間関係の欠如に、喜んで高い品位を認めるでしょう。そしてバイロンの品位は、彼がイギリスそのものと完璧に相いれなかったからだという事実を知ることもないのです。

気品の国フランスは、南仏のいくつもの種族においては、まさに洗練そのものとなっています。さらには少なくとも、あらゆる民族をこえて、力強さ、機敏さ、戦う姿勢という人間の真の気品を提供しています。そのフランスが――頭をたれ、下品だという非難を受け入れ、メソジスト派[*5]風の固苦しさを持つ商人の国に、気品を探しに出かけるのです。

パリの民衆における祖国への感覚

下品だという、外国人が勝ち誇って唱えるお決まりの台詞は、得々として広まっていますが、ほとんどつねに、パリの通りで見る表面的な観察によって、彼らに示唆されたものです。――彼らはパリを一つの町として、同質の住民として判断します。ところがパリはヨーロッパであり世界なのです。それは、すべてのものが通過し、変貌しにやってくる秘儀伝授の場所です。一時的に滞在している四－五万人の旅行者は別として、十万かそこらの外国人が定住しています。中でも八万人のドイツ人や、何千人かのサヴォア人とかピエモンテ人とかがいます。それから亡命者たちがいます。イギリス人やドイツ人の観察者は、彼らをみんなパリ人にしてしまいます。ここには種々のタイプがいるが、全体としては下品だと思うのです。通る人を見てごらんなさい……イギリス人の仕立屋ですよ、ドイツ人の靴屋ですよ。

持続的にあるいは定期的に出かせぎにやってくる、わが国の田舎出身のフランス人の中には、オーヴェルニュ人やリムーザン人等がいますが、多くの者は、出身地の独創性を失い、かといって中心地の精神も、まだ身につけてはいないという点を考えなければなりません。彼らは中央部に来て、ただよい、中途半端となり無性格なものとなっています。——南仏人たちは、ひとたびガスコーニュ風な〔ほらふきの〕態度を脱すると、急速に中心地に溶け込み、時にはあまりにも早く、あっという間に変ってしまうことで、多くの優しさや独創性を失います。

パリに住みついた地方人の息子たち（こういった人々が多分住民の三分の一を占めているでしょう）は、もはや地方なまりを持っていませんが、しかしそれぞれの類型を保ち持っています。パリに生まれたとはいえ、本当の純粋なパリっ子と言うわけにはいかないのです。——こうした純粋なパリっ子は全住民の半分に達するでしょうか？　それだけでも大したものです。私にはほとんど、そうだとは思われません。大いに観察し、フランスの地方的特性について完璧に知ってこそ、そうしたことが見分けられるでしょう。

本物のパリっ子のあいだでも、何という違いがあることでしょう！　両極端の例に注目してみましょう。十分に安定した古いブルジョアジー（彼は自分の祖父の父を知っています）と、おそらくこの世にあるものの中で、その平均的寿命の最もはかない赤貧の民衆です。どんな早さで、この民衆が入れ替えられているか知るには、貧民街に住んでみる必要があります。誕生と死が、絶え間ない目まぐるしい状態で、そこにはあります。恐るべき化学があって、そこでは、生命は分解されるためにのみ構成されていきます。彼らが朝から夕方にかけての、ほんのわずかな時間しか生きていないという時に、彼らを非難するなどという勇気は、何につけても、ほとんど持てなくなるではありませんか。あんなにもす早く行くあの哀れな小川！　私は流れを咎めます……が、それは消え去っていくのです。

この生きた流れ、あの住民のことをそう言いましょうか？　それは死の三つの作用を受けながら、逃げ去り、流れ去っていくでしょう。三つの作用とは、仕事の変りやすさ、つまり失業と絶食であり、――堕落（しばしば意図的ではないのですが、自己放棄の致命的結果です）であり、――最後にとりわけ、食料品に人命にかかわるような混ぜ物がされるという、日々の毒殺です。

驚くことは、この急速な推移の中で、人間が（もし仮に彼がそこに来ていればですが）、それでも一つの性格を持っているということです。これまでなされてきたように、人間におもねり、そこから詩や田園詩を作ってはなりません。ああいった地区に二十歳でやって来る者は、間違いなく醜い男です。彼は恐るべき試練を通ってきたのです。生きているとすれば、それは精神によって生きているということです。そこから、ああいった悲しげな表情の中での目の輝き、愉快で生き生きとした言葉、大胆不敵さ、すばらしい節度といったものが生まれます。オーヴェルニュ人やリムーザン人のような、悪い食事によって鈍重になるということは全くありません。あれらの地方の人々も、他の点では、もっと価値があるのですが。

貧民街の人々は、物事をつねに大変しっかりと判断できるわけではありません。しかし人間に関しては見事に判断します。彼らは人間を、最初の一瞥で、一挙に見抜いてしまいます。そして決定的に、大変見事に、分類し判断してしまいます。こうした知性があるので、一般に言って、彼らは、その悲惨さや、その不道徳で投げやりな生活からは予想できないような、優しさを持っています。この地で起きた大いなる流血、歴史的虐殺の中に、パリはほんの少ししか関与しませんでした。あれらの激高は、一般に他からやってきた人々、南仏のこれこれの所からやってきた、もっと粗野で暴力的な他の人々によるものだったのです。あれらの人々、とりわけ山地の人々は、しばしば野蛮でした。彼らは決して隣人から物を盗みませんが、時として隣人を殺すのです。彼らがお互いのあいだでやる死ぬほどの殴り合いは、しばしばパリっ子をぞっとさせます。

この住民、死の息吹きの下にあって、不幸で、定住せず、逃げやすいこの住民の中で、とりわけ私が驚き、また興味深く思うことは、一つのことがそこでは不変だという点です、皆さん。――それはどういうことでしょうか？　生業でしょうか？　いいえ、彼らはしょっちゅう仕事を変えています。家庭でしょうか？　いいえ、自由奔放に暮らしています。だが、少なくとも日々彼らが失っている兄弟や息子の死を悲しむ心は？　それも思われているほどのものではありません。日々の悲惨が多分、あまりものを感じないようにさせているのです。服喪につづく服喪が、その効果を鈍らせてしまいます。

そうではないのです。死が何度も何度も通り過ぎるこの生きた波の中で、この動きやすいるつぼの中で、唯一のものが変ることなくあります。皆さん、それはまさにわが国の上流階級にあっては漂い変動しているもの、つまりフランスという感覚です。そうした感覚が、彼らのところでは、自然な、本能的な、生まれながらのもの、見境のない、破壊されないものとしてあるのです。それを捨てさせるより、むしろオオカミやキツネに獲物を求める本能を忘れさせてしまう方が楽なくらいでしょう。

皆さん、私にはそのことが分っていますから、他の人々にとっては陰うつで嫌悪を催させるようなああした地区が、全然そんなふうには思えないのです。他の者たちは、あそこを避け、脇道に入り、遠まわりをするでしょう。私はあそこを通り抜けます。ああした精神的ないし肉体的醜さといったものに、私はあまりショックを受けません。私は心の中で思います、あの混濁した川となって、フランスが、祖国が、満々と水をたたえて流れているのを。私はそれを知っているのです。

民衆の中に生きる大革命の記憶

先日（古文書館に行くところでした）、パンテオンの所から、低いじめじめした暗い通りに下っていったとき、理工科大学がすぐそばに聳えているあの通り、サン＝ヴィクトール街へと通じる、あの恐ろしい谷間に入っていったとき、私はそうしたことすべてを心の中で思いめぐらしました。あれらの通りのすぐそばにムフタール通りがありますが、あそこは貴族階級です。太陽は貴族のものです。ところがあれらの通りに、太陽は決して陽を差しのべて来ません。

さて皆さん、私は通りがかりに、ちょっとした対話を聞いたことがあります。つまらないこと、足を止めるに値しないこととおっしゃるかもしれません。しかし私は足を止めました、少なくとも歩調をゆるめました。対話していたのは炭と野菜を買ってきた老婦人と一人の男、若いのか年とっているのか？　よく分からない男でした。ああ何ということ！　二十歳から二十五歳の男だったのです（あの界隈ではもう晩年です）。老婦人が持っているもの、彼らの通常の食事では使わない不釣りあいな宴の準備を見て、男は知的賛嘆をこめて言いました。「いったいどうしたんです！　おばさん（だれそれと、名前を呼んでいました）、祖国が危機にあるのですか？」

こうしてパリによって忘れられ無視されているあの地区で、そのことでフランスがフランスとなっている偉大なること、あの九二年の出陣[*6]が、いまもって格言となっているのです！

この格言は、他のどこで生きているでしょうか？　株式取引所に、ショッセ・ダンタン街[*7]に、さらに言えば、町全体に、尋ねに行ってごらんなさい。

大いなる日！　永遠に記憶される崇高な日、その日、旗がいくつもの広場に誇示され、大砲がたえまなく発射され、「危機にある祖国がその子らに呼びかける！……」という荘重な言葉が述べられ公布されました。そしてその言葉が発せられると、六十万人が〔義勇兵として〕登録したのです！

戦争のためでしょうか？　いいえ、そうではありません。そこにこそ、他に二つとないフランスの栄光があります。彼らは解放のために、全世界の平和のために登録したのです。世界の救済のために登録したのです。

それ以来、われわれが持った偉大なるものとは一体何だったでしょうか？……〔ナポレオン〕帝政でしょうか？　たしかに帝政は偉大でした。しかしながら帝政そのものが、マドリッドからモスクワまで、そのそばでは副次的なものです。

農民が覚えていることを、国民的伝説が彼らの心の中に打ちこまれたことを、私はまさに信じていますし、またそうだと知っていました。だから、今お話ししたようなことに少しも驚きませんでした。ここでは、何ということでしょう！　違うのです。生きていない人々、生き長らえず死んでゆく人々、彼らの方が覚えているのです。そして、幸せで、平穏で、思い出の手だてなら何でも溢れんばかりに持っているわれわれの方が、忘れているのです。

私は屈辱感を覚えながら、心にいっぱい涙をためて戻りました。

ああ、パリの貧しい地区よ、誰があえて低俗などと言えるのだろう？　お前たちが、人命を奪ってゆく恐るべき変わりやすさの中で、フランスの不易の宝を、しっかりと保ち持っているとき。――そしてわれわれ、上品で、低俗でないわれわれが、自分たちの心の貧しさの中、ヨーロッパ中で、模倣し、まる写しし、物乞をしようとしている。ヨーロッパ人だ！　国際人だ！　人道主義者だ！　等々と、そんなふうに自らを自慢しながら！……わたしたちが自分の中に、固有のもの、独創的なものを何も持たないこと、わたしたちが無であること、それほどまでに、それは本当なのだと思いました……。

第五回講義——1848.1.13.

真の創造に向けて学ぶこと

「勉強に観察を加え、書物に人間を加え、現実をま近から見るようにというこれまでの助言は、本当にすばらしいもので——私にではなく、私の隣人のためにこそあります。私の仲間のああいった人に、真にふさわしいものです。これは彼に向けて書かれた助言のように思えます。時間も暇もある金持の若者で、そうした時間をどうしてよいかわからないでいるのです。私は貧乏です、先生。それにとても急かされています。私たちの中の大多数は、本当に手元不如意だということを、先生はご存じないでしょう。家族の者は倹約しています！　私たちをせっついて言ってきます（私の父が今朝もまた手紙をよこしました）。『さあ急ぎなさい、試験を早くすませなさい……。試験官の先生に話してみなさい。お前のために家の者は疲れ果てています。お前は楽しんでいて、私たちは食べるものも食べないでいる。出世にも役立たないような講義を聴いて、どうしようというのかい？　今日大切なのは学問なんかじゃない。学問を修めるために学生になっているわけじゃないだろう。学位をとるためじゃないのかい。それなのに相変らず学問に戻っていくなんて……。早く学位をとって、良い地位について！　競争は激しいんだよ。今から、某氏にねらいをつけてコネを作り、気に入られるようにしなくては……。なぜ、うちの県の代議士さんに会いにいかないいんだい？』」

これで全部ではありません、母親の方も書いてきます。「息子よ、お前がパリでお金を使うものだから、お前の妹を結婚させられなくなっています。お前は五万フランを元手に、そこからあがる金利で暮らしているんだけど、その五万フランがちょうど彼女の持参金に必要な額なのです。それより少ないとだめだというのです。急いで一番早いコースを取って下さい。よければ代議士さんに会うといいが、それより何より、まずパリにいらっしゃる司祭さま……、神父さまに会いにいってごらん……。若い人の味方となる、それこそりっぱなお方だよ。本当に良い方ですから！……お前の昔の友達の某氏に地位を見つけてやったし、また某氏には良縁を見つけて下さった。それにまた品行方正な方ですからね。お前は何を求められるでしょう？　義務を果し、財産を作って、自分の魂を救うことだけでしょう。良い知り合いを作ってください。あんなにも完全に作られた研修会に入ってください」。――次の手紙では、研修会では十分ではなく、信心会が必要となっています。

そこです！　私は皆さんの家の方々に言いましょう。「お子さんたちを尊重して下さい！……もしそうしたければ、お子さんたちを傷つけなさい。しかし彼らの性格を、彼らの名誉を傷つけないで下さい。信仰厚い女性として、良心を押し殺して魂を救えるなどと信じていらっしゃいますか？……そう、本当に何の悶着もなく、うまい運び方で手心をくわえ、突然の変節もなく、おだやかに圧殺する……。それも良いでしょう！　このおだやかなやり方も、それなりの成果をもたらすでしょう。彼の心の中に、関心事がひとたびしっかりと見事に打ち立てられれば、あなたの教えがどんなふうに、あなた自身に降りかかってくるかを見ることになるでしょう。『人間たちより神に従う方が良い』という教えです。ところで彼の神とは、お金です。彼は、あなた御自身がそう望んできたように、その神に従うでしょう。これまでは一人の息子さんでした。あなたのおかげで、今や彼は相続人、待ち望む人となります。彼は希望を持っています、と母親たちは言います。彼が〔親たちの〕死に希望を託しているからこそ、母親たちは自分の娘たちに彼を、と望むのです」。

しかし両親たちはしつこく頼みます。「私たちは金がありません。急いでいるのです」。――初めからよく考えてみて下さい。あなた方が何を欲しているのか、よく知っておいて下さい。もし急いでいらっしゃるのでしたら、長い道のりを、長期の伝統的教育を選んではなりません。十四歳で、息子さんを実社会に、実務、事業、帳場、船、何でもいいですから、そういうところに入れなければなりません。彼は世の中を見て、知るでしょう。二種類の教育が役立ちます。事業と旅行です。そうしたところで個人的に行なう観察は高い教養に匹敵し、高い教養を求めさせます。ボナパルトは書物から、ブリエンヌの学校[*1]から出発し、行動へと赴きました。オッシュ[*2]は行動から出発し、温厚な性格による自然な進歩によって書物を求めました。彼はヴァンデ[*3]の軍隊でコンディヤック[*4]を読んでいました。

家庭で言われることを私は若者たちに言います。あらゆる権威に勝る権威があります。名誉の持つ権威です。飢えで死ぬすべを心得なさい。それが芸術の第一義です。なぜなら、それが魂の自由をもたらすのですから。あなた方は家族に依存しています、それは結構。だが、率直に言わせて下さい、それは、もっぱら自然な服従の気持、子としての尊敬の気持によるのですか？　金銭上の困難が、そこに関係してくるのではありませんか？　お母さんからの助言が、寄宿費のひそかな追加か何かによって、金色に色どられることはありませんか？　こうしたことは結構聞く話です。

家の者が、若者をまじめでよく勉強し倹約もしているとわかっているなら、恥ずべきことは書いてこないでしょう。本当に一人前の人間になってほしいと願っているなら、彼の運命の前で一歩しりぞき、あらかじめ抑えたりせず、その運命を尊敬し、それに手をつけるのを躊躇するでしょう。むしろ自分のパンの最後の一切れを、あきらめるでしょう。最も尊敬に値しないような父親たちに、こうした父親らしい確たる信条があるのを見たことがあります。彼らは自分たちの息子を、自らを贖うもの、自らを未来において復権させるものとして、大事に扱っているのです。

自らの欠点に気づいて向上する

「一体どこで、お金を手に入れたらよいのだろう?」と若者は言います。――どこで、ですって? 人間すべてが持っている、最も貧しい者でさえ持っている秘密の金庫の中からです、よ。金庫であり、方策であり、最も欠けることの少ないものです。どんな方策でしょう?――悪習です! そうです、人間だれしも一つの悪習を持っています(ああした御婦人には、ああした遊び、ああしたうぬぼれ、そして今日では全員、服装に見栄をはる、等々です)。この悪習はつねに不平を言い、要求し、金品をまき上げてゆくひどい借金取りです。そうです、それを黙らせなさい、待ってくれと言いなさい、今度はあなたが彼から金品をまき上げていらっしゃい。

何ですって! と言う人がいるでしょう。すべての人に悪習があるとしたら、誰がモラルを話す権限を持っているか? と。――全員が、です、皆さん! 罪を犯す人々でさえ権限を持っています。すべての人がそうなのです。だから自分たちの中で説教をし続けましょう。もし、そのために、地上で完璧な人間になるのを待つとしたら、はるかに長く待つこと、別の空を、別の地球を待つことが必要となるでしょう。その地球は、より良いものとなっているでしょうか?

話を戻しましょう。私たちは相変らず外の世界を、われわれではないものを、これこれの家庭だとか社会だとかを非難しています。一般には正当なことです。しかしそれですべてではありません。もしも自分自身を非難するようになったら、しばしば、さらにいっそうわれわれは真実の近くいることになるのではないでしょうか？

若者は起き、朝食をし、新聞を読みます。恐ろしい恥ずべき訴訟のことが出ています。私的なまた公的な堕落のことです。彼は驚き、憤ります……そして夕方、彼は何をするでしょうか？　彼の目の届くところに三つのものがあります。夕方も開いている図書館——多少とも評判の良いしかじかのダンスホール——最後に、影響力のある政治的サロン。そこに彼はおせじを言いに、自分の考えを否認しに行くのです。

朝、堕落が彼を憤らせました。夕方も憤らせるでしょうか？

新聞で毎日彼は次のようなことを読みます。「フランスはひどく病んでいる。社会はひどく無秩序になっている、等々」。これ以上明らかなことはありません。ただ彼は、次のようにつけ加えねばならないのです。「この社会の成員は自らの中で、この悪い組織体一般をあまりにも正確に具現している。この組織体は万人における悪であり、私の中での悪である。——上の方の社会は人を堕落させるものとなっている……。下の方は堕落しやすいものとなっている。この恥辱の雨は、ほとんど思い通りになる、とてもよく準備された土地に降りそそぐのである。——力の均衡はもはやないのだ……。私にあってもそういった具合だ。私の力、道徳的能力、情熱が、それぞれの間で争いあうか、あるいはこれこれの悪徳に屈従してしまうのである。私の内面の騒乱は専横に転じ、この専横が騒乱を導き出す。死以外を予測させない激しい入れ替わりである」。

だが死とは一体何でしょうか？

最初に死体解剖をするとき、この問題を、小声にせよ声高にせよ、心の中で検討しない一年生の学生はいません……。先輩たちは彼のことを馬鹿にします。

私は、少しも馬鹿になどしません。そして彼に言うでしょう。それ自体における死がどんなものでありうるかはともかく、死に関する真実の感情がどんなものなのかをお話しすることはできる、と。

ダンスパーティーの翌日、疲れ果て、財布が空っぽで、心が色あせ、頭脳が弱り、休息も仕事も過去も未来も、何一つ愛そうという気持がなくなったとき、あなたは死の感情を経験したのです。それは死に属する感情で、いや、もっと悪いものかもしれません。

解剖教室の台の上に（ただ眼だけを、そして物質的現象だけを調べるために）、一人の死者が置かれています。それは構成要素へと分解し、自らの分子を分散してしまう人、引力や凝集力を決定的に欠いて、体としての統一を失っている人です。

生きている死者たちもいます。これこれの人、これこれの社会が死んでいるのです。つまり分割され分散していて、そこにあっては、各部分相互の引き合う力が消え去ってしまったのです。

ただ社会がそうなったときには、その成員たちもそうだということなのです。単に次のように言うだけではいけません。「フランスは分裂している」と。――次のようにも言って下さい。「私は自分の中で分裂し、バラバラになっている。私の力と統一とは、世界の四方八方に四散されるがままになっている。私は自分として留まっておられず、私を他者に結びつけるいかなる引力も持ちつづけられない」。おお！ 自分のすべての力を持った全的人間、自分のすべての吸引力で強くなった人間がいたとしたら、漂う原子の魂が彼の回りで旋回し始めるでしょう。そしてお互いが凝集しあって、この渦巻きは一つの世界を形作るでしょう！

フランスにおいて何が増大しているでしょう。団結でしょうか、分裂でしょうか？ 生命でしょうか？ 死なのでしょうか？

その中に全運命が含まれている恐るべき質問です。

統計学者は満足げに答えます。生産は増大していると……。だがそれは物の生産であって、人間の、魂の、性格のそれではありません。精神の資本は全く増えていません。

フランスが天分として持っているもの全体が古いものだし、あるいは古くなりかかっているものです。――そしてその背後には誰もいません。――あなたはダンスパーティーに出かけながら、次のように自分に言えるでしょう。「フランスは下がってゆく。老いてゆく。生命は減少し、死が増大している……。そして私もまた、死を増やそうとしているのだ……」と。

こうしたことすべては、あなた方が信じていらっしゃるような虚構的なものではなく、本性から取り出されたものです。この意味で、嘆かわしい対話が、一八二三年頃、オペラ座のダンスパーティーの入口で交わされました。私の友人で、社交人で、かつ大変知的な芸術家だった者と、ある若者、心を打たれた立派な若者とのあいだで交わされたのです。この若者は快楽の中に死の促進を求めているように見えました。私は今世紀第一の画家、不幸せなジェリコー*5のことを話しているのです。

天才ジェリコーの運命

陽気な群衆の中でひどく陰うつな彼に、私の友人が出会いました。彼は着飾った女たち、馬車、街の明かりの中で、盛装し黄色い手袋をしていましたが、もうすっかり変っていました。その力強い眼差しが示す無限のやさしさは、恐ろしい容貌が持つ荒々しい表情に代ってしまっていました。その容貌をあなた方全員、敬服したものです。相変わらず天才でした。しかしもはや力づよい表情はなく、むしろ死を思わせるような情熱を湛えた表情、この逃げてゆく世界を、深くうがたれた眼窩の中で捕えようとするハヤブサのような野性的な目があったのです。

彼を愛し、彼の中にフランスを見、そして最高の表現における芸術を見ていた私の友は、彼を立ちどまらせようとし、頼み、懇願しました……。でもだめでした。陰うつな暗い表情で、彼は輝く渦巻きの中にのみ込まれていったのです。

ご存じの通り、彼はその年、一八二四年に死にました。二ヵ月違いで、バイロンが死んだ年です。二人の偉大な死の詩人。バイロンはイギリスの死を告げていました。自らを勝利者だと信じていたイギリスの。そしてジェリコーはフランスの難破を描きました。絶望的なあの筏《いかだ》です。あそこでフランスは漂っていました、波に、虚空に、合図を送りながら、何の救いも見出せないいま……。そしてジェリコーもまた何もやって来ないのを見て、筏からずり落ちていったのです。

あの天才は、並外れて断固として厳しく、一度で帝国を描き、それを判定しました。少なくとも、一八一二年の帝国を。戦争であり、いかなる思想もない、と。万人が見たのは、リーダーたちの士官、恐るべき騎手、乾燥し、日に焼けて赤銅色になった輝ける大尉でした。

だが崩壊が、潰走が、兵士が、民衆が、はるかに彼の心を打ちました。彼は一八一四年の兵士の墓碑銘のようなものを作りました。それは落馬した騎手、胸甲騎兵、あの善良な巨人、あんなにも色青ざめた、見上げるような、しかしあんなにも人間らしい、心打つ巨人でした！　一人の兵士ですが、いまだ一人の人間でした。戦争も彼を無情にしなかったと十分に感じとれました。彼はすべりやすい急な下り坂で、自分の大きな軍馬を押さえようと空しくも身を固くしています……。その苦境からは脱出できないでしょう……。背後には、冬のロシアのまっ黒な旋風が舞っています。そして夕暮れと死の闇が。朝はやって来ないでしょう……。しかし残りのすべてはフランスの風景のように、祖国の大地のように見えます。地球を一回りして彼は戻ってきます、帰ってきます、……死ぬために。

一八一六年の奇妙な反応が知られています。フランスは、何と自分自身を否認するように見えたことでしょう。ところがです、ジェリコーはますますフランスを取り入れました。彼はフランスのために抗議しました。自らの天分をこめた真にフランス的な独創性によって、もっぱら国民的類型を選びとることによって。プーサン[*6]はイタリア人を描きました。ダヴィド[*7]はローマ人とギリシア人を描きました。ジェリコーは、王政復古の雑種的な混合の中で、しっかりと純粋に、国民的思考を維持したのです。彼は外部からの浸透を受けませんでした。反動に対し何一つ寄与しませんでした。

時代に追随した者たちと、時代に先んじ時代を支配した者たちとのあいだで、皆さん、重大な違いを見つけましょう。

一人の偉大な力強い作家が、一八〇〇年、教会が再開されたとき、『キリスト教精髄』を出版しました。彼は反動に追随したのです。

一八二二年、ジェリコーは彼の筏とフランスの難破とを描きます。彼は孤独で、一人きりで航行していきます。未来の方へと進んでいきます……。反動に問い合わせることも、手助けしてもらうこともなく。それは英雄的なことです。

彼がメデューズ号の筏に乗せたのはフランス自体であり、われわれの社会全体なのです……。モデルになったものが自らを認めるのを拒むような、それほどまでにすさまじい真実にあふれた画面です。この恐るべき絵を前に、人は後ずさりします。足早に通り過ぎます。見ないように、理解しないように努めます。「この絵は暗すぎる。死者の姿が多すぎる。もっと明るい難破の様子を作れなかったのだろうか[1]?」

批評家たちの嘲弄の中、この絵はルーヴルから画家の家に返されました。フランスを感じたことへの罰として、彼はたった一人、あの絶望の肖像画を前に留まりました。彼はそれを逃れようと、イタリアやイギリスを訪ねます。だが彼の心はあまりにも祖国に根づいていました。彼は戻ってきます。そして虚偽がいたるところで勝利を収めているのを発見します。政治では、折衷的な流派や、わがイギリス＝フランス人の馬鹿げた教条主義があります。演劇と絵画では、即興でやってみせる感じのよい連中が、つまり手早い卑俗さが、もてはやされています。あれら親切な人々すべてに、息苦しくされるみたいに取り囲まれ、王政復古の偽りの微笑に気分を悪くして、一人、陰うつに悲しげに、彼もまた忘れようと欲しました。そして激しい感覚を、平和の中でなしうる唯一の危険を求め、癇が強く抑えのきかない手に負えない馬に乗りました。また舞踏会の渦巻に、雑踏の眩惑に、無名性のうちに、人知れずにふける快楽に飛び込みました。そしていっそう暗い気分になったのです。

しかし彼にはよくわかっていました。偉大な生産者たち、ティツィアーノ[*8]、ミケランジェロ、ルーベンス、レンブラントらは、思慮深く、巧みに生活を按配し、時間と力を倹約していたということを、彼らは生きる術においても巨匠だったということを……。ところが彼は、死にたいと思っていたのです。

彼が、あれら陰うつで不毛な学派の影響を被ったからではありません。あれらの学派は今日では、体系的に倦怠と絶望を教えてしまいました。オーベルマン[*9]と「最後の人間」の孤独な天分は、ジェリコーのものではありません。「マンフレッド[*10]」の著者の悪魔的な天分は、ごく外面的特徴によってのみジェリコーの天分と似通っているのです。ジェリコーの天分はきわめて社会性あふれるものでした。イギリス人はイギリスを憎むことで生きました。フランス人はフランスの死を信じることで死んだのです。

それが、彼になされねばならない重大な非難となります。彼は祖国の永遠性を信じなかったのです。

どうして信じられなかったのでしょう？ 祖国のために力強い不滅の象徴を、最初の民衆的絵画を創りあげたばかりだったのに。フランスは彼の中にあったというのに。

彼はそのことを知らなかったのです。もはや生きようと欲しなかったのです。彼は自然の方に救いを求めます。なぜなら祖国は彼を忘れ、祖国自身を忘れていたからです。

自然が彼の言葉に耳傾けました、そして死が。ゆるやかで残酷な死は、偉大な未完の運命が持つ苦い思いの全体をゆっくりと味わう時間を、彼に与えてくれました。――つらいことです！それは病気で何もできなくなっているようなもので、もはや絵を描かなくなったとき、彼は自分がなしたであろうに、もはやなすことの出来なくなったものがどれほど大きいかを感じたのです。――彼は大きな絵（ローマの競馬）の中で、動物についての深い研究がどれほどの手助けを人間の研究に与えるかを示そうとしました。そして馬が、いくつかの部分で、大きなスケールで、どのように人間の形態を再現し、説明し、解釈するかを示そうとしました。ほかのことに関しては、過去の遠大な巨匠たちの中に幾人ものライバルを持っていました。だがこの点ではジェリコーは第一人者でした。――ところで、彼がその至高のオリジナリティーを発揮したまさにそのとき、死が彼を奪っていったのです。

こうしたことすべてを感じる果てしもなく苦い思い、そうしたものが、彼がコラン氏に書いたもの憂げな手紙の、とりわけ最後の方に出ています。「……私はあなたが働く能力を、描く能力をもっていらっしゃるのがひどくうらやましい。だから衒学的と非難されるのを恐れず、あなたに勧めることができます。健康が許してくれる限り一瞬たりともむだにしないで、あなたの時間を使うようにと。わが若き友よ、あなたの青春も過ぎ去るのです」。

大地の底に隠れたフランス

彼は死につつありました。が、感じていました。自分が初期の時期に、まだ意志の点でも努力の点でも雄々しい年代にいるということを。優雅な美は、いまだ彼の手の届かないところにありました。女の魅力、動き、子供や女のほほえみ、そうしたものすべてが彼を避けていたのです。彼はそうした美を、空しく追い求めていました。「女を描き始める、と、それがライオンになってしまう」と彼は言いました。

あまりにも若く死んだため、彼は技法におけるヒーローでしかなかったのです。彼は優雅な美には到達できませんでした。巨匠たちが安らぎを得たあの幸せな時期には。

しかし優雅な美は彼の人柄全体の中で、その大きな東洋風の目の中で輝いていました。彼の心の中にありました。そして画家として、それに達していたかもしれないのです。彼はあくまでも生き、希望し、信じ、愛すべきだったのです。

死んでしまうかわりに、生を増大し拡大すべきだったのです。社会の上層部で出会ったような陰うつで冷たい表面に留まることなく、群衆の中に降りていくべきだったのです。当時のフランスは、いまだ戦闘にすっかりおののいており、不幸のあと、いっそう感じやすくなっていました。雄々しい涙でぐっしょりと濡れ、偉大な芸術家を再び燃え立たせてくれたかもしれないのです。フランスは、軽薄で信頼できない何人かの友の中、ねたみ深い何人かの画家の中にあったのではありません。ああした人には、ああした友情とか、つかの間の愛とかとは違うものが必要だったのです。彼には、祖国への愛において、つねに前進でき、いっそう愛し、自らを広げ深めることのできる偉大な愛が必要だったのです。

彼はもっと高く、もっと低く、もっと遠く進むべきだったのです。

彼は芸術において、逃げさり、ほとんど捉えられないような三つのものに到達し、それらを固定したかもしれません。女、群衆、光の三つです。

苦しみのコレッジョ[*11]、画布の上に苦痛による神経のおののきを伝えるだろう人、不屈の天分によってエゴイズムを打ち砕き、人間の心を和らげてしまうだろう「憐憫」の巨匠が、もう一度やってきたのでしょうか?

群衆、人間の大群のあらゆる神秘、薄暗い仕事場の幻想的光景、軍隊の巨大な動き、暴動の見てとれるような大騒音、そういったすべてを一体誰が描くでしょうか……?

大きな活動舞台が彼を待っていました。――彼にはとりわけ人を感動させる天分がありました。

──『遭難』の最初の粗描は、『筏』よりもはるかに心を打つもので、彼の中にある思いやりの力を十分に伝えています。彼の心は、大変雄々しく、それゆえにますます優しくなっていったのです。彼は若い画家たちみんなを愛していました。誰をも、彼をねたむ者さえも、憎みませんでした。──彼の友人たちをほほえませていた特異な、まれなことは、孤独な、家庭をもたない生活ゆえにか、彼は俗っぽい、到底尊敬できるようなものではないつきあいの中に時おり入り込んでいきましたが、そういったつきあいの中でも、生来の思いやりからか、失くしてしまった母への追憶からか、彼は敬意のこもった優しい配慮を失わないということでした。

彼は一人で暮らしていました。しかし、孤独で、自己本位で、途方もないうぬぼれに身をつつまれた流派以上に、彼から遠いものは何もありませんでした。彼は生まれながらに、自由な社会の代弁者であり声となるよう定められていたのです。そしてあえて言うなら、それぞれの絵が雄々しい教えとなったであろう執政官的画家だったのです。一つの大都会、栄光にみちたパリのあらゆる壁面を、彼のフレスコ画のために差し出すべきだったかもしれません。そうすればフランスおよび世界は、そこに自由と人類への愛を学びにやって来たでしょう。そうしたすべてを読み取るために、それらの壁面を見るだけで十分となったでしょう。最も高貴な心は、そこにジェリコーを眺め、さらに成長したかもしれません。

しかし、こういったフランスは存在しませんでした。だが一つのフランスが、生き生きとして力強く、とはいえ大地に隠れ、氾濫の下に埋もれたフランスが存在しました。彼はそこまで降りていかなかったので、そうしたフランスを見られなかったのです。

この偉人が、その生によって、またその死によってわれわれに仕えてくれますように。彼のように意欲を失ったりしないようにしましょう。皆さん、われわれは、彼がした以上に、地下の世界に降りていかなくてはならないのです。社会的深みの広がりの中に入り込み、そこを見て回らねばならないのです。上っ面のところにいて、座して死ぬ代わりに。われわれが歩く最初の層が、冷たくて不毛に見えるとしたら、どうして未知の深淵にある熱を体験しようとしないのですか？　大地は乾いていて冷たいと、あなた方はおっしゃる。だが、大地を再び開き、その中に入り込みながら、冬から夏の方へと下降していけるとしたら？

孤独と社会的人間関係

一つのことを考えてください。この世界にあなた方が置かれている美しくも厳しい必然のことです。今日も、ジェリコーが気力を失った時代とまったく同様、あなた方が何をなし何を愛そうと、また望もうと、あなた方の魂がどんなものに心ひかれようと、いたるところで見出すでしょう、古い世界の障害物を、いっそうかたくなになって、乾きや死の不変性が加わってきた古い世界の抵抗を。こうした事態は続くでしょう。思想は単なる政治的変化によって、変ったりはしないでしょう。死は長く続くでしょう。なぜでしょうか？　死を殺すことはできないからです。美術館に彫像を見に行ってごらんなさい。エジプト的世界が死んでから何世紀も経ったあとで、あい変らずアヌビス[*12]が、作られていたことを見出すでしょう。——それほどに死は根強いものなのです！

それゆえ最後のミイラの最後の塵が、地上から消え去ってしまうのを待たねばなりません。その塵がまだ継続しているからといってがっかりしてはならないし、われわれの無為を弁解するために、それが消えさったらただちに仕事にとりかかりますなどと言ってもなりません。今日からすぐに、ものを創り出すわれわれの力に助けを求めねばなりません。自分たちの中に持っている建設的で、活発で、ものを生み出すものを試さねばなりません。——われわれが生きているなら、創造しましょう。憎悪の世界に反対して、われわれのものであり、われわれの魂の息子たちのものである、共感に富んだ一つの世界を作り上げましょう。

困難なのは、私にはよく分かっていますが、こうやって産み出すためには、二重の条件が必要だということです。つまり孤独でありながら社会的人間関係に富むことが必要なのです。孤独であるのは、精気を集中させ、芽生えを温かく守るためです。社会的人間関係に富むということは、それらの芽生えを実りあるものにするためです。これらは排斥しあうものでは全くありません。強い人間たちの中でも強かった者たち、モリエール、シェークスピア、レンブラントは、これら二種類の力を持っていました。彼らの孤独は社会的人間関係をとり結べるものでした。そして、人が密集して心理的圧迫感のあるような集団にあっても、彼らの力は彼らを孤独なままに保ちました。彼らは大衆の中にあって、大衆とともに、大衆に逆らって創造します。障害となるもの自体を役立てるのです。

ところで、皆さんにお話ししてきたあの栄光あふれた若者は、これら二つのものを結びつけるすべを知らなかったのです。厳格で、優しく、社会のことを鋭く感じとれた天才は、社会の無関心に耐えられなかったのです。通りすぎてゆく人々の冷淡さに悲しくなり、自分の中に、決して通りすぎない他の世界を担っていることを、もはや感じなくなったのです。

出現しつつある新しい芸術の中で、彼の間違いを生かすようにしましょう。予言者的息吹きに満ち満ちた古代芸術の黙した象徴は、この偉大な画家が残した象徴と同様、まだ十分には語っていません。画布と粘土で仕事をするプロメテウスたちだけでは、われわれには不十分です。生きた作品のプロメテウスとなりましょう。別の人類が、新しい創造が、われわれを待ちうけ、われわれに呼びかけています。それは生命を要求しています。そうしたものを創りましょう。そうしたものに大いなる魂を、世界の慰めとなる優れた才能を付与しましょう。

(1) この絵を買おうとした人は、ジェリコーの友人で、しかもこの絵の製作に自分自身も精を出していたル・ドルー・ドルシィ氏を除き、誰一人いませんでした。画家が死んだときドルシィ氏は、この絵を六〇〇〇フランで買いとりました。そして部外者からの法外な申し出を拒否し、同じ六〇〇〇フランでルーヴル美術館にゆずったのです。

すばらしい手本です！ ああした作品は、たしかに誰のものにも、いかなる個人のものにもなりえないのです。デカルトやルソーやモンテスキューの未発表作品を、自分のところに自分のために保持し続けているとしたら、誰であろうと罪になりませんか？　それを公けにすることが義務ではないでしょうか？　造形美術の運命はさらに厳しいものです。その物は唯一であり、複写されえないからです（版画は複製よりも、はるかに創造的な独自の芸術です）。したがって主要な作品は、万人の手の届く場所に、可能なかぎり国立美術館に置かれることが重要です。あれらの傑作を、単に近づけ並べておくだけで、あれらが何と豊かになるか、人々には十分にはわかっていないのです。ああ！　あわれな芸術家たちよ、誰が君たちに同情しないでいられるでしょう。最高の天才の特質、統一が、君たちから残酷にも取り上げられてしまうと考えると。君たちの切り離された手足がヨーロッパを駆けめぐる。野蛮人たちがこうやって君たちをばらばらにし、時おりとじこめ、世界を豊かにしたかもしれないしかじかの思想を埋もれさせてしまうとは！……自分の家に一人の人間の生きた部分をおさえておくということが、何と冒瀆的だとは感じませんか？――一人の人間だって？　いいえ、ここでは、はるかにそれ以上であり、それは一つの時代の国民的芸術家、その当時たった一人で、真の伝統を保持した者の、その生きた部分なのです。このことは前に言ったことがありますが、もう一度言っておくと、あのときジェリコーはフランスだったのです。――彼の絵、デッサンを持っている人々の義務は、それらを美術館に寄贈するか、ないしは売り渡すかです。一つのホールにそれらを集めたなら、それはジェリコー美術館と呼ばれるでしょう。

カトリック的反動と革命という宗教

　私はここまで、われわれが民衆に近づくのを妨げている二つの障害についてお話ししました。第一のもの、それは人と競りあって勝とうという意識です。この意識はわれわれの思いをただ一点、つまり成功、私利私欲、あるいは昇進と呼ばれるものに固定し、他人に対して無関心にしてしまいます。まるでシャン＝ド＝マルスの競走のようなもので、ランナーたちは誰にも目をやらず、誰のことも気にかけません。

　もう一つの障害は、逆のようにも見えるのですが、全然そうではないもので、それは少なくともエゴイズムによって魂の統一が与えられるだろうと思われるこの男が、同時に、その他すべてのことでは、気もそぞろで精神が分裂しており、意志の強さも、定見もないということです。精神的にも散漫で、さまざまな快楽で興奮させられます。また知的にも散漫で、新聞で毎朝目につく数知れない雑多なことで、また世間や本で、ぼうっとさせられます。精神は衰弱したままで、心は生気を失い、あらゆることに関心が持てません。ひどくめまぐるしい動きの中で、最もささいなことが、最も重大なことと等しくなってしまい、重大なことにも大して関心が湧かないのです。精神的にも肉体的にもめまいを起こし、不快感を、一つの船酔いを起こしているのです。隣人が海に落ちるのを見ても、彼らは動かないでしょう。隣人が、ですって？　彼ら自身が落ちても、でしょう。彼らは今年、そんなことを知ろうとも思わないまま、イギリスが、シェルブール間近のまさしくわが国の海底隆起部で、船を造っていたのを知りました。

無感動の奇妙な状態です！　こうした無感動に、根深いエゴイズムとマキャベリズムの体系を探し求めたり、あらゆることに反映される疑いを探し求めたり、またそれを懐疑論と呼ぶことで、栄誉を与えすぎているのです。めまい、弱さ、忘却、これが優位を占めているものです。

宗教的反動と女の役割

この大きなテーマについては、いずれまた語るつもりです。今日は金持たちから貧しい人々の方に話を移します。私は群衆の中に身を置き、次のことを調べてみようと思います。つまり民衆を教養ある階級から引き離し、その重要な部分を思想の全体的流れから逸脱させている主要な障害についてです。

まず、あまりにしばしば言われるように、この隔たり、この孤立が、古い精神による影響に起因するのか、強大な宗教的反動に、民間でのキリスト教信仰復活に起因するのかどうか検討してみましょう。金持階級のあの変わりやすさを前にして、民衆の方には不変の基盤が、強い足場があるから、そのために彼らは、新しい精神から遠ざけられているというのでしょうか？

私は躊躇することなく否と答えます。間もなくあなた方も、私と同じ意見になるでしょう。ところで私が皆と同じように使ってきた、精神、宗教、キリスト教徒という言葉は、われわれがいま目撃している反動に対して適用するのは、何と言ってもまことに不適切ではないでしょうか？……ここでは「精神」に関することどもが問題ではないでしょうか？……そのことを討論するかわりに、一つの事実をお話ししましょう。

私はある用事で、社会的に認められたある労働者の家に入っていったことがあります。小さな製造業者で、大勢の家族を養っています。全員食卓に付いていて、さらに一人の友人がきていました。みんなでイエズス会の話をしていました。何だか良くわからない革袋のようなものをうまく使うという話で、イエズス会士たちはそれでもって、皆を楽しませていたというのです。彼らのやり方のうまさに皆感心していました。そして、それがあちこちで行なわれたり、有力者のところでひそかな優遇を受けていたりするのを皆心配していました。その家の男は、アウステルリッツで戦った元兵士で、ベランジェ[*1]によって精神を形成されていて、そういうことについては話が尽きませんでした。妻の方は何もしゃべらず夢想にふけっていましたが、突然夫に向って言いました。「ねえ、あの人たちがそんなに抜け目なくて上手だというなら、あの人たちと一緒にやっていかなくちゃ」と。男は肩をすくめました。そして別の話題に移りました。——それから三ヵ月後のことです。私は同じ用事でその家にまたまいりました。男はまたもイエズス会士たちの話を、さらには広く司祭一般の話をしました。でも最初の時のように笑い興じることもなく、悲しげに、不機嫌そうに話したのです。「あの坊主どもは、皆から言われている悪口に十分値しますよ。えこひいきで、お気に入りがいて、そういう連中にしか物を与えないんです。ねえ先生、子供のいない隣人が、六人も子持の私と同じだけもらっているなんて信じられますか？……ねえ、それが正義っていうもんでしょうか？」

これが家庭にさえ突然やってくる反動の、ちょっとしたエピソードです。素行を改め、改宗し、品行良き人となった一家の父といった話です。そこに宗教が何も関係してないのかどうか、私には十分確信が持てません。聖職者のブローカーたちが、女の助けを借りて、あわれな男を攻撃している、彼らは兵士を見出し乞食を作る、ただそれだけなのです。気高い誇りよ、栄光みちた思い出よ、ナポレオン軍よさらば、なのです。それで教会の坊主どもは得をするのでしょうか？私はそうは思いません。ここでは二つの精神が死ぬのです。

物質が勝利を収め、自然が勝利を収めたのです。自然ですって？　ここではそれはエヴァではありません、女というよりも母であり、子供たちのパンなのです。――母は、このことに関しては、何の自尊心も、夫の名誉への心づかいも持っていません。彼女は何も見ず何も聞かず、容赦しないものとなります。男は、青銅で出来ていようと、譲歩することになるでしょう、そして絶え間ないこの働きかけのもと、衰えてゆくでしょう。もはや強者も勇者もいなくなるのです。彼女は行動し、つねに影響力を及ぼします。まるで一つの基本要素のように。昼も夜も、つねに水滴が落ち岩がうがたれる、といった具合です。

これは、もう一度くりかえしますが、自然なのです。宗教にかかわるものは何一つありません。ところで本の訪問販売員が家に入ってきて、夫の気をそそろうとしました。ここにベランジェが、押し絵入りのラマルチーヌが、これこれの絵入りの出版物があります……。男は仕事の手を休めることもなく見入ります。私には、彼が買いたいと思っているのがはっきりと分かります。――しかし妻が反対します、彼女はこの危険な販売員を急いで追い払います。「結構ですのよ、あなた、お引きとり下さい！　お分かりでしょうが、宅は仕事をしなくてはなりません、子供がおりますし、厳しい時代でパンもひどく高いんですから！」――これこそまさに自分自身の言葉、心配ゆえの用心、やむをえない倹約、ただそれだけです。彼女は、本を恐れています。居酒屋を恐れるように。この男は良い人間なのだが、甘いのです。居酒屋で友人と出会うと色々なこと、様々の古い話を思い出させられるでしょう。そして「ラ・コロンヌ」とか「世界帝国を覚えているか？」を歌い始めるでしょう……。そのあと、彼はひどく奇妙になった状態で戻ってきます、もはや何の役にも立たなくなるのです。

夕方外出しなければならないというなら、聖母マリアのために賛美歌を歌いに古参兵たちが集まってくるあの教会に、むしろ、なぜ行ってくれないのでしょう。あるいはまた、私が（一八四六年に）本を読みあげたことのある別の教会に。夕方、文学の講義がありますし――聴衆にスープが配られます。——少なくとも次のことは明らかです。むなしい言葉は少しもなく、現実的なこと、しっかりしたものがあるということ。もっとも、そこで見出される保護や、手に入れうる信仰実践は別にしてですが……。ああ！　太った教会堂管理人の信仰実践、そして教会そのものの信仰実践を持つことができたなら！　彼が、多くの影響力を持っているこの慈愛の姉妹に、深々と頭を下げてくれますように……、さらにもっと深々と……、いっそう卑屈になるくらいに。

彼は譲歩し屈伏し、そして行きます。自分自身を軽蔑しますが、そのまま行くのです。彼の方は、下の方の教会、男たちが行く地下酒場の方に行くのです。上の方の教会には、彼の娘が、娘たちが行きます。彼女たちは、夕方、明りのもとで、花と香水にかこまれ（一人の若者が聖歌隊を指揮しています）、五月の歌を歌います。ここに宗教が影響力を及ぼしていると確信をもって言えますか？　それとも、やはり自然が、優しい季節が影響しているのでしょうか？　宗教の反響があると主張なさりたいなら、むしろ、異教の影響、忘れられた神々の復讐を見るべきではないでしょうか？

宗教的反動の実態

こうしてこの男は、すべてを失います。性格に関しては自分自身から逸脱し、家族ももはや彼の家族ではなくなります。妻はいまや、はるかに良く必要を満たしてくれる思慮深い保護者を持っています。息子は修道士たちのところへ、いわゆるキリスト教の学校へ行っています。そしてそこで祖国を忘れさせられるのです。あそこでは、一つ以上の仕事に適した粗野で低俗な世代が形成されます。そこから、仲間にまぎれこんでは、聖職者のためにオオム返しの声となったり、スパイとなったりする労働者が生まれてきます。――あるいは出世すれば、何のやましさもなく策を弄する、たくましい司祭となります。彼は臆面もなく、まさに自らの粗暴さをよりどころに、いたるところにずうずうしく入っていっては、興味、情熱、中傷を極端なまでにかりたてるでしょう。ほとんど術策も必要としません。この下品な仮面のもと、何をしようと安全です。実直な聖職者、善い司祭……として留まります。彼のことならなんだって見すごされるでしょう。

彼らは皆んな、あるいはほとんど皆んな、どこだか分からない所に配属され、行ってしまいます。父親は、ますます衰え、自己評価できることは何もなく、話をすればほとんどいつも妻が肩をすくめたり、彼のお嬢さんが苦笑したりするのです……。弱って病気になった父親は……病院に行きます！　このどうしようもなくなった男のむくろから、何が利用できるというのでしょう？　舞台を整えられるとしたら、病院の中で告解させ、大いなる教化を行なうことでしょう。死ニサイシテ、宗教はこの虚妄から多くのことを得るでしょうか？　私にはわかりません。……しかし、何といっても、次のことははっきりと見てとれます。あらかじめずっと前から、医者の意に逆らい、またどなりつけたり約束したりするインターンの意に逆らい、修道女たちが、くだんの男を丸めこみ、彼に、もうすぐ死ぬのだと言い、前もって彼を死なせてしまうということが……この点で尼僧の冷淡さが、圧倒的なとげとげしさが明らかになります。尼僧の中では、正当な権利を奪われた自然が、その仕返しをしているのです。……聖職者の手のしたで単なる道具となった彼女らは、自分たちの運命がいっそう厳しいだけになおさら、横柄で厳しくなります。六千人の女からなるこの軍隊が、聖職者の足もとでふるえています。(1)

公的機関の示す隣人愛も、私的次元での隣人愛も、そういうわけで司祭たちの手に握られていて、司祭たちの利益になるようになっています。民衆を恐れる政府が、地獄または革命を恐れる女が、聖職者のものとなるのです。

彼らは一方から他方へと、脅える者たちから脅える者たちへと渡り歩きます。この世の勢力家たちのところから老婦人のところへ、単純な人々のところへ、空想してショックを受けている人々のところへと赴きます。そしてそうした人々を、いっそう動揺させます。自分たちのポケットから（男の子を恐れさせるのに、びっくり箱を出してくるように）彼らは九三年[*2]を取り出してきます。自分たちの一番いい見入りがそこから生じるのですから、彼らは九三年を祝福しなければならないでしょう。頭の弱い人がいてそこに金庫があるなら、どこでも、こけおどしを取り出してくるのです。「ああ、何ということか！　奥様、私どもがいなければ、またまたああしたことが起こるのですぞ。民衆をくい止めるのは私どもでございます。私どもの学校で少しずつ民衆を変えてまいります。お恐れなさいますな、少なくともあの者どもは善い臣民となりますでしょう……等々」。

それから彼らはずうずうしくも哲学者の方を向いて、なぜあなたは何もしないのかと尋ねます。

教会は物を書いたりせず行動をします。生きた活動を示し、パンを増やし続け、民衆を養います。「さあ」と貧しい者たちに言うのです。「ああいった理屈家たちを見つけに行ってごらん……彼らから何かもらえるかい？……比べてごらん！　ああいった連中は、中ががらんどうで空っぽの、空しい言葉でしかないのだよ」。

理屈家たちは次のように言うことができるでしょう。彼らが与えているのは自分のものであり他人の金ではないと。このわずかなものも、少なくとも彼らの労力の成果なのだと。彼らは魂を強化し解放するよう献身しているのであり、恐怖によって何かをゆすり取ろうなど望んではいないのだと。彼らは幻影を、地獄とか九三年とか、金を呼び出すための他の魔術的定型表現を、決して用いることはないであろうと。——自由な思想家が与えてくれるものは、本当に与えてくれるものなのです。司祭は与えてくれるでしょうか？　むしろ暴利をむさぼるための交換ではないのですか。不幸な人々に次のようなことを言うのは。「このパンをお取りなさい、でもあなたの魂を下さるのですぞ。あなたの良心を渡すのですぞ。あなたの精神の自由など捨てなされ、理性など殺してしまいなされ……。どうしようかと迷ってらっしゃるのか？　では、立ち去りなされ、死ねば良いのじゃ」。そして門はパチャンと閉められます。

聖職者は隣人愛を独占しています。施しと募金の巨大な秘密の収支は、誰にも報告されません。聖職者は宗教教育を独占しています。わが国の子供たちは彼らの手に握られています。わが国の女たちは告解室で彼らの足許にひざまづきます。聖職者は結社の独占を手にしています。国家は、大革命から逸脱し、革命のみを恐れるべきものとしているので、革命への不倶戴天の敵たちに対して以外、あらゆる集会、集まりを禁止しているのです。――ところがです！　そうしたすべてがあるのに、聖職者は自分たちを、そんなにも死んだもの、命の霊を持たないものと思っているので、ほんのちょっとでも独立した宗教思想が現われれば、いやそれどころか、決められた形式ないし教会規律の中で、ほんのちょっとでも変化が現われれば、ふるえ、叫び、駆けていって、剣を（警察の剣を）求めます。

宗教的反動の政治的社会的側面

大胆な改革者が、フランス語でミサを行なおうとして一つのチャペルを開いたとき……彼らが取り乱したのが見られました。恐るべき大変化ではないでしょうか！　どんな法がそれに反対していたでしょう？　そんなものは一つとしてありません。力が法でした。警察部隊が、危機にひんした教会を救うために創設されました。

見事な和合です。自らをそういうものと感じている無なるものは、ますます無なるものに加護を求めます。宗教的無は政治的無に身をよせ、よりかかります。「私を救って下さい。そしてあなたを救いなさい。私にあなたの警察を貸して下さい。私は、家庭の中の取り締まりをしましょう。子供たちと女たちを掌握しましょう。適切な教育によって性格を軟弱にし、心を堕落させましょう……。私のもの以上に、政治に役立ついかなる規律があるでしょう？　私は密告の神聖さを教えます」。

イギリスを改宗させようとするのも、あの人々でしょうか？　一週間ごとに彼らがそんなことを告げていたことがありますが、あれからほどなく十年が経ちます。いったいイギリスは何に改宗するのでしょう？　そんなことが、あるのでしょうか？——スイスでも、聖職者たちの無が見られました。カトリック教徒たちは、もはやないもののために、あくまで戦いつづけようなどとは全くしませんでした。——リベラルな仮面も、いっそううまくいったわけではありません。多くの無垢な人々が教皇のために歌った讃歌は？　あれらは今日どこにあるのでしょう？　ローマには三つのことしか出来ません。それだけに限られていて、それ以上のことは何もしないでしょう。つまり、イタリアにおいてオーストリアを助け、ポーランドにおいてロシアを助け、アイルランドにおいてイギリスを助けるという、この三つです。あの大いなる手品師によって、二十年間もそんなことが楽しまされたのです。それはイギリス人には大いに役立ちました。とりわけアイルランドに、いつかアイルランドに尽くしてくれうるだろう唯一の民フランスに関して残っているものを、遠ざけさせ、致命的に忘れさせてしまうということで。

カトリック教には一つの慰めがあります。他の宗教にそれほど勢いがないということです。——宗教と言うとき、私は宗教的形式という意味で言っています。宗教心なるものは、幸いにも、この点では無傷であり、この世において永遠です。私が心の中で、それを永遠と感じているのと全く同様に。

あわれなアブド・アル＝カーディル[*3]を見てごらんなさい。彼は、私たちと同じように、イスラム教徒の狂信にもまだ見込みがあると信じました。そしてモロッコの偉大な住民は広大な領域を切り開くだろうと……だがイスラム教はカトリック教のそばに横たわり、アブド・アル＝カーディルは分離派のかたわらに横たわるのです。

これがすべての人を欺くものです。彼らには、地上の神々によって裏切られた人類が、真の神の方をしっかりと向こうとするのがよく分かります。群衆の中には、大いなる悲しみが、ため息が、より良い世界への夢があります……。そしてそこから、彼らは何を結論づけるでしょう？　信仰心を欠いた、こうした古い宗教形態、単なる政治的機械のために、魂のああした状態を利用できるということです。渇いた、衰弱した人に対し、彼らはすでに拒絶されていた盃をさしだします。「飲みなされ。これは天のブドウ酒じゃ」と。渇いた人はそこに土の澱を感じるのです。

フランスで好んで引き合いに出される住民、善良で忠実なブルターニュの農民、あの誠実な人のことを考えてみましょう。あの地では多分、古い精神が支配的です。慣習も大して変化しませんでした。フランス語が浸透しつつありますが、しかしゆっくりとです。農民は、本を読むとしても、自分たちのところに伝わる同じ古い書物、何回も印刷し直されているブルトン語の伝説を読むのです。この言語、この書物、この伝統は、彼と彼の家族との絆です。母親がこの伝説の中に読んだものを、子供たちが読むでしょう。このことは良いことですが、しかしもっと先まで見抜いてごらんなさい。かつて信じていたのと同じように、この男は今も信じているのでしょうか？　そのことを尋ねてみると、彼は言うでしょう、はい、私は信じています、と。彼は父親たちがフランス語とフランス精神に反対してなしたのと同じように、自らに覆いをかけて身を守るでしょう。だから何も尋ねないようになさい。よく観察してごらんなさい。あの読書がまことに真剣なものかどうか分かるでしょう。そしてあなた方は気付くでしょう、彼は信じることなく信じているのだ、と。それは自分の人形を信じていて、それが人形じゃないかと言われると怒る子供のようなものです。子供はそれが何で出来ているか良く知っています。子供は自分の夢を愛撫し、それが夢であることを感じながら、自分の人形を揺すってあやします。そしてあやしながら微笑みます。

私は伝説について話していました。――カトリック教会の言葉、公式の祈りの方はどうかと言えば、ブルトン人は忍耐づよくそれに耐えています――しかしながら一つならずの事実が、彼らがあの単調な詩篇詠唱を、あのラテン語を聞くときに、死ぬほどの嫌悪感を感じると証言しています。ある巨人、決して眠ることのない百眼巨人を眠らせるのが問題となるブルターニュの童話の中では、物陰に隠れた一人の百姓が晩課〔＝ラテン語で行なわれる夕べの祈り〕を唱えると、くだんの巨人は眠り込んでしまうのです。

伝説は、ブルターニュでも他のどこででも、農民には教会の教えよりもはるかに親しいものとなっています。伝説はふつう土の娘で、しばしばキリスト教よりも古いものです。生命力の強い伝説、長く続いてきた伝説は、感性というよりも、想像力に力強く訴えかけます。――そして、これこそがその力となるのですが、それらは次のことを教えています。ある遠い時代に、ある遠い国で、心のたいそうしっかりした、神に大そう愛でられた人々がおり、彼らにとっては、欲するることが出来るということだったので、彼らが何か言うと、物事がなされたということを、彼らのほんのちょっとした一語も、一つの行為だったということを。――ああ！　いまでもそうなのでしょうか？　神はまだ愛して下さっているのでしょうか？　善良で力強い意志は、天国からも見えるでしょうか？……そうしたことは、あの当時は本当でした。それでは一体？……農民の思考の中で、こうしたことがどんなふうに達成されるか、見抜くのは容易です。

祖国をめぐる新しい宗教

しかしながら、この世で、われわれの時代からさほど離れていないところで、欲することが出来ることだった一つの時代がありました。ナポレオン帝政の伝説です。古い伝説の競争相手であり、フランスの大部分ではそれらを圧倒するものとなった伝説です。この帝政伝説は、あの時代には、英雄的意志は確かな結果をもたらしたということを思い出させます。どうしてそのことを疑えましょう？　近くに居るこれこれの農民が将軍だったのではないでしょうか？……自らの行為によって昇進できるという確信、勇者たちの平等、万人に開かれた機会、それがナポレオン帝政を神聖にしていたものでした。――そのことによって、もたらされた結果の偉大さによるよりも、はるかに、この帝政は民衆の伝説となったのです。それも当然のことです。

それ以上に驚かせることは、それはこの伝説に先行した伝説、大革命の伝説が陰らされてしまったことです。――孤立無援のフランスは、こうして陰ってしまい、みずから消え去ることがありえたのです。フランスは奇蹟をふやし、英雄的行為をふやしました。どんな記憶力もそれには追いつけません。栄光は積み重なり、自分が最初に湧き出た豊かな源泉を隠すようになっていきました。大革命の上に帝政が昇りました。そしてそれを軍旗と、勝利と、王冠のもとに埋めてしまったのです。

じゃまな物を取り除きましょう、純粋な源泉をまた見出しましょう、すると次のことが分かるでしょう。

新しい宗教は、それが嵐によって覆われてしまう以前に、最初に現われ出たのと同じように、以下の二つのことではっきりと提起されます。それら二つを、いかなる宗教も約束し、遠くから示します。しかしこの新しい宗教は、いっとき、それらを密接に関係づけたのです。

一、意志と力は、一にして同じものです。強く、しかもつねに欲する者、それでもそれを欲する者、彼にはすべてが可能です。――それが、どんな宗教も持っている奇蹟的かつ伝説的要素の意味なのです。宗教は神々に関して、ついで英雄たちに関して、それを言います。そして最後に万人に関してそれを言います、もしも民衆全体が一つの英雄となるならば。

二、意志の英雄的努力の中にすべてがあるわけではありません。努力そのものが姿を消し、魂のさらにいっそう高い段階の生命へと、道をゆずることが必要です。自分自身でありながら、苦もなく、人が人を愛すること、万人が同じ人となり、万人が神において同一となることが必要です。――同一ではあっても、しかし異なっているのです。愛は、他から区別される存在を前提とします。愛は、結びつけますが混同はしません。そこにこそ自由があります。そして友愛は自由を少しも消し去りません。

この二重の光は、あんなにもはげしく燃えあがる炎によって輝き出たから、嵐や激動があったにせよ、どうしてこの光が消えることがありえたのか、神のいかなる秘密の許しで、神の光を土に埋めるというあの凄まじい奇蹟が成就しえたのか、理解するのに困難を覚えます。

新しい法の、聖なる火床よ、今や、いかなる深みにおまえは隠されているですか？……おまえが存在して生きていること、それをどうやって疑えるでしょう？　うなりを上げる一つならずの火山が、ヨーロッパにおいておまえを明かします。私たちが火の消え去ったおまえの灰を、夜、注意深く見守っているように見えるここでさえ、おまえの熱い風を、私は顔面に感じます。感電したときのようなおののきを、私の手に、ペンに感じます。熱気をおびた風が、おまえを私に明かすのです。おお、力強い未来の天分よ！

半世紀経ったか経たないかです。自らの手で、わが国の広場に、「友愛」の祭壇を建てた人々の多くが、まだ生きています。その時まで分裂していたフランスが、一つになりにやってきたあの祭壇を……。あらゆる民衆が心と思いをこめて、そこにやってきて、一つに抱きあいました。「祖国は危機にあり」を聞いておののき、軍旗のもとに世界の解放を、聖なる戦いというかむしろ平和を書き込んだ人々の多くが、まだ生きています。

フランスは、あれらの瞬間、自らの中にあれほどの精神の集中を見たのです。心の中に生きた力の、あれほどの集積を見たのです。だからもし「積み重なった世界の重みがのしかかってきて押しつぶされますよ……」と言われても、フランスは恐れることなく答えたことでしょう。「置きなさい、私はいくつもの世界を担ってゆくでしょう！」と。

それは本当でした。フランスがあくまでも自分自身として留まるろうとすることが、もっぱら必要だったのです。

革命という宗教の栄光

だが最初フランスは、恐るべき抵抗を受けて、憎悪と殺害の精神のあまねく広がる陰謀に押しやられ、自分自身をも憎んでしまいます。フランスは自らが憎んでいたものを、まねてしまったのです。フランスは自らの宗教の中の最も高い一面、愛と友愛とを見失ったのです。

もう一つの雄々しい金言、欲する者は何でも出来るは、フランスのもとに留まり勝利を惜しみませんでした。不可能は言葉から消し去られました。奇蹟は陳腐なものとなりました。万人が英雄に、英雄以上のものになりました。巨大な大衆と出来事の中で、個性は消え去り、言うなれば飲み込まれ、見失われたのです。万人が等しく勇敢だったと言われました。この口実のもと、平等は終わったのです。ある者は、ある学校を出て金持として上昇しました。ある者は貴族として上昇しました。勇者たちは言い始めました。「そう、革命は真実を言わなかった。欲することは、そう、出来ることではないのだ！」

革命はまだ民衆に言っていたのです。あんなに優しくかつ厳しい大いなる声で。「働きたまえ。何一つむだにはならないだろう。働きたまえ。土地が得られるだろう。私は土地を与えはしない、が、君は難なく土地を持つだろう。わずかな貯金で十分だろう、君は土地所有者となるだろう」。――そう、土地や封土の主人、領主が、土地を耕している者と係争し、二つの所有が、土地の所有と人手および労働の所有が闘争中であったとき、どちらとも言えない場合すべてに、上に述べた言葉を実現するため、革命は労働の側に立って決定しました。そこにも欲することは出来ることだ、がありました。欲した者は出来たのです。働いた者は獲得したのです。強力な意志が奇蹟を起こすということは、万人に明らかでした。――早くも総裁政府以来、第一帝政と王政復古の下、領主のために国家によって何十億を与え、財産を返し、裁判によってとり返すのに力を振るった数々の反動法に関するひどい話を、いったい誰が言うでしょうか？……最後に、法も裁判もなく、ひそかに高利をむさぼることが行なわれます……。そしてますます厚かましさが増大し、無分別な訴訟を起こし、農民と、その古い入会地の権利を争ったりします。

この男に、自らの二つの宗教に関して、どんな想いがやってくることでしょう！

新しい宗教は彼に言いました。働きなさい、そうすれば土地が持てるでしょう、と。ところが彼は自らの得たほんの少しのものを、日々奪い取られているのです。

中世の宗教は彼に言っています。祈りなさい、そうすればパンが持てるでしょう、と。だが、その宗教が物乞いする者にパンを与えるのは、彼の良心を打ちのめしながらということになります。

皆さん、あの不幸な男の家に赴いてごらんなさい。――私は特に農民のことを言っています。農民の中には、二つの伝統が、都会人におけるよりもはるかに力をもって、存続しています。

――彼の無言の想いに耳傾けてみましょう。

中世は約束を守らなかった

そして革命は約束を守らなかった

ところで彼の妻は、ヨブの妻[*4]のように、忘れずに彼に言います。「あんたの革命から、あんたのナポレオンから、一体何をいただいたんだい？　ただ負傷だけじゃないか。――お前の古い考えなんかみんな捨てちゃいな。――できれば働いてかせいでおくれ、畑を耕し掘りかえしておくれ」。

それに対し、この哀れな男は、何一つ答えないのです。彼はヨブのように長々と思いのたけを語ったりはしません。――ただその大きな力強い手、多くのことをやってきたその手で、暖炉の火を、二度三度かきまぜ、夢想に入り込みます。

彼は妻に答えられるような言葉を十分持っていないのです。

だから妻には言わないでしょう。彼女の信じている伝説は死んでいるということ、彼女の司祭は終ったのだということ、彼女の長子の血筋は終ったのだ、彼女の教会は終ったのだということを……。

いいや、彼は死者に文句をつけたりはしません、生きている者のことを考えるのです。——哀れな大革命のことを考えるのです。一挙に隷属の恥辱を、封土の慢心を消し去ったあと、土地を作っていた者に土地を与えた大革命のことを（そうです、作っていた者なのです。農民たちには私の言うことが分かるでしょう。ブルターニュとかアルデンヌの土地は、彼らなしで土地となっていたでしょうか？）。

こういったことすべてにおいて、皆さん、私たちの役割はいったい何でしょう？ ヨブを支援し、彼の信仰を確固たるものにすることです。

私たちが正しい償いを是非ともするということ、それが私たちの義務です。——私たち以上に誰が、彼を動揺させ、迷いを深めさせるのに一役買ってしまったでしょう？ 私たちが常軌を逸して外国を賛美し、イギリスに盲従して恥ずべき模倣をなしたことが、彼を驚き悲しませ、自分自身を疑うようにさせてしまったのです……。奇妙なことです！ あれらの偉大なことどもをなした者が、自分の記憶にほとんど頼らず、もはやそれについてどう考えてよいか分からず、あの巨人の物語が夢ではないかと自問しているのです。自分の体を触りながら一人ごちているのです。「私なのか？……世界は別な風に判断した。学者たちは違うと言う……。私の家族も、妻も……。みんなが私に反対している。私は一人ぼっちだ……。どうやら、私が間違っているらしい」と。

わが国の奇妙な変化から生まれた嘆かわしい結果です。変化は深く農民を動揺させ、彼の中で、フランスの魂そのものを、悲しませ当惑させたのです。

戻ってきて、私たちの誤ちを償い、彼に向って素直に言うべき時です。「あなたは間違ってはいなかった」と。

そうです、あなたの妻や世間が何と言おうと、あなたの心は正しいのです。

そうです、あなたの司祭や自称友人が何を言おうと、あなたの記憶は正しいのです。

栄光あふれた時代の英雄よ、いつまでも、あなた自身でありなさい。

わたしたちが言っていることは、あなただけのために言っているのではありません、死のうとしている老人よ、おお生きた聖遺物よ！――わたしたちは、土地を耕しているあなたの息子のためにも、アルジェリアに出発するあなたの孫のためにも、それを言います。――私たちのために、私たちの心を確固たるものとするために、それを言います。

そうです、フランスは正しかったのです。

そして世界中が間違っていました。

「世界がフランスを殺すだろうときも、フランスの方が勝《まさ》っているでしょう。というのも、世界は、何をなそうと、それについて何も知らないからです」。

世界の良心はどこにあったでしょう？　あなたの中にあったのです、フランスの年老いた農民よ！　諸国民の救済のために、諸国民と戦うことが、あなたには必要でした。

神よ、あなたの英雄的行為のなされたただ一日を、何百万語にも値するものとして、私たちに与えたまえ……。あなたの揺りかごだったものを、王冠と墓に値するものとして、神よ、私たちに与えたまえ！

（1）　愛徳修道女会および他の修道女会の軍隊は、聖職者集団の真の兵力です。いかなる従属関係の中に彼女たちがひき止められているのか、それを言うことはできません。毎年一人の修道女が職を解かれます。彼女の方で脱会するか（法的にそのことが許されていても、無駄です）、あるいは脱会させられるかのどちらにせよ、彼女の名誉は傷つけられます。施設付き司祭に、ある善良な婦人が言うでしょう。「とても気になるのですが、あの若い修道女はどうなったのでしょうか？　私、彼女に会っていないのですが」――「ああ！　奥さん、あの方は修道院を離れねばならなかったのです……。あのことは、彼女の同僚修道女たちにとって大きな試練でしたからね……」。――「なぜですの？　どうしてですの？」――「おお！　奥さん、あの不幸な女性の話を私に尋ねないで下さい。キリスト教的慈愛からして、そのことを言うわけにはいかないのです」。

第七回講義 ——— 1848.1.27.

大革命の伝説の意味

大革命の味方、敵、すべての者は、望もうと望むまいと、次のことを認めねばなりません。大革命だけがフランスに、法の統一と同様に、一つの国民を作り出すものを、つまり万人に共通した一つの伝説、あらゆる地方やあらゆる社会階級に共通した一つの伝説を形成したということを。それは各地にある伝説以上に各地に固有の伝説となります。いやそれどころか、栄光と喪によって各家庭の中心に根づき、各家族固有の伝説となります。

そうなのです、大革命は法におけると同じか、あるいはそれ以上に、祖国の統一をそこにもたらしたのです。法は万人によって知られてはいません。皆が知っているのは事件であり、国民的規模での大きな出来事です。それらは、あらゆる人の私的生活にとっても大きな出来事となります。各人の心の中に、フランスの運命が深い恐ろしい跡を刻印したことによって。

大革命というこの力強い歴史家は、まさしく大理石やブロンズに年代記を刻み込みませんでした。結局のところ時間がそうしたものを磨滅させてしまうからです。——そうではなく生きた彫り板の上に刻み込んだのです。そうすれば心と思い出の中で、それらは再生していくでしょう。「私の祖父はエジプトで死にました」と、町から来たある若い労働者が言います。彼はフランスを一周する途中、ある農民の家に入ってきたのです。「わしの方はな」と田舎の老人が言います。「息子がモスクワに行ったきりじゃ……。あんたが酒を飲んでらっしゃるその場所が、息子のすわる席でしてな。この席は三十年かもっと前から、主がいなくなっているのじゃよ」。

金持と貧乏人の区別なくどんな家庭にも、こういった主を亡くした席があります。それは貴賓席〔＝名誉ある席〕です。現在、思想や利害において分かたれていようといまいと、あらゆる階級が、この不滅の過去の中で同盟しています。

国民的伝説は、こうして各人にとって一家の最良の肩書となっており、フランス自体が陰ってしまうと、陰ってしまうかもしれないのです。だが、その伝説は不滅です。それはつねに甦ります。万人があの時そこにいた、あの栄えある共同体、それを思い出すことなしにはそうしたことは起きえません。そういうわけでこの伝説は、未来にとっても、同盟の記念碑、和解と和睦の不変の保証、わが国の統一を復活させる永遠の源泉となります。不幸にも、変わりやすく余りに簡単に回避されてしまった諸体制の中に、この統一を基礎づけながら、大革命は、この治癒と修復の力を、不滅の伝説を、わきに置いてしまいました。天体のシステムも、星々が従っている運動法則、その活動力のみを持っているわけではありません。その一方に修復力もあって、それがそのシステムの持続を確かにします。それは自らの中に自らを救うものを持っているのです。

貴重なフランスの世襲財産、平和という内部の宝よ、フランスが自らの奥底に保存しているおまえたちは、未来において多くの病を癒すものとなるでしょう！……おまえたちは現われてくるでしょう、道徳的力につつまれ、私たちの内紛のあいまに、そしてヨーロッパが私たちの破滅を見たいと願う大きな動揺の中に……。いくつもの分裂がやってくるとき、大地が口を明けて深淵をのぞかせるとき、私たちはその底に、大革命によってフランスが据えつけられた奥深い基盤を見ることでしょう。それは確固とした同盟の石であり、不滅の統一です。

大革命と言ってはなりません、創設と言わなくてはなりません。八九年のあの民衆以上に、漂っていたもの、座りの悪かったものがあるでしょうか？　大まかなまとまりが、本質的に分かたれていた社会の諸部分を、結びつけているかいないかといった状態でした。諸州相互間の孤立を言っているのではありません。そうではなく、何よりもまず諸階級の分裂、共通の精神、共通の伝統の欠如を言っているのです。

当時は、貧しい国民、精神においても思い出においてもひどく貧しい国民だったのです。国庫の赤字、破産、倒産が目立ったため、他の衰弱についてはあまりにもわずかな観念しかもたらされませんでした。あらゆる国民的記憶が枯渇し、年月はいたずらに積み重なり、不幸に不幸が続き、いかなる経験も、いかなる修復手段も、いかなる苦悩の共同体も、極貧の友愛も残されることなく、自らと他者とを絶え間なく忘却し、自分自身のアイデンティティを無頓着にも知らないでいたのです。こういった状態は生でしょうか、それとも次々と押し寄せてくる死なのでしょうか？

頭の中で、八九年以前のあのフランスを駆け巡ってごらんなさい。フランスが自分自身について知っていることを問い合わせ、尋ねてごらんなさい……。あれほどまでに深い忘却に肝をつぶしてしまうでしょう。各地点で、その地の何らかの小さな話を、その地を襲った個別的なある種の不幸の思い出を、すでに衰退したある迷信やその他もろもろを、もちろんのこと見出すでしょう。しかし、各地方が保存してきた独自の伝統というこの小さな遺産は、各地方を全体に結びつけるどころか、逆に孤立させ、各町村のあいだで、町と町を、村と村を、しばしば対立させさえしたのです。共通の運命についてのいかなる思い出も、それへのいかなる関心もありませんでした。それを認めねばならないでしょうか？　三‐四のシャンソンが、民衆のために、国民の歴史全体を歌っていました。

当時は過去に関するいかなる会話も不可能でした。極貧や食料の不足、重い税や税額の増加へのお決まりの不平、不幸なことにいつまでも続くそうした不平を聞いたあと、彼らの記憶の中をさか上っていこうと試みても、ほとんどフォントノア[*1]——ロスバッハ[*2]によって見事に消し去られた村、に到達するかしないかでした。ただ南仏においてのみセヴェンヌの戦い[*3]の刻印が見出せるでしょう。西部においては、ほとんどいたるところでナントの勅令の廃止が記憶されています。ルイ十四世のあの恐ろしい恐怖政治、一つの住民全体の亡命については、極めて色あせた思い出が広く残っていました。〔ローが作った〕システム[*4]が、三十億フランの破産が、その上を通っていったのです。

イギリスとの古い戦いについては何も残っていません。せいぜいのところ（それも限られた地域で）乙女〔ジャンヌ・ダルク〕の名前だけが記憶されていました。十六世紀のスペインとの戦いについては、何もありません。一つの固有名詞アンリ四世だけです。それだけが、まだかなりの部分で記憶されていました。それも上流社会が十八世紀になしたアンリ四世復活のお蔭で、です。

ルイ十四世の行なった戦争は、非常に破壊的で、しかもごく最近のことだったので、一七〇九年という恐ろしい年は、多分フランスが死に最も近づいた年だったでしょうが、その年については何が残っていたでしょうか？　何もなかった、いや記憶の中に、ほとんどないか全くないかといった具合だったのです。あの五十万人の軍隊が、幾度も皆殺しのような目にあい、幾度も新しい兵を入れ、家族たちが多数の死者の中から少しは自慢の種を引き出すということさえないまま、ひっそりと息絶えてしまっていたのです。いいや、沈黙が、深い沈黙がありました。誰一人栄誉を要求していませんでした。あれらの戦争から生じた無言の声、記念建造物的な石でできた声、そうしたものが、あれら消え去った民衆を思い出させるために残っています。つまりアンヴァリッド[*5]の気高い建物で、あれはルイ十四世時代の最高に死者の出た年月に建てられたものです。手足を失った多くの人々には不十分な狭い避難所で、むしろ何百万人という死者たちの墓碑であり、考えもなく、国民的目標もなく、王が行なった戦争のもの悲しい記念碑です。あれらの戦争には、われわれが行なった戦いのような、信念による慰めがありませんでした。

フランスの奥深い不幸は、自らの不幸を忘れて、空しく生き苦しんでいることにあったのです。各人が自らの不幸の中に埋もれて、過去に関しあまり問い合わせをせず――隣人にもほとんど問い合わせをせず、時おりそうすることを一笑にふしたりしていました。地域的な反感が、極貧の中で募っていきました。これこれの村は、他のこれこれの村の不幸を一笑にふしたりしたのです。

フランス的精神の歩み

大革命がやって来て、すべてが変わります。私はいま、目の前に一七九〇年の一つの請願を持っていますが、そこではシャンパーニュのある村が、国民議会に、許しがたい苦しみの感覚とともにニームの不幸を知らせると書いています。一言言うなら、シャンパーニュの人々は皆一団となって、ラングドック地方を救援しに行ったのです。

精神的統一、共通の感情、そして共通の伝統の欠如が、言語の統一にとって最も恐るべき障害となっていました。魂の統一を欠いているとき、どうして言葉で意思を通じあうことがあるでしょう？　フランス語は、この五十年間に、それまでの五〇〇年間におけるよりも、ずっと統一に向って進んでいったのです。

五世紀にわたる奥深い分裂！　それはカトリック教会と貴族階級の犯罪です。

十二世紀まで、万人にとって同じ言語、同じ伝説がありました。民衆は教会の祈りを理解し、英雄を歌った歌を理解しました。社会的不平等に対する大いなる慰めとして、精神、信仰、魂の共同体がありました。

十二世紀ごろ分裂が始まります。教会は古代の言語を守ります。諸侯たち、貴族たちは近代語を創っていこうとします。もはや理解できないラテン語と、いまだ聞こえていないフランス語とのあいだで、民衆は耳も聞こえず口もきけないようになって、孤立してしまいます。話すことも聞くこともできないのです。上の方の世界は民衆には閉ざされています。「天や地の偉大なものごとは、あまりにもお前の上方にある。お前のお国言葉は、飼っている家畜にでも話すがよい」と民衆は言われます。「でも、少なくとも神さまのこと、永遠の救いのことはどうなるのでしょう?」「百姓よ、違うぞ。お前は口から出まかせに祈るだろう。だから言われた通りに繰り返すのじゃ。神さまはな、お前の卑俗な魂で理解される必要など、露ほどもないのじゃ」。

神によって拒絶される農民も、悪魔からは拒絶されないでしょう。ひどいラテン語でぶつぶつと祈りながら、農民は理解しなくても分かるのです、眺めるのです。司祭が祭壇で大きな声で、ある言葉を話し、もう一つの言葉を告解室で、とりわけ女に対し、ごく小声で話すのを彼ははっきりと見ぬきます。そしてそういうとこから、楽しいクリスマス祝歌を、機知に富んだファブリオーを作ります。農民にはエスプリがあります、あの口きかぬ愚か者には。悪魔が彼の中にいるのです。彼は冷やかし好きで話好きです。この二点は、ひどくばかげた世界にあっては、大いに類似するもので、笑いなしで話すことはできません。北フランス方言によるあれらの話は、貴族の言語や、貴族の文学に侵入し、それを大きく変えてしまいます。クリスマス祝歌、ファブリオー、小説、物語、様々な風刺話、全体が、言語全体、方言全体が、そしてついには国民精神の大いなる流れ全体が、好き勝手に広がりながら、ガルガンチュア[*6]と呼ばれるあの狂気の知恵の大海へとそそいでいきます。そのガルガンチュアから大河が再び生じ、力強い恐るべき流れを通って狭くなっていきます。それがモリエールで、タルチュフをおぼれさせてしまうでしょう。そして河は再び広がりだし、世界を抱きしめようとして、ヴォルテールの中に最終段階の流れ易さを見出します。ヴォルテールは千もの形態と千もの運河を通して、いたるところにこの精神を運んでいけるのです。わが国の古いゴーロア魂が持っていた二つの原始的性格、物語の優雅さと冷やかし好きの感覚は、なかんずく近代的なこの男の中に、この上なく再発見されます。そこに十八世紀固有の栄光のしるし、われらが先祖には知られていなかった、人間性への熱意を結びつけてごらんなさい。

繰り返しますが、これが国民的な大いなる潮流です。これですべてでしょうか？　いいえ、もう一つのものが必要でした。第一の流れは、エスプリあふれた良識の流れでした。そこには理詰めで物を考える、極めて論理的な言語というものが欠けていました。第二の流れは、カルヴァンからポール＝ロワイヤル[*7]へ、ニコルやアルノー達へと流れています。ルソーが出てくるのは、直接にはプロテスタンティズムからではありません。むしろ彼は、ポール＝ロワイヤルの作家たちに関してなしたと自分自身で言っている深い研究の方から、はるかに出てきているのです。彼は彼らの力を、推論のエネルギーを、わがものとしました。——それは、女のような心、魅惑的な魂、心にふれるメロディーの中で、すばらしいものとなっています。——そういった見事な対照に、世界はさからえません。魅惑と厳格さ、メロディーと論理、カルヴァンの中のペルゴレージ[*8]といったところです。

成功は即座に途方もない形で収められました。市民階級全体がこの新しい言葉によって奮い立たされ、高められ、気高くされ、彼らは情熱をもってその言葉を受けとりました。芸術家や、字が読める労働者たちはルソーを読み、彼の意見を採用しました。どちらかの階級にいる者で、ほどなく行動しようとしていた者はみんな、ルソーに自分たちの心を与え、彼から思想や言語を取ってきました。ある版画家の魅力的な娘は、やがてロラン夫人となりますが、オルロージュ河岸のわが家の窓べで夢みがちだったルソーの弟子で、政治家となったジュリーといったところでした。同じルソーが、ルイ゠ル゠グラン校の陰気な講義の中で、『社会契約論』によってロベスピエールという孤児を養ったのです。

大革命全体が、憲法制定議会、ジロンド派と山岳派が（多分、ダントンとデムーランの二人[*9]を除いて）、ルソーの言葉に従いました。彼の言葉はフランスに押しつけられ、法にまた新聞に書かれました。何世紀もの論理的帰結のすべて、政治哲学の全体が、この抽象的な言葉の中に明確に表現され、ある朝、それぞれの村に到達するのです。前もってどんな説明もありませんでした。

「聞きたまえ、理解したまえ、信じたまえ、言い返しはなしだ。法の名において！……」というわけです。

論争の道具としてすばらしいこの言葉は、民衆の大多数、特に田舎の民衆の反感をそそるにちがいない資質を、まさしく持っていました。それはブルジョアと労働者には力強く働きかけましたが、彼らを越えた所への影響力はありませんでした。この言葉は屋根裏部屋までは上りましたが、わらぶき家には全然降りてきませんでした。

ルソーの言葉の歴史的起源が、こうしたことを完全に説明してくれます。落ち度があるとしても、それは彼のそれではなく、まさに彼の先例者たちの落ち度なのです。プロテスタンティズムは、民衆的で、また一時は貴族的になりましたが、あっという間にブルジョア的になり、今日でもそうなっています。ジャンセニスムは、ポール＝ロワイヤルは（ただ一人パスカルを除いて）、風俗的にも倫理的にもブルジョアの宗派でした。ルソーはそこに全く新しい要素をつけ加えました。彼の成功の大きな部分をなした要素、つまり小説的な要素で、これがブルジョアジーを魅了したのです。だがまさしく小説は、十分に知られてはいないもので、民衆にはどうでもよいものでした（都市部の何人かの労働者を除いて）。

民衆に好まれる歴史

小説、つまり情熱と個人の運命の物語は、あまり民衆の心を打ちません。そこにほとんど自分の姿を認めないからです。民衆は大きな真実の物事を欲します。あなたが話をしてやるときに、「それは本当なのか？」とつねに言います。――われわれよりも悪に強い民衆はまた、ある個人、ある人格、ある家族が、小説の中で起きるように自我の世界を占めうることがあるということを思いつきません。――小説は民衆にとって余りに特殊なもの、ある意味で、余りに自己本位のものです。そして、ほとんど常に説教は、雄弁と美辞麗句は、彼らにとって余りにも普通のものです。だからそうしたものに注意しません。民衆は小説を余りに個人的なものとして軽蔑し、人道主義的ないしはキリスト教的説教を、あいまいな一般的性格のものとして退屈に感じます。民衆には歴史が必要です。民衆の歴史が必要です。――言い換えれば、素朴な伝説とか崇高な詩の形で象徴化された歴史が必要です。われわれはそれをフィクションと呼びますが、こうした詩の中に、歴史の世界が、真実の宝が隠されているのです。オリンポス山と、どれなのか分からない他の山とが競いあっている小さな歌（近代ギリシア語の）には、年代記以上に国民史が、小説以上に風俗史が含まれています。

小説の言葉と論理的思考の言葉は、ルソーにおいてそうだったように、情熱的でさえあり説得力もありますが、庶民が行くことのない中間地帯に位置した中程度の言葉ということになります。ルソーの言葉はその時、限定されてはいても極めて必然的な働きを果たしました。つまり、ブルジョアジーの気持を再び奮い立たせ、彼らをエゴイズムから引き出し、心の世界、個々の魂への目を開かせ、個人に自分自身への興味をもたせたのです。それは小説の力でした。同時に抽象的な論理思考の力によって、彼は個人の権利を基礎づけたのです。

抽象観念と小説的世界、これがルソーと民衆との間の越えがたい二つの障壁ということになります。

民衆は、笑ったり泣いたりしたがります。ルソーはどちらのことでも彼らに影響を及ぼしません。

ヴォルテールの言葉は、大変古いと同時に大変近代的で、とても愉快な、極めてフランス的なもので、古いファブリオーの言葉のようなところがあり、民衆にはより好ましいものだったでしょう。間違いなく民衆は『ヌーヴェル・エロイーズ』よりも『四十エキュの男』[*10]の方を理解したでしょう。しかしながら別の障害がありました。ヴォルテールは、まことに早くから、ルイ十四世治下そのもので、聖職者に対する長く危険な闘いを始めており、貴族の中に、王たちの中に、一つの力を、支えとなるものを求めざるをえなかったのです。彼の言葉がいっそう民衆的だったとしても、彼の生活は貴族的な、ほぼ大領主の生活といったものになっていました。もっと後からやってきたルソーは、いっそう進んだ形で解放の仕事を見出し、目覚めた民衆を見出しました。彼はそうした民衆の政治的代弁者となりました。彼は民衆そのものとして留まりました。彼の言葉がそれほど民衆的でなかったとしても、彼自身および彼の学説は、よりいっそう民衆的だったのです。

ナポレオンとバイロンはルソーの言葉と著作とを、ほとんどというか、あまりにも僅かしか評価しませんでした。彼らは、権利に関するこの不滅の唱道者が使命として持っていた、偉大なものすべてを認めなかったのです。彼らは、つねに脈打っているようなあの文体が持っている本物の感動を、力強いおののきを、十分感じとらなかったのです。彼らが拒絶したのは個別の人間ではなく、一つの流儀そのものでした。情熱的な論理的思考、レトリック、雄弁といったものでした。彼らは上か下を、すなわち最も飾りけのない素朴さか、はたまた崇高さを欲したために、あいった中間領域ではうんざりしていたのです。多分ナポレオンは、そうしたものを要求する権利を持っていたでしょう。本能的な、また計算づくの崇高さを持った彼は、彼の天才の道具となっていた英雄的な大衆の崇高さを、すばらしく感じていました。バイロンは孤独な崇高さを夢み、時おりそこに到達しました。彼はティタン[*11]の野心を持っていました。彼はアイスキュロスの描いたプロメテウスの霊感以外、霊感をけっして持たなかったと断言しています。

いずれにせよ、これら二人の厳しい批評家がした判断は、まさしく民衆のそれとなります。もちろん私は、ブルジョアのそばで暮らしている一部の民衆、ブルジョアの読書や思想を分け持ち、彼らをうらやみ模倣しようとする、そういう一部民衆を除外しています。

民衆は弁証法とか長い論理的証明に進んで付いていこうとはしません。民衆は多くの力と明敏をもって論理的に考えますが、しかし論証の技巧を外に出すことはしません。民衆が特に好む形態は、濃縮度が高く、省略の多い、簡潔な、ほのめかしに満ちたものです。民衆は三段論法よりは大ざっぱな結論づけを、例示や寓話の方を使います。思想に、物語風の、歴史風の形態を進んでまとわせます。うまい表現の代わりに事実をもってきます。民衆のモットーはオッシュのそれ、「言葉ではなく物事を」なのです。

ところで、物事や事実とは、歴史（＝物語）ということです。――あるいは、単純で崇高なイメージの中に、民衆的な詩の中に、要約され濃縮された歴史ということです。

え、何だって！　そういった詩は姿を消しているのではないか？　と人は言うでしょう。いたるところで伝説が消えつつあり、民衆の歌も忘れられ、詩もほどなく滅ぶだろうということが分からないのですか……。――そうです、もっと高尚な詩のために、です。大革命が創った現実的で確かな伝説が、古い伝説を粉砕します。それは、たとえどんなに古かろうと、手に入りやすい近代の小説ほどには農民たちの関心をよばなくなっています。そうした古い伝統は、また個人的なものともなって、農民にはある聖人に関する小説のように思えてきます。それは古いものです。しかし大革命と第一帝政の歴史（＝物語）はそれ以上のもの、古代風のものなのです。民衆にとってナポレオンはダゴベール王よりも古代的で、カエサルと同じくらい昔のものとなります。

これらの偉大な物事はいつの日か歴史によって、国民劇によって、それらが眠っている奥深い宝物のところ、つまり民衆の想像力の中で、真剣にとり上げられなければなりません。それらは、漠然とした哀歌の状態で、いまだ表現されておらず、はっきりと述べられていない雄々しいクリスマス・キャロルといった状態で、ただよっています。この偉大な詩に触れようと望む者が恐れねばならない落とし穴、それはそこに小説をまじえてしまうことです。

お願いですから、形式でも、本質でも、事実においても、文体においても、小説的なものは何一つないようにして下さい。

具体的事実の生命力

避けねばならないことについて実例を示しましょう。が、当代のいかなる作家からもそうした例は引き出さないつもりです。芸術は互いに解釈しあいます。私は別の芸術から例示します。同様に分かりやすいことでしょうから。小説的なものがいかに詩にとって致命的であるかを知ろうと願ったら、ルーヴルに、あの絵の美術館に行って下さい。四番目か五番目のホールで、グロ[*12]の絵を見て下さい。それは、炎につつまれたモスクワから脱出する皇帝を描いたものです。

画家は感動的な事態を気に掛け、それが目立つようにしました。だがあまりに下手なやり方だったものですから、そこから悲壮なものが消えてしまい、もはやセンチメンタリズムしかありません。火事の中で、子供たちを見失ったり見出したりした母親たちが描かれています。フランス人たちは、不当にも非難されていますが、それらの乳飲み子を救い出し、母親たちに手渡しています。作品の素材は興味深いものです。だがその出来は、やはり馬鹿げたメロドラマといった印象です。(1)

「これは素描だと人は言うでしょう……」。どうでもいいのです。この絵は力と独創性をもって扱われたなら、詩的な、民衆的なものとなったでしょう。だがそこでは、ある種の歴史小説におけるように、すべてが軟弱、あいまい、力ないものとなっています。何一つ固有の特徴が印づけられていません。クレムリン宮殿もクレムリン宮殿のようになっていません。あの運命の日に人々はクレムリンを探し求め、その異国ふうの尖塔や石のあずま屋が示す風変わりで恐ろしい崇高さを、あの石と化したアジアを、再び見たいと欲したでしょうに。そうした光景はモスクワ全景の中で、わたしたちをことごとく戦慄させました。皇帝は皇帝ではありません。それはやせ細ったボナパルトで、一八一二年にいたのは、すでに疲労し、肥満体となり、髪の白くなった、顔色がくすんだ蒼白の男というわけではなかったのです、等々。

ここで、あらゆる点で欠けているのは、くり返しますが物事の明示です。物が絵から出てくるような生き生きと力強い一つの正確な特徴、それが見る者を捉え、支配し、その想像力と記憶とを永久につかまえてしまうのですが、それが欠けているのです。

それこそが本質的に民衆的なものです。庶民の口から出てくるこの種の話すべてを調べてごらんなさい。そういった特徴、独創的で固有の特徴こそ、彼らの中で、思い出を消え去らないものとしました。彼らは必ずしも事実の全体を知っているわけではありません、しかし、この事実が生命の矢によって、彼らの精神に、彼らの記憶に、彼らの心に入っていきました。この生命の矢は火矢のように貫いたのです。

これらの生き生きとした細部は、小説によって損なわれたため詩を感じることのできなくなった読者によって、しばしば軽んじられますが、その代わり大衆の中では大切に語りつがれています。それらは、この世で一番散文的と思われている人々の詩的生命を作り上げています。ブルターニュ地方やピレネー山地の人の方が、中部地帯に住む人よりも詩人だと信じられていますが、しばしばそれは間違いです。

シャンパーニュ地方の、退屈で、ものさびしく、色彩の乏しい本街道で、日曜日、妻が夕べの祈りに出かけているとき、タバコをくゆらせ、腕ぐみしながら夢想にふけっているあの蹄鉄工を見てごらんなさい。「どうやらひどく散文的な男がいるようだな……、どうしてブルターニュやピレネーやイタリアを旅行しないのか?……」次のことを知ったならば、そんなことをあなたは言わないでしょう。この時、この男は頭の中で、英雄に関するクリスマス・キャロルや、民衆的叙事詩を思い巡らしているということを。あなた方の持っている田舎の伝説すべてが、また都会の小説すべてが、そのかたわらにいけば、まことに貧しいものとなってしまうでしょう。

それについてもう一言、言っておきたいと思います(目撃した人の言葉で、他のどこでも、まだ印刷されていないことだと思うからです)。

「皇帝陛下があの恐るべき退却をなさっていたとき、積み重なった氷を横切り、ロシアの道端に残していた息たえだえのフランスを通り抜けて、色青ざめ、毛皮につつまれ早脚で馬を走らせていたとき、右に左に、雪の上に、ほとんど埋もれかかったような部下たちが、さらにはもう半ば雪にかくれて寒さと飢えで死にかかっている部下たちがいました。あれら英雄的な兵士たちは、ずっと前から死を甘受していて、何一つつぶやきませんでした。彼らは通過していく皇帝に、最後のまなざしを投げかけていました。年老いた擲弾兵の内の何人かが、ひじを立て少し体を起こし、彼に一言、言葉をかけました。ナポレオンから許可されていた軍人らしい砕けた表現を今回も使いながら、やさしくほほえみつつ次のようにロシア語で言ったのです。『パパ、クレバ』（パパ、パンを下さい！）。皇帝は、ほろりとさせるこの呼びかけに答えて、『ニェット。クレバ』（パンはないよ）と言いました。そして雪の上を、いっそう暗く、さらに早脚で駆け抜けていきました。絶えまなく自分のことを、自らの栄光を、苦々しく思いかえしながら、次のように繰り返し続けたのです。『崇高さからこっけいさまでは、たったの一歩だ』と。

息たえだえのナポレオン軍が発した〔父なる皇帝への〕子としての呼びかけに、勝るとも劣らない注目すべきことがロシア人の側にもありました。それは同様な子としての感情から、自分たちの父であるロシア皇帝がモスクワをあえて焼こうとしたと信じるのを、ずっと拒んでいたことです。最も強烈な証言も、異論の余地ないことも、彼らを説得できませんでした。それを事実だと見出したら彼らは、モスクワ自体よりももっと大きなものを、彼らに親しい迷信、君主はこの世では思いやり深い救い主、父ないし神であるという信仰を、失うことになったのです」。

これが、この時我々が観察したシャンパーニュのあの鍛冶屋の、想いを満たしていた大いなる思い出です。あの散文的な見かけの下にある彼の内面的な詩とは、そうしたものなのです。彼が、妻の語る伝説に戻ったり、行商人が持ってくる小説を楽しんだりして欲しいと、どうして願えるでしょうか？　いいえ、彼は夢想しています。自分独自の哲学を心に抱いています。ナポレオンのあと、世界は神々を作り出すのに苦労するだろうと考えているのです。何度も自分の保護者に欺かれた世界は、ある日、ついに自分自身で自己統治できるようになるだろうと考えているのです……。しかしその夢想は中断されます。というのも、彼の鍛冶場とハンマーの援助を求めに、旅人がやってきたからです。さあ仕事です。火が再び燃え上がり、鉄から火花の奔流がほとばしります。われらが男は、職人の仕事に兵士の思い出をまじえながら、ナポレオン軍の腕をもって鉄床を雄々しくたたきつけます。

(1) この悪しき絵は、この偉大な画家に、この偉大な心に私たちが捧げたやさしい感嘆の念を、いかなる点においても減じさせることはありません。彼は『ジャファの病院』と『エイラウの戦場』において、諸国民の中で最も好戦的なものの人間性を、つまりフランスの慈愛を、未来のために聖別しました。彼がそれら崇高なものを汲み取ってきた心は、勇敢であると同時に優しいものでした。気弱になるくらい優しいと言われるものです。そこから彼の絵画の欠点が生じます。その絵は時に柔弱になるのです。しかし多分彼の天分もそういうものなのでしょう。——彼に関する感動的な逸話を聞いたことがあります。彼の弟子の一人がある日、まだ生きている美しい蝶をアトリエにもってきました。その弟子はこの蝶を自分の帽子にピンでとめていたのです。グロは本気で憤激しました。「何だ！　ろくでなしめ！　君は魅力的な生き物を見つけて、やれることといったら、それを苦しめ破壊してしまうことなのか！……出ていけ、もう二度とやってくるな！　君は芸術家にふさわしくない人間だ！」と言ったのです。グロ自身は、芸術家の名にまことにふさわしい人でした。創造全体に自らの共感を、生命への敬意を、美への賛嘆を押し広げていました！

知の光と本能の熱の結合

わが国の国民的伝説は、共通の場、自然な集合地となっており、様々な精神が、対立していると思われる諸階級が、そこでは容易に近づきあいます。本当のシャン゠ド゠マルスで、すべての者が遅かれ早かれ、そこにおいて彼らの連盟祭を再び行なうに違いありません。――あの偉大な日が再びやって来ますように、そしてもはや終ることがありませんように！

しかしそのためには、何よりもまず権利の確固とした祭壇を再建することが、しかも今度は木や板によるのではなく、もっと良い状態で建設することが、われわれにとっては必要です。

「権利の外にいかなる友愛もない。不公平の中にいかなる愛もない。正義が描き出すべき領域の外にいかなる同盟もない」。私たちの父祖たる十八世紀の偉大なところは、中世の不敬虔な信仰心に対し、こういったことを答えた点です。中世の信仰心は神と王たちとその偶像とに正義を免除していました。これはボシュエの尊大な声によって、最終的には次のように教えられたものです。権威はそれ自体で道理あるものであり、司祭から王へ、王から地へ、そして民衆の頭上へと、法を垂直に降りかからせてくるものだ、と。

「いいえ」と、あの偉大な十八世紀は雄々しく答えます。「法は民衆そのものから上ってゆくのです。法は人間の心から花開きます。それゆえにますます神々しいものとなるのです！」

美しい言葉、やさしい言葉、人類から深く愛される声、私たちは、多くの世紀のあとに、ついにそれを聞いたのです！　私たちの耳には、レムノス[*1]で見捨てられたフィロクテテス[*2]に、母の言葉が響いた以上に優しい響きです！

「人類はそれ自身の作品である」とヴィーコは言いました。——諸国民の本能的知恵は、自らを創り上げながら、自らのために法と、歌と、神々とを創り、自ら人間的になりながら、神への道を歩み、文明化し、反省的知恵となります。

「人類はそれ自身の目的である」とヴォルテールは言いました。あなた方は無意味な争いをほっておきなさい、お互い我慢しあいなさい、哀れな無分別者たちよ！　というわけです。寛容と寛大が、人類の歩む道なのです。

「人類はそれ自身の権利を持っている」とルソーは言いました。民衆は民衆の救済を確かにすべき権利と義務を持っています。万人の理性が、同様に「理性なるもの」であります。

ここに大いなる合唱があります。ヴィーコにおける事実、ヴォルテールにおける感情、ルソーにおける権利が合唱しています。

ここで十八世紀は沈黙し、十九世紀を待つことになります。――私たちが継続していかなければならないのです。

本能的知恵に基づく民衆の権利

ルソーは民衆の権利を言いました。彼はそれを宣言しましたが、基礎を築くことはしませんでした（私の『革命史』第三巻、前書きを見て下さい）。

この権利に、公の利益と救済とを根拠として提供しながら、彼は古くさい次のような反論にも門を開いています。「もしも救済が権利の基盤であり都市の目的だというなら、学問と知恵は無知な群衆以上に救済を保証するものとなるでしょう。賢者たちに統治させなさい」。これはいわゆる少数者の権利の原則です。この原則によって権威ある者は、自分が押しつぶしてしまう者たち相手に議論しようとしたとき、自らを正当化できると思ったのです。

これに対し私たちはあらゆる論理に勝る証言、われわれの内に見出す、感情でもなければ心情の叫びでもない証言によって答えましょう。「権利は権利であって、それ以上の何ものでもありません。それはそれ自身の基盤であり、自身の目的です。利益、救済は二次的目的、より高いものを目差したのでいっそう到達しやすくなったといった目的にしかすぎないのです」。

どうあっても目的は救済であって欲しいなら、私たちは次のように主張します。科学や哲学的知恵は、単独では決して救済を確固たるものとしないだろう、そこには民衆の良識が必要なのだ、と。

知恵は科学だけの専売特許でないことを、しっかりと信じて下さい。本能の知恵があり、自然な本能の正しさがあります。それをも考慮に入れなければなりません。民衆のインスピレーションがあります。行動し、つらい思いをし、人生最高の重荷を担っている人々の実際的な経験があります。

歴史を調べてごらんなさい。数千年間にわたって存在しながら、思弁なるものがいまだ知られていないいくつもの社会を示してくれます。――社会の救済を保証するであろう社会的秩序を創り出すため、理論が生み出されるのを待たなければならないとしたら、人類は百回も滅んでいたでしょう。諸々の宗教、制度、詩、そうしたものはすべて民衆の天分から自然発生的に花開きました。そのあと何人かの者が、万人の作り出したものを高みから他の者たちに向って、書き、起草し、要約し、押しつけたのです。

人類の母体、それは本能的知恵、群れなす民衆の知恵なのです。すべてを始めるのも、とりわけ自らの競争相手である哲学的知恵の発端となるのも、民衆の知恵なのです。本能的知恵は哲学的知恵に謙虚に付き従っていきますが、でも最終的には、それがすべてを統御します。

こうした知恵の中に民衆の権利があります。

ルソーが引き合いに出す自然は、あいまいすぎる話で、余りに異なる様々の意味で使われており、そこから権利の基礎を作るわけにはいきません。彼自身初期の頃の論文では、自然の中に野蛮状態の卓越を、科学と芸術の断罪を見ているように思われます。『エミール』では、そこに自然の本能を、良いものを、しかし指導しなければならないものを見ます。『社会契約論』では、もはや本能については話しません。もはや反省的思考しか知らず、賢者と哲学者の都市を作ろうとしているといったふうに見えます。だが反省的哲学的知恵は、少数者の知恵です。そこからどうして、万人を統治する権利が引き出せるのでしょうか？

ルソーは民衆の権利を基礎づけたりはしません。大革命もまた彼の理論にほとんど付け加えません。それゆえ彼らのあと、かつてなかったくらい横柄な少数派の政府が蘇ってきます。問題は解明されないまま、雑種的学派、王政復古時代の折衷主義者とともに、ますますわけが分からなくなってきます。純理派の人々がやって来ます。彼らは自分たちが持っていない哲学の名で、大衆の能力を否定します。「民衆はひっこめ！　いつか、われわれによって啓蒙され、育成され、民衆も多分尊敬できるものとなるだろう。今日はわれわれだけで統治しよう。われわれだけが知恵を持っているのだ。民衆の救済のために、民衆は自分のことにも口を出してはならない」というわけです。

これが王政復古期の賢者たちが、ごく少数者たちの権利を、今も追い求められている権利を、復古させた何とも無邪気なやり方です。

こういった空虚な理論に、同時に三つの声が答えます。

現在の声があります。それは、われわれに、民衆の精神的協力がなくてもやっていけると信じていた教養ある階級の無能を、現在の不毛を示します。

過去の声があります。それは、野蛮な叙事詩時代の民衆が、教養はなくとも、自らの自然的本能の正しさの中で、世俗生活の秩序を創造しえたということを示します。哲学は数千年あとに誕生したのです。

最後に人間の魂の永遠の声があります。それはわれわれ個人の中で、次のことを示します。二つの力、インスピレーションと反省との協力による以外、自らの中に力強い豊かなものは何一つ作られないと。インスピレーションないし本能は、自らを明らかにしながら、反省的光へと変化していきます。そしてそうしたものになってしまうと、自らの根源に、インスピレーションに再び蘇生しに戻ってきます。

これが人間の魂が交代で持つ役割です。またこれが「都市」の役割でもあるに違いありません。都市の理想は一つの魂です。「都市」の中で、本能的で霊感あふれた人々は、たえず教養ある人々に変化せねばなりません。そうなってから、つまり知性の光のなかで多くを得てから、本能的階級のただ中に熱を受け取りに戻らなければなりません。

「都市」は、固定して死んだ冷酷な法では全然ありません。それは一つの手ほどきです――学問ある者による無知な者の、そして無知な者による学問ある者の相互的教育です。大衆の中にあって無知と呼ばれているものは本能であり、本能的力であり、時にインスピレーションであり、つねに熱と生命なのです。

これが確かに、あまりにも力弱くですが、『民衆』という本の中で私が言ったことです。ルソーがほったらかしてしまった思考の糸を再びたぐって、民衆の権利を本能的知恵の上に築き上げたのです。

この本能的知恵という言葉、この深遠な言葉をヴィーコは、歴史的に、一つの事実として提出しました。そこからいかなる政治的用途を引き出すこともなく。彼はそれを、よくわからない太古の多少とも確かな物語の中に、神話そのものの中に基礎づけました。私はもっと確かな歴史の中に、その強固な基盤を探しました。――だがとりわけ、それを時間の外に、考証の外に基礎づけました。そしてこの言葉が表わすものを個人の魂の中に、各人がみずからの内に担っているもののようにして見出したのです。――本能的知恵から反省的知恵への絶え間ない魂の手ほどき、それは私に、都市の動きの深い象徴のように思えました。都市の生命は、本能的階級と教養ある階級との相互的手ほどきにあるに違いありません。

少数者の権利を包む「都市」の理想

純真で豊かな魂、天才の魂は、彼らの内面の動きを、不朽の作品によって目に見えるものにしてくれます。そして十全の光のもと、われわれにそのことを証明してくれます。われわれは彼らのそれぞれに究めて完璧な「都市」を見ます。その都市にあっては、いまだ本能的な薄ぼんやりとした要素が、たえず明晰な反省の中へと移っていきます。だがこの反省は、インスピレーションの無邪気な源泉に生命と熱とを受け取りに戻ってこなければ、生み出すことはないでしょう。

これが新しい政治のイロハとなります。だがこうした政治の展開と適用を見出すために、またそれを実践するために、困難な一つのこと、つまりもう一つ別の心を捉えることが必要です。最高に創意に富んだ天才も、こういった精神的変貌なしには、ここでは何の役にもたたないでしょう。両者、教養ある者も、教養ない者も、共感のまなざしをもって見つめ合わなければなりません。孤立すれば、お互い同じように無力になるのだという、そのことを、十分に感じとらねばなりません。民衆なくして学者に何ができましょう、あるいは学者なくして民衆に？　何もできはしません。両者とも、社会的活動に協力することが必要です。それればかりか、両者が、それぞれそれぞれの役割を交替し、取りかえることが必要です。民衆が学問へと上昇し、学問の人間が民衆となり、本能と生命の源泉で体力を回復し、生気を取り戻さなければなりません。血液の二重の循環、静脈の血、動脈の血、それぞれの交互的変容、これが真の「都市」、人間的で文明化されたと言いうる都市の忠実なイメージとなります。今日までの政治は、いまだ野蛮状態にあるのです。

政治が、そうした状態からもう一度脱するために第一に必要なことは、心が変ることです。対立する階級が、自分たちを結びつけているきずなをより良く理解することです。彼らがお互いの前で、言ったり考えたりせねばならないこと、それを眺めてみましょう。

学問ある人を前に、庶民は何を言うべきでしょうか？　「ここに、特別な教育により、読書と研究によって与えられた知識の集中により、五十人分の人生を代表する一人の男がいる。人間の経験の重要な部分が彼の中に蓄め込まれている。彼の一言が私に教えてくれることもある。私がじたばた一人でやっているような研究は、はるか以前からされているらしいということを……。この人が私には必要なのだ」と、こんなことではないでしょうか。

一方民衆、行動と労働の人を前に、学ある人は何を言うべきでしょうか？「抽象の中、特殊な文化の中、紙の世界の中で育って、私はあまりにも世界を忘れていた。私はもはや一冊の本でしかないことになっていたかもしれない……。幸いなことに、ここに一人の人がいる。兵士だろうか？船乗りだろうか？旅行者だろうか？経験は彼の中で、学者たちが一番持っていないもの、良識と現実的感覚を発展させたに違いない……。農民だろうか？彼は自然のまん中に留まって、何をなすにも、何か自然の本能のようなものを保ち続けた……。労働者だろうか？まさしく彼を、仕事が精神にとっての障害でしかないような、あの労働者階級に属するものと仮定してみよう……。そうだ、それでも彼は人間なのだ。生き、そして苦しんだのだ。つらい現実への日々の感覚は、彼を、人々が書物を通して見るのとは違ったふうに物事を見るようにさせる。この男は全く違うふうにこの世に関心を持ち、かかわりを持つ。私はこの世に自らの体系のためにいるが、彼は妻や子供の生や死のためにいる……。われわれは近づきあおう。より積極的な彼の生を見ることだけが、人工的、抽象的、スコラ的形式主義の世界から、私が脱けだす手助けとなるだろう……この男は私に必要だ」と、こんなところではないでしょうか。

これがあらゆる真剣な政治の出発点なのです。二つの階級が、お互いを必要としていることを理解し、それぞれがもう一方の中に、自らを教育してくれるものがあることを知り、そうした理由でお互いに近づき、評価しあい、尊敬しあい、両者のそれぞれが自分だけが知恵を持ち、それを他方に押しつけるべきだなどと考えなくなって欲しいものです。そうです、前者の学問、高度の教養は知恵ではありません、絶大な影響力をふるう権利はありません。そうです、他方の本能、活力は、そこに恵まれた自然のインスピレーションが認められる時でさえ、やはり知恵ではありませんし、大きな影響力をふるう権利はないのです。知恵は二つの力の結合から生じます。知恵が女王であるような時にも、知恵が「法」であるような時にも。

「法」は結合から、「都市」の結婚から生じます。それは両方の側に、両者が一致して欲したものを押しつけます。それが協調の声です。どちらの者もそこに、自らが本能の中に、思考の中に、持っていたものを認めるのです。

ここで問題となるのは、もはや、法の古い野蛮な理想ではありません。そうした理想は人間たちとは関係なく、天から石板の上にもたらされて、それによって人間たちを押しつぶすようなものでした。――もはや権威をもった立法者も問題ではありません。そうした立法者は自らの謎を公にし、スフィンクスのように、答えの分からなかった者をむさぼり食ったのです。

いいや、「法」は人間の魂から自発的に生まれた子供です。――その秘密は「教育」の秘密とそっくりです。教育は人間に、人間が自らの中に持っているものを教えます。定かならぬ萌芽として持っていたものを、十全の光のもとに表わし、明らかにし、示すのです。――そうなのです！　同じく「法」も、人間に対し自らの中にあったものを命じます。万人と同意して、真に人間的な瞬間に、彼が本当に自分となった日に、欲したものを命じるのです。――彼はそれを、もしかしたら情念によって変えられたかもしれない弱々しい一時的な意志で、欲したのかも知れません。彼は、こうした変化を自らに禁止し、自らのより良い意志を、「法」の形で置いたのです、そして言います。「私自身から私を守りなさい。私が自らに忠実でありうるようにしなさい。私の規範となりなさい、おお、わが最良の日よ！」

この気高い発意は万人の資産です、人類固有の正当な所有物です。「法」はこうして、万人の気高い心の動きから、万人の犠牲から、出現してきたものに違いありません。万人は自らに「法」を課すことで、精神の中で情念や利害を犠牲にし、それらが強いてくるであろうものを、前もって厳粛に放棄してしまいます。

人間の中で最も取るに足りない者に対しても、こうした崇高な犠牲に加わることを禁止する権利が誰にありましょう？　万人がそうした犠牲に、自らの分に応じて、つまり自分たちの精神や意志の状態に応じて寄与すべきです。本能的タイプの人は彼らの本能に応じて、熟考する人、抽象的タイプの人は彼らの抽象的熟考に応じて、です。「法」は彼ら全員を表現すべきだし、彼らがすでになしていたもの、彼らの生活習慣の中にありながら、しかし彼らの性向の中にあったともいえるもの、彼らがなそうと欲し、時には欲しようと欲していたものを、彼らにあまねく命じるべきです。――確かな思考を明確に表現しながら、法は、曖昧模糊とした思考を感じ取るべきだし、自己表現もできず、そこに進歩のインスピレーションを汲み取ることもできない本能そのものに、意見を求めてみるべきです。

そこに弱者たち、黙した者たちの権利が、つまり意見を求められた時でさえ、まだ答えることのできない者たちの権利が置かれます。しばしば自分たちの権利を知らない無気力な大多数者の権利が、また、時おり自分のことも知らず、一般的な動きに自分たちが対立している理由についても思い違いをしている、少数者の権利が置かれます。少数者を残酷に打ちのめしてしまうのではなく、教育や文明の、つまり口頭や文書による巧みな宣伝という手段によって、彼らを全体に同化させ、溶かし込み、彼らがその精神を見誤っている大多数者の中に、どんなふうにして（しばしば知らないうちに）入っていったらよいかを理解させることが問題です。

ヴァンデ反革命の真相

そうです、法は主人でも暴君でも死刑執行人でもありません。それは民衆の代弁者であり、万人の聡明かつ親切なスポークスマンです。法は彼らのために、彼らの思いを言い表わします。法の間接的作用は、その直接的命令よりもさらにいっそう重要で、人々に、それによってお互いが対立していると思い込んだ多種多様な形態を残すようにさせますし、意識していなかった自分たちの結合を明らかにしますし、さらには、異なる語で自分たちが同じものを欲していたのだということを、認めさせるようにもします。

このことが良く分かるように一例をあげましょう。私たちのすぐ近くに、私たち自身の中に（われわれの奥底で、それはいまだ血を流しています）、最も恐るべき例があると私は思います。歴史がその思い出を提供してくれます。つまり共和国とヴァンデを戦わせることになったあの残酷な誤解です。

ヴァンデは革命派の無信仰は一つの宗教、新しい宗教なのだということが全く分かりませんでした。革命派の無信仰にも信仰があり、殉教者がいたのです。一方大革命はヴァンデの農民が持つ深く共和主義的な本能を知らずにいました。

西部地域の人間は、一般に独立を強烈に愛することで特徴づけられます。ヴァンデ人の口調だけで、こうした性格が明らかになるでしょう。それは彼らにあって、資質の中の資質なのです。歴史としてわれわれに示された小説は、ここでは放っておかねばなりません。ヴァンデでは、他のどこことも同じように、領主たちの古い庇護はもはや存続していませんでした。借金を背負った貴族たちは、自らの財産を投資していた実業家たちに、自分のところの百姓たちをゆだねていました。八九年にそのことがはっきりと分かりました。その年、自分たちを食い尽くしにきた強欲家どもに対し、モレヴリエ[*3]の人々が蜂起したのです。代官に対する農民の怨みは領主の方へ、貴族一般の方へとエスカレートしました。農民は犂を引かせる四頭の牛の内で、一番劣ったもの、一番ムチ打たれるものを、ノブリエト、、、〔＝貴族野郎〕、つまりものぐさめ、と呼んだのです。

このことは二重の理由で、司祭と、さらにいっそう関係することでした。まず第一に司祭は、農民そのもの、農民の息子であり兄弟であり従兄弟だったのです。下級聖職者全体が農村出身でした。ついでこうした司祭は、農民の情念を作り上げていた物事そのものによって、影響力を持っていました。彼は農民を、大地によって、ということは司祭と魔法使いが、祝福したり呪ったりして大地と家畜たちに良い運命や悪い運命を投げかける力によって、引き止めていたのです。

ヴァンデとフィニステール[*4]は、全面的に異なった光景を提示しました。

フィニステールでは係争中の問題を、新しい法律が、農民に有利なように一刀両断で解決しました。この問題とは、主人つまり領主のためにはるか昔から、解約条件つきで土地を耕していた農民が、実際のところ正当な土地所有者ではないかどうかを知ることです。フィニステールの農民は、こうして大革命に結びつき、ブルトン人の抵抗から、そうした抵抗が持ちえたかもしれない恐るべき統一性を奪い去りました。モルビアン[*5]のブルトン人は、背後にブルトン人を持つことなしには行動できなかったのです。

ヴァンデでは全く逆に、農民は家畜の飼育をし、それを売って金を作り、その金をしばしば貴族に預けていたので、自分の金が貴族とともに持ち去られ亡命していくのを見ました。――人々は農民から、司祭と一緒に、土地の祝福をも奪い去っていきました。――農民の貯金は消え去り、農民の土地はもはや産み出さなくなっていきました。もう金もなく、収穫もなかったのです。

あげくの果てに徴用が、彼を家庭から奪いにやって来ました。民兵は、あんまり従順でないこの民衆において、いかなる時にも立ち上がることができないできたのです。ヴァンデの厚いボカージュ[*6]は、わが国王たちのもと、反抗的力を隠していました。今回は民衆全体がそうでした。――ヴァンデでは、総司令官は一人の行商人でしたし、騎兵隊の指揮官は一人の靴屋でした。マイエンヌではリーダーは一人の木靴製造工、ジャン・シュアン[*7]でした。

ヴァンデの共和国は、「共和国」そのものに反対するものとなったのです。

王党派の作家たちがこの歴史を歪曲しようとして、いかなる苦労をなしたにせよ、彼らはこの動きが、いたるところで農民と村の職人の動きだったということを隠すことはありませんでした。農民らは貴族たちを探しに行き、彼らに頼み、せっつき、そして彼らのために戦闘準備しました。

私たちはこの大きな民衆運動を、いつか叙述するでしょう。ただしそこにまじっていた人為的なもの、民衆の自発的本能だったもの、聖職者の策略や陰謀だったものを、はっきりと指摘しながらです。この地方が理解していなかった法律を、大革命はそこに差し向けましたが、その法律の未来における有益な効力を、誰もかの地の人々に感じとらせることができなかったあいだに、はるかに抜け目ない聖職者たちは、かの単純な民衆にまことにふさわしい方法、おどしと中傷にみちた説教、神の出現とか、奇蹟の聖母とか、神がかりの巡礼とかを使って、影響力を及ぼしていました。聖職者のために行動し、小冊子、説教集、偽りの伝説集をばらまいていた信心深い行商人たちのあいだに、見たところ強くて素朴で、勇気とセンスにあふれた一人の男、かの有名なカトリノー[*8]がいました。最初石工だったのですが、家族を大勢養うために、もっと儲かる仕事につかねばならなくなったのです。聖職者に仕えて大もうけできるに違いない行商という仕事です。——きわめて単純なちょっとした助言でもって、他の誰よりも反乱を準備したのは彼でした。その助言はしかし彼の中にあった真に民衆的天分を示すもので、彼は、宣誓司祭[*9]が出た教区民に、礼拝行進のおりには黒い喪章で十字架を覆い隠し、キリストが喪に服しているように見せることを助言したのです。想像力をこれ以上打ち、それまですっかり眠っていた狂信をこれ以上目覚めさせたものは、何一つありませんでした。

周知のごとく、徴用によって爆発は決定づけられたのです。カトリノーは、この決定的瞬間に、静かに自分のパンを作っていて、パン生地の中に腕をつっこんでいたのですが、ついに事件が突発したと知り、腕を単にぬぐっただけで銃を取りました。

最初の成功のあと、ポアティエの人々が、そこでは貴族たちが優位を占めていたのですが、カトリノーの意見とは反対の意見を開陳したとき、この行商人は、毅然とした重々しさをもって、人々が全然予想もしなかったことを次のように言いました。「皆さん、あなた方を私たちの仕事に参加させながらも、私たちは指導者を持とうとはしませんでした。私たちアンジェー人は戦争をしています。時と場所がそれをもたらすままに。もしそのことがあなた方の気に入らなければ、わたしたちは別れましょう、そして各自のやり方で戦うことになるでしょう」と。結果は、団結をしっかりとしたものにするために、聖職者の影響のもと、より上位の審議会を創り出すことになりました。

ソーミュールで、数時間前から戦いが続いていました。カトリノーは丘の上から、一望のもとに戦闘を見渡し、損害およびその打開策を見て取り、貴族たちにそれを理解させました。そして戦いは勝利を収めました。——翌日ポアティエの将軍ド・レスキュール氏は、アンジェーのこの行商人を総司令官に任命するよう提案しました。——これは六月十二日のことです。——二十九日、大軍隊となったヴァンデの人々は、ナントを奪い取ろうと試みました。カトリノーは、自分の乗っていた馬をすでに何頭も殺されていたので、徒歩で、三百人の兵士、彼の両親や友人、あるいは同じ村の人々の先頭に立って入城し、町の奥深くまで入り込みました。そこで致命的一撃を受けたのです。

これがヴァンデの男でした。王党派の年代記作者たちは貴族の方にいっそう心を向けていたので、彼はそうした年代記作者たちによって、少々過少に扱われ、人目につかない所に置かれてしまいました。私たちは物事を、その真の光の中に置き直すよう、まもなく試みるでしょう。そしてヴァンデの反乱の民衆的部分を明らかにするでしょう。また共和主義者たちの余りに消し去られてしまった伝説を、真っ正面から評価するでしょう。共和主義者たちは、ヴァンデ人があふれんばかりに食糧を持っていたとき、最高に致命的な障害、飢えを乗り越えながら彼らと戦ったのです。彼らは、代議員たち（戦いのことについて、知っているというより血気にはやっていた）の矛盾した指導によって妨害され、クレベール[*10]やマルソー[*11]をギロチンにかけるよう日々パリに要求する人々の手紙によって、そしられたり、ついには脅かされたりしていました。

戻ってきても、西部フランスのあれらの農民は、彼らの才能に適した宣伝によって十分理解してもらうことも、巧みに利益を得ることもありませんでした。彼らはまた大革命当初の、崇高な閃光のもとで信じられていたほど、非情な者たちでもありませんでした。マイエンヌの人々は、ふくろう党員でしたが、〔一七〕九〇年には、ル・マンの間近で、敬虔な心にみたされ、連盟祭の祭壇に口づけしに行ったのです。

もしも聖職者たちの陰謀によって出し抜かれるままになっていたなら、田舎で激しい抵抗があっただろうと予想するのは極めて容易です。あれらの住民は、多かれ少なかれ中央政府に対し、とりわけ義勇軍のことで、つねに抵抗していました。十六世紀にヴァンデは、塩税を拒絶するために王に対し恐るべき戦争をしました。ヴァンデ人には、フィニステール県のブルトン人に働きかけるように、働きかけねばならなかったのです。彼らは自分たちの貯えを貴族たちの手に注ぎ込んでしまっていました。その債権はしっかりしているということで彼らを安心させ、とりわけ彼らの郷里に戦いを挑みにきた者たちの土地に対し、彼らが抵当権を容易に持てるようにしてやらねばなりませんでした。聖職者の不動産の売却を促進しようと、まず農民が買うことのできる不動産を売ることが、それも建造物ではなく小区画に分けられた土地を売ることが必要でした。農民には、彼ら農村の一族は旧体制が彼らの子供を職に就かせるために提供してくれた資産を、何一つ失うことはないということを十分示す必要があったのです。大革命は下位聖職者のほかに、集めるべき全民間軍として、若い農民の代りに、市町村からではなく国家から給与をもらっている学校教師三万、結婚していたり、あるいは結婚適齢期にあるそうした人々を準備しているということを示す必要がありました。結婚適齢期にある教師たちの場合、その地方そのものに容易に根づくことになりました。その地の娘と結婚し、そうすることで地方の精神と中央の精神とを同盟させ、その同盟の伝播者となっていったでしょう。

革命の過ちへの反省

私たちは大革命を何一つ非難しません。時間がなく、困惑させることは果てしなくありました。打ちひしぐようなこと、名状しがたい眩惑のようなものがありました。それは私たちが父祖に向って行なう批判ではありません。私たちが自らを教化するために、自分自身に語りかけることなのです。

いずれにせよ、私たちは次のように信じます。聖職者の宣伝に並行して、もう一つの宣伝が、前もって大部分が大革命の理念に改宗していた都市に対してだけでなく、田舎を改宗させるためにも必要だったのだと。

あれらのヴァンデ人は、働きかけられるだけの価値が十分ありました。彼らは打ち負かされるのではなく、説得されるべきだったのです。フランス相手に戦ったのに、彼らは心からフランス人でした。なぜといって外国に助けを求めるよりは死ぬほうを好んだのですから。彼らの一人エルベは、コブレンツに行っていましたが、いそいで戻ってきました。そこに亡命していた貴族たちを許せなかったのです。

人々は、自分たちを理解してもらえたかもしれない貴重な時を、失してしまいました。聖職者たちに、相手のお株をうばい、ヴァンデを一種の共和国にしてしまう時間が与えられました。一方、「共和国」そのものの方は、必要にせまられて独裁の方向へと押しやられ、一つの君主制となっていきました。

その時、あの目に余る対照が生じたのです。革命は、否定的で敵対的な手段しか用いず、体しかねらっていないように見えました。そしてヴァンデに対し二つのもの、兵士と金しか求めていないように見えました。聖職者たちは、説教とあらゆる神秘的な手段とを用いて、魂に訴えかけるように見えました。この奇妙な逆転の中で、精神の敵が精神に訴えていました。自由の敵が、自由そのものに反対する抵抗運動を組織していたのです。

革命の誤りは、十八世紀を導いている絶対的体系、絶対的精神の中にすでに現われているように、「理性」の力に全的に頼るということでした。そして理性に無敵の明晰さと抗しがたい魅力を認め、理性が出現しさえすれば世界はひれ伏すだろうと思ったことでした。彼らは手段と方法について、全く問い合わせなかったのです。ひとたびヴォルテールとルソーを所有すると、この福音に支えられ、その後の二十年間に彼らは、それにほとんど、いや全然つけ加えませんでした。シエイエス[*12]はいくつかの一般論を、中央権力に対する適切な攻撃計画を作成しました。民衆の大義そのものになじめたかもしれない民衆の抵抗に関して言うと、誰一人それを想定しなかったのです。

誰一人、田舎のことを気遣いませんでした。町は田舎を軽蔑していました。哲学は本能を、人間の本性のうちのこの広大で豊かな半分を、侮っていました。形に注意が向けられていました。あらゆる抵抗は狂信、王政主義、等の曖昧な呼び方で、等しく過少評価され、自らを王党派と思い込んでいたあれらの農民の中の共和主義的本能といえるものすべてを、評価しようとは思いつかなかったのです。どうして彼らは持ちこたえたのでしょうか？　彼らが常に、性格や習慣とは無関係に、抵抗へと向かいがちだからです。彼らのために、あの地方的共和主義を、「共和国」へと結びつけるものを見つけ出してやらねばならなかったでしょう。そして共和国だけが、何世紀ものあいだ抑えられてきた彼らの自由への本能に、そう、牛以外の伴づれもなくヴァンデのボカージュの木陰で、犂を押しながら、牛に呼びかける獣のような声以外の表現を知らずに、彼らが孤独の中でつちかってきたあの自由への本能に、ついに応えてくれうるということを、彼らに示してやらねばならなかったでしょう。

第九回講義――1848.2.10.

精神的革命の系譜

現在極めて深刻な混乱状態にある魂と精神との統一、今日ではほとんど忘れかけられている私たちの父祖の聖なる友愛、これが前回と前々回の講義で、「伝説」と「権利」に関し私たちが探究したことです。

こうしたことすべてに関する私たちの想いは、自分の中で深刻な分裂を感じ、また自分の心が消え去っていくのを感じている一人の男の想いにほかなりません。彼は反対方向に引きずられながら、胸に手を置いて自己の本性を知ろうと努め、自らに「でも、よく考えてみれば、私は一つなのだし、私はまだ私なのだ」と言いきかせるのです。

この統一を、私たちはまず国民的伝説の共同体に対し、ついで権利の共同体に対し求めました。――伝説は、ああ何たること！　弱体化してしまい、権利は、不確かで無力になっています。

大革命後の分裂した社会

十八世紀は人類〔=人間性〕を愛しました。そして人間的権利を欲し、それを公布しました。——だが根拠づけることはできなかったのです。

根拠づける！　この語には二つの意味があります。

根拠づけられたことは、一つの堅固かつ確かな原理の上に立脚しています。——ところで十八世紀は、権利の基礎を知りませんでした。権利の基礎は権利そのものです。十八世紀は権利とは無関係な権利の原理を、利益と公安とを、外部に探しに行ったのです。

根拠づけられたことは、自らの生存条件に、自らを保障してくれるものに、自らの持続を確保してくれる諸手段に、取り囲まれています。——ところで十八世紀は、法を起草することは、もしも法を受け入れさせる手段を講じたり、未来においてそれを確実に行なう策を講じないなら、何ものでもないということを十分知らなかったのです。——これらの手段の中で第一のものは教育、子供たちの、世間の人々の教育です。われらが立法者たちは、教育は法を補うものだとみなし、この究極的根拠を革命の結末へと先送りしました。これが、物事をそこから始めねばならなかった、まさに最初のものであったのに。——政治的象徴である人権宣言がひとたび出されると、法における基礎として、生きた人間たちをその下に置き、人間たちを作ることが、そしてあらゆる多様な手段を動員して、つまり人民集会、新聞、学校、演劇、祝典を動員して、新しい精神を基礎づけ作り上げることが必要となりました。そして彼らの心の中に革命を増大させ、そうすることで全民衆の中に、法の生きた主体を創ることが必要となりました。それは法が民衆の思考に先行しないように、法が無関係な、未知の、理解できないものとしてやって来ることがないようにするためでした。また法が用意のできた家、すっかり明かりのともった家庭、つまり法を受け入れる用意があって、もてなそうとじりじりしている心を、見出せるようにするためでした。

法は少しも準備されておらず、前もって受け入れられることも全くなかったので、このたびもまた、それが取って代った古い法と同様、上の方から激しい勢いで落ちてくるように見えました。この法は、どんなに人間的なものであっても、仰天した人々には、束縛とか必然といった姿で現れます。法はあらかじめ畝溝を切り開いていなかった大地に、力づくで入り込もうと望みましたが、地表に留まったのです。

憲法制定議会はしかしながら、素晴らしい決定的な機会を得ました。議会は状況を全体的に見出しました。それをしっかりと捉える必要があったでしょう。一七九〇年、議会は、フランスの心が、何も知らず準備も出来ていなかったのに、法を迎えに飛び出して行くというまたとない瞬間を持ちました。副次的な法の枝葉末節に捉われるより、まず次の二点で満足しておく必要がありました。一、力を、剣を、正義の剣を、軍を、裁判所を我がものとすること。二、革命への信仰を、幅広い宣伝活動と人々の力強い教育によって基礎づけ強化すること。この教育は人々に自分たちがなしている仕事を理解させ、自身の思想を明らかにし、彼らが心に持っているものすべてを示すでしょう。そして彼らに彼らが望んでいるものを望ませるのです……。これは希有のことです。ほとんどつねにわれわれは他者の欲するものを望み、策略や陰謀や、利権が示唆するものを望むからです。

　魂に働きかけようというこの気高い野心を持つためには、また理解されていない法を人々に押しつけるのに二の足を踏むというためには、憲法制定議会はかつて誰も持たなかったような、民衆の主権に対する細やかで深い敬意を抱かねばならなかったでしょう。憲法制定議会は民衆の主権を原則として宣言しましたし、おそらくはそれを信じていました。だが他の者たちがそれ以降信じたように信じたのであり、つねに先延ばしできる未来のことのように信じたのです。やってきたどの党も民衆の主権を喜んで認めました。しかし民衆が自らの到来を延期するという条件で、です。民衆には次のように言われました。「もっとあとで君は支配するだろう。今日のところは言うことをききなさい」。こうして、あわれな主権者に対し大なり小なり丁重な言葉づかいをしながら、少数者がつねに支配していくのです。

　まだ単に選挙人を選ぶためだけのものでしたが、民衆に投票権が認められた八九年のあの日以来、そして民衆が実際に票を（当時フランスにいた六百万の成人の票を）投じて以来、民衆は再び黙したものになりました。もはや誰も、民衆が考え欲していることに問い合わせてみようとはしませんでした。各人が大胆にも民衆に代って語ったのです。九三年は言いました。「私は民衆だ。したがって私は絶対だ。私は民衆に相談することなどしない」。――ナポレオンは言いました。「私は民衆だ。したがって私は絶対だ……」。――七月〔革命〕は言いました。「私は民衆だ、バリケードから出てきたのだ、等々」。

大革命の法は、民衆の権利から発したものですが、民衆と安定した関係を持つことなく、民衆の中に、いかなる教育によっても、また公的力のいかなる開化的行動によっても根拠づけられることがありませんでした。この法は、この五十年間、言うなれば孤児のように、保護するものもなく、運を天にまかせて行ったのです。ああ何ということ！　もしもこの法がまだ生きているとしたら、それは残酷に手足を切断され、さいなまれ、体をばらばらにされてしまったということです。まずいくつもの政府が策略や暴力によって、その手足をひきちぎりました。そして反対の傾向にある他のもので置き代えました。革命の法は反動的法によって模造され、奇妙にゆがめられました。その後、残された手足の中に、日々、他の精神を注ぎ込む不実な作業がなされています。この半世紀は次のように定義されうるでしょう。法解釈をめぐる執拗な陰謀が、こっそりと法を息絶えさせるため、表だってそれに手を触れることをしなかった、と。

政治は二つのことをしています。政治は民衆に言います。「大革命から生まれた私は、まこと民衆から発したものだから、民衆は決して自分自身でしゃべる必要はない。――では誰がしゃべるのか？　わが判事たちだ。革命を断罪するために、私は反＝革命の基底そのもので彼らを受け入れるだろう。――誰がしゃべるのか？　司祭である。司祭に反対して大革命はなされた。私は司祭に与えるだろう、彼の告解室、学校、病院のシスターに加え、四万の演壇を。その演壇から司祭たちは革命を粉砕しうるだろう」。

こうして社会全体は、二つの方向に引っぱられていくでしょう。頑健な馬たちは西の方に向かい、もう一つの馬たちは東の方に向かうのです。

これが外的な責め苦で、それは誰にも見てとれます。その中にもう一つの責め苦があって、それはあまり気付かれません。この痛ましい軋轢の中に、罰を受ける者は、内面の統一を保持できず、反発するでしょうし、自らの分割された自我を絶えず集めようとするでしょう。この魂は単に分割されるだけではなく、敵対的要素をまぜあわされているのです。最悪のことは、混合です。雑種的で不均質で、それを受けとる者にとって致命的となる混合です。この混合は、たまたまそこで混合がなされている哀れな存在の生命そのものを無にすることによってだけ、自分たちのあいだでうまくいきます。生きた体の中に、寄生的な諸世代がこうして作られるとは！ 恐ろしいことです、嫌悪感を、深い嫌悪感を催させることです……。私は、何年もの間ずっとサナダムシを持っていたという、若くてたくましくて頑健な男の話をきいたことがあります。彼は、彼自身の奥底にそれ自身の生命と、気まぐれと、独自の動きを持った怪物がいて、自分がその怪物を兼ねていたのだと感じたときの、あのぞっとするような感覚を恐怖とともに覚えていました。

理不尽で、おぞましく、かつ矛盾をはらんだ幾つもの生が、フランスの生命の中で生きています。おぞましいものです。サナダムシは少なくとも自然にかなったものです。だがフランスのどまん中にいるイギリスに、誰が我慢するでしょうか？ あのイギリス人以上にイギリス的なわれらが名高い民衆の友は、私たちの敵にへつらい、私たちの所で主人顔をしようとしています。誰が司祭に我慢するでしょうか？　彼らは自由の教壇を打ちくだき、偽りの教壇において自由を歌うのです。

若者こそ未来への責任を担う

この民は悲しんでいると言われています。私はそんなことには驚きません。悲しみとはどういうものか良く調べたことがありますか？　それはふつう精神の内的軋轢から生じます。私たちが二元的人間の悩みを感じるとき悲しみはやって来ます。生とは、とりわけ統一です。死とは分裂です。自らにおける分裂を感じ取るとは、死を予感することです。――今や皆さんは、この民が何でこんなに悲しいのかと尋ねますか？

簡単に分裂しうる生きもの、ポリプ等では、生命にほとんど統一がありませんから、そのこと自体によって、生きていることがより少ないということになります。強烈に一なるものとなっている生き物は、人間がそうであるように、そのすべての部分において深く連帯しており、多くの生を持っています。それは生き物の階梯において、より上位に位置しています。――フランスはますます一なるものであることが少なくなっています。そして自らの生命の統一、自らの人格性が消え去り、より下位の存在へと落ちていくのを感じています。フランスが悲しむのは、十分に理由のあることです。

『聖書』が言っているように、死ぬほどに悲しいのです。始まりつつある死ゆえの悲しみです。

個人が、われわれ一人一人が、自らの脈をとり、残っている生の量を、この衰弱したフランスがわれわれの中に発見しうる潜在能力を、見積もってみるべき時です。

「しかし個人に何が可能でしょう？……自分一人になって一体何ができるでしょう？……私は、何をするでしょうか、誰に頼るでしょうか？　特権から生まれた、少数者の産物である法は、あらゆる結びつきを恐れます。私の友、仲間、自然な協力者は、興味、喜び、名声、その他もろもろのことにすべからく属しています。自分の中で分裂し、あれほど気が散り、粉々に消散する一つの世界の奥深い分裂を活写するものとなっています。どんなふうに彼は病を、また救済策を考えるでしょうか？　この病は彼の中にあります。この病は彼なのです」。

隣人に問い合わせるのではなく、自分自身に問い合わせねばなりません。

もしも一人の人がフランスに残っていれば、フランスは失われないでしょう。

グランヴィル[*1]の悲痛な詩、『最後の人』という題の詩の中で、地球は数えきれない災禍のあと、乾燥し、衰弱し、生気をなくし、ま近な死の方に向っていきます。地球の守り神自体、生きているのにうんざりし、落胆し、あの最後の休息にあこがれます。それは死を熱望します。死は、その祈りに耳を貸しません。地球の守り神が、望んでいる目的を手に入れるには、一つの条件があります。つまり最後の人が死ぬということです……。その時、地球とその守り神は、生きるという重圧から解放され、大いなる眠りの中に入っていくでしょう。しかしたった一人の人でも残っている限り、生命は丸々残っているのです。死ぬことはできません。全ては、その人によって蘇りうるのです。

そうです、皆さん、フランスに一人の人がいる限り、その名に値する一人の人がいる限り、フランスは死なないでしょう。そんなことはあり得ないのです。その人によって、すべてはやり直しうるのです。

一つの魂が必要です。すべてのものに共通する活力が個人の中心部において、火花を取り戻す必要があります。一つの精神的火花で十分なのです。

世界がぐらついているかどうかを見ようとして、まわりをぐるりと見まわすようなことはしないで下さい。一つの世界を生命の道に戻すためには、一つの世界の努力が必要だなどとは考えないで下さい。

機械論の低級で粗雑な思想においては、運動は推進力に応じて測られるとなっています。が、そうした思想はここでは役立ちません。むしろ電気現象の中に対応するものを探して下さい。この現象にあっては、ごく微小な火花が、ある時は雷を引き起こし、ある時はさらに大きな奇跡によって、一本の草、一輪の花を生じさせるのです。

ところで精神的火花を、私たちは誰から期待すべきでしょうか？　あなた方余暇のある人々からでしょうか？　あるいは労働している人々からでしょうか？

ああ、あなた方の中心部はすっかり冷えています。あなた方が倦怠で、あるいは享楽で、すっかり憔悴してしまっているのがよく分かります……。私は民衆の熱く燃えている中心部をはるかに信頼するでしょう……。

何ですって！　夕食時に、民衆のみすぼらしい家に入っていってみると、希望を与えてくれるような何が見えるというのですか？　昼の労働で打ちのめされて眠っている男が見えます。眠らずに仕事をしている妻が見えます……。パンであり、子供たちであり、まれな仕事であり、おしよせてくるだろう家賃です……。家賃の支払い期日、貧しい者には運命のように思われるもの、時を彼に測らせ、日々を彼に憎ませるもの。家賃の支払い期日、恐ろしい言葉！　それを、若い皆さんは知らないでしょう。それは一家の母親に、まるまる幾夜も、明け方までベッドで涙を流させるものです。

一体どうやってあの人々は、自分たちの思いを未来へと放つことができるでしょう？　彼らは現在によって押しつぶされています。どうやって彼らは、この山のような苦労のもと、魂の翼を拡げられるでしょう？

あなた方、若い人々なのです！　未来への責任を担うべきなのは。世界はあなた方を必要としています。

あなた方は重圧感のない生活をしている。健康だし時間もある。精神の自由も持っている。もし何か困難なことがあるとしても、それは、ほとんどつねにあなた方自身から生じた、あなた方の意志にかかわる困難でしょう。朝、時間に遅れたとか、工場の鐘の音が鳴り終わるまでに間に合わないとかいって、おびえて飛び起きる必要もありません。パン屋がパンを売ってくれない、鼻先で扉を閉めてしまうと恐れることもありません。外出したとき、とうとうやり切れなくなったといった商人や、門衛や、家主の、陰うつで落胆したような顔を見出す恐れもありません。

精神が自由であること！　その言葉を理解できるだろう人にとって、大いなる言葉です。時間が自由であること。物想うことも、夢みることも、仕事することも、豊かな休息をとることも自由にできること。自分がどの方向に進むか、何を調べるか、書物や人々の中に何を求めるか、それも自由なのです！

ああ！　とりわけ自分の中を探し求めてごらんなさい。——あなたの心に問うてごらんなさい。個人的犠牲が、自ら求める耐乏が、あなたに与えるだろう力に問うてごらんなさい。——あれら無名の大衆、黙したまま死んでいく彼らために、あなたの幅広い共感の想いを汲み上げてごらんなさい。あなたの孤独な涙を汲み上げてごらんなさい……。

孤独とは何でしょうか？　何らかの青春の痛みゆえに、自らの心の上で自らの心を打ち砕くことでしょうか？　それとも夢みること、サヨナキドリの鳴き声に聞きほれて三百年間、我を忘れていたあの伝説の修道女のように、ぼんやりと生を流れるままにしてしまうことでしょうか？……いいえ、孤独とは、力強い心情の集中であり、自らを準備し、将来に備え、精神的力を蓄えることです。孤独とは、一人の人間が人間達に捧げる最初の犠牲であり、ひたすら人々に尽くすために、人々から離れるということです。孤独であるのは、社会的人間関係を持ちうるようになるためです。幸せな人々、輝ける人々、人生が一つの遊びであるような人々のもとを逃れ、それだけにいっそう現実の生に近づこうとすることなのです。

意志の奇蹟

「だが社会から遠ざかり、想いを集中させることが、私にとって何の役に立つでしょう？——それについて代価を得るのは確かでしょうか？……私は本当に必要な人間でしょうか？　今日必要なのは、一つの跳躍を、一つの思想を与えるような、本当に例外的な力ではないでしょうか？世界は偉大な、聞いたこともないような何かを期待しているように見えます……。世界を救うために、一つの奇蹟が、天才の一撃がやって来るでしょう。天才が世界を救うでしょう……」と、こうおっしゃる方もいるかもしれません。

わたしたちに必要な奇蹟とは、心情の奇蹟です。善意ゆえの偉大さ、力、ねばり強さです。そうしたものがあれば、何も恐れないで下さい。話すべきことはつねにやって来るでしょう。言葉は、世界が始まって以来、決して欠けたことはありません。心が高潔な想いと高い望みに満たされるたび、心が一杯になって溢れ出るとき、言葉は奔流のように展開するでしょう。

偉大な精神的革命は、前代未聞の発明であったとか、知性の見事な発見であったなどと想像しないで下さい。それらは、人間の心の中でごく自然に準備されていたものの、力強くも単純な啓示だったのです。

精神的世界の核心、それは創造することなく創造すること、すでに存在していたものを創るということです。教育は子供の中に、子供がその精神に持っていたものを創り出します。法は社会の中に、すでに人間の意志に存在していたものを創り出します。新しい諸宗教も同様です。それらは人間に、彼が名付けることもなく感じていた神の名を伝えるのです。

カーストの運命を打ち砕き、四‐五億もの人々に新しいモラルを切り開いたインドのすばらしい革命は、天才の働きというよりも意志が生み出した奇蹟でした。

彼らの伝説は、簡素かつ崇高な形で、そのことを見事に伝えています。一人の武人〔＝クシャトリア〕が上のカースト、バラモンに上ろうと望みます。押し返され軽蔑されても、彼は望み、そしてバラモン以上のものになります。かれは森の奥に入り、信じられないほど峻厳な生活に身を浸します。自らの諸能力を集中し、自らの中に注意力を傾注し、果てしもないあいだ息を止めてしまいます。この集中の中で、彼は巨大な力を獲得します。そこで自然は、そのことにひどく不安になり始めます。心配し震えながら、バラモンたちがやって来ます、天才たちも、神々もやって来ます。彼らはこの恐るべき隠者にその難行を中止し、一息入れ、宇宙をいたわるようにと頼みます。彼が眉をひそめるだけで、三つの世界が消え去ってしまうかもしれなかったのです。

ここにカーストは壊されました。戦士はバラモンの上に位置しています。神々には、彼が破壊できるということが分かります……。――いや待って下さい、彼は創造できるのです。ここに神々も人間たちも予想だにしないものがあります。同じカーストの出身で、ものすごさでは劣りますが力ではまさっているブッダは、どんなカーストも平等で、この世ではすべてが善意の人々に開かれていると、優しく伝えにやって来ます。――その時までバラモンたちは、馬鹿げた比喩を鼻にかけていました。バラモンを果実に、武人を木の枝に、不可触賤民を木の根元になぞらえていました。ブッダはそれに反論して、根元でも枝でも同じように実らせるインドの木を一本示しただけです。その木は根にも実をつけるのです。

キリスト教も同様に、みごとなほど単純なものです。それはアジアから様々な教義を、ギリシアから精緻な思考方を借りてきます。だがキリスト教の力は心情の力です。その力によってキリスト教は、古代世界全体を驚かせ熱狂させました。諸々の民は永遠の〔ローマ〕帝国のもとに、希望もなく組み入れられていました。その帝国で彼らは、奴隷の平等を、不幸の友愛を見出していました。彼らは欲することなく、それを受け入れていたのです。キリスト教は彼らにそれを欲しさせ、抱きしめさせました。諸国民に共通の死は、それが欲しられた時からは、もはや死ではなくなります。生が墳墓の奥底に存在したのです。

わが国の革命もまた前代未聞のことは何一つ告げていません。革命がもたらした思想は天から下ったものではありません。革命は多分奇蹟だったでしょう、しかしそれは意志の生んだ奇蹟なのです。

八月四日の真夜中頃、七月十四日の正午、フランスははるか高く神の方向へと上昇しました。心の跳躍はすばらしいものでした。利害も、自尊心も、人間たちを分けへだてするすべての理由が、永久に滅んだように見えました。

連盟祭の太陽は、二千万人が同じ心となった驚くべき光景を持つものでした。奇蹟は、この崇高な状態が、言われたように一時間だけのものではなく、丸々数ヵ月間続いたところにあります。ほかでも言ったことがありますが、内外の恐るべき陰謀が、フランスを天から地の方へと引きずりおろし、フランスに剣を持たせ、戦うように強い、フランスの心を変えてしまいました。

しかしながら、この運命的な急変の、同じように重大な理由には次のようなものがあります。「法」は告げられたのに、欲せられなかったということです。

法を欲するようにさせるには、まず法を理解させることが必要です。八九年以来早くも、何よりもまず大いなる政治教育を組織せねばなりませんでした。こうした教育が法のしっかりとした基礎、基盤となったことでしょう。そして未来において法を保証するものとなったでしょう。もちろん私は、単に子供だけではない、とりわけ大人の教育のことを言っています。法がもし理解されていたなら、各人がそれを擁護することにはっきりと利益をみとめていたなら、法はまちがいなく続いたことでしょう。

確信の中に基礎を持ち、意志の中に基盤を持っていないものは、何一つ生きないし、働かないし、持続しないのです。

法が一つの議会の証印を提示しただけでは不十分です。そこに民衆の判が、神の証印が認められねばなりません。形而上学者の抽象的な法は、「われは理性なり」とむなしく言いますが、それは外国語をしゃべっているようなものです。少なくとも私に、その言葉を教えて下さい。もしも私が法を作る権利を（その権利は万人の権利です）持っているとしたら、法の言うことを聞きとる権利をも持っていないでしょうか？

六十年が過ぎました。ひどい誤解が、われらが哀れなフランスを、あわや破滅というところに置きました。すべての人が、状況を分かりにくくしようと努めたように思われます。彼らの中の誰一人、司祭も、イギリス人も、神授権や、いわゆる立憲的均衡や、産業主義を基礎づけることができませんでした。彼らは全員無力を確信させられたのです。誰一人、自らのために成功しませんでした。万人が、ただ物事と思想をもつれさせ、糸をこんがらがせることにのみ成功したのです。新聞は恐るべきもつれをほぐそうとして憔悴していますが、目的を達するまでには到っていません。新聞は過ちに過ちを、感情的偏りに偏りをまぜ合わせています。何と多くのすぐれた作家たちが、情熱的で勇敢な人々が、心痛ゆえにそこで死ぬのを、私は見たことでしょう！

皆さん、糸をほどいてはなりません、それを切ってはなりません。

巧みである以上に性急な何人かの人は、何ごとにつけても言います。「切ってしまおう」と。それ以上に知らないのです。彼ら向きの唯一の医学は、ある種の外科的経験主義です。切り取るでしょうが、悪い箇所が脇にまた出てきたら？　「よろしい！　また切ろう」というのです。しかし悪い箇所が組織全体に広がってしまったら？……魂に関することではとりわけ、切り取るのは、悪い箇所をさらに悪化させることになります。

献身と友愛の大道

魂にとって役立つのは、たった一つのことしかありません。それは魂であり意志です。

ここで必要なのは、状況を支配するのに十分高邁な魂であり、強固な意志です。高貴で、純粋で、雄々しい意志であり、自らを犠牲にする用意ができていて、万人に自主的な自己犠牲を教えることができ、それを聞き入れてもらえることのできる、そういった意志なのです。

屁理屈も暴力も知らない魂が必要です。そうした魂は、その上もちろんのこと、誰とも言い争ったりしません。そうした魂にあっては、皆が見上げるような強烈な光が見られるため、人々は自らの足もとに残っていた利害や虚栄や不和から生じる悲惨を、もはや認めなくなるのです。

「献身的に尽くしなさい」。この一語とともに、周知のごとくインドはカーストを打ち破りました。キリスト教は古代世界を統一しました。そして革命は、人類の連合体の発端となります。

誰が言うでしょうか、「献身的に尽くしなさい」と？　多分最も献身した人です。――心の奇蹟が必要なのです。

人間の中にある神的要素のこうした出現が、いかに稀で厳粛であっても、私の予感では、そうしたことが行なわれる時代は遠くないような気がします。こうした事態がやって来なければ、フランスは間違いなく滅びるでしょう。――フランスは、国民的先入観を一切抜きにして、世界にとってきわめて必要不可欠なものであると私には思えます。世界全体の救済は、そんなにもフランスの救済と結びついています。その点について私は少しも疑いません……。そうです、そういうことになるでしょう。

自らの中にあふれんばかりに友愛を持っていて、彼らの姿を見たり、彼らの言うことを聞いたりすれば友愛を共にしたくなるような、そんな人が、いや人々がやって来るでしょう。彼らは言い争いの圏外にいて、心の大道を歩んでいくでしょう。そして世界は彼らのあとを追うでしょう。こうやって彼らが通過し、道を平らかにした所ではどこでも、「法」があとからやって来るでしょう。そして人々の想いを、新たにされた国民の英雄的意志を、神聖なものにします。

私には反論が手に取るように分かります。「心情的な自由な友愛、自らに委ねられた友愛は効果的でない。――法の中に書き込まれた、命令的で強制的で刑罰による制裁がある友愛は、愛情豊かとは言えぬ友愛である」。――こうした反論は、法についての古い理想に、つまり法とははるか上の方から、不意に、震えおののいている人々のところにやって来るものだという理想に満足している限り、人を困惑させるでしょう。しかしながら友愛が、心を活気づけ高ぶらせながら、法の前を歩んで法のために道を切り開くものであるとき、何びとも何一つ反論しないでしょう。――法とはいかなるものになるでしょうか？　相対立する利害を愛情あふれた犠牲によって結合させるもの、金持たちがなすべき正義、貧者がなすべき節度、この祖国の声、すなわちわれわれの先祖たちが、あんなにも見事に友情と名付けていたものになるのです。

だがまず第一に、万人のために道をつける友愛の英雄たちが、先頭をきって歩まねばなりません。彼らは人々の心を引きつけ、あらゆることを雄々しい感情の中へとまき込み、その結果、民衆全体が法に対する情熱的服従によって活気づき、法と自由を同一と感じるようになります。

これこそ高くはるかな理想です。――その高さゆえに、私たちがくじけてしまうことのありませんように。

大いなる情熱を！　子供のような心を！

私たちは人間ではないのでしょうか？　もはやフランスには若者達も、燃えるような心もないのでしょうか？……若い人はしばしば情熱ゆえに非難されます。情熱が彼の障害になると思われるのです。だが私は、若者にもっと大きな情熱を望むでしょう。弱々しくもなく変わりやすくもない情熱、強く、執拗かつ高邁な情熱、偉大で崇高な物事、過ぎ去る事のない物事を前に立ち上がる情熱を。

そうなのです。ここで私に必要なのは大いなる情熱です。だから私は若者に呼びかけているのです。情熱は嵐の中でもまちがいなくやって来ます。だが見たところ静かな、しかしその下に病的で致命的なもののあるといった状況下では、大いなる気高い跳躍をなすには、この年代の熱が、若い心の炎が必要となります。

クレベールは、記念すべき戦いの前夜、次のように言いました。私は自分の能力を準備しているのだ、と。――今日からすぐに、この道徳の十字軍に向け、あなた方の能力を準備して下さい。

精神を矮小化する習慣とか周囲の人々とかを振り切るよう、努力しなければなりません。それが第一のことです。自らの地平を拡げ、朝、新聞を読んだときに世界を丸ごと理解したなどと思わないことが必要です。自分自身で見にいかなくては、家から家へと自ら調べにいかなくては、フランスに対し自らのことをどう考えているか、尋ねにいかなくてはなりません……。ああ、何ということ！　五十年前から、誰一人そういう事を調べようともしないのです。

「でも私は、ここに引きとめられています……。そういった調査をすることができません。遠く旅することもできません」とおっしゃるのですか。最も有益な旅行は、まさにその場で、しばしば自分自身の家の中で、仕事場で、屋根裏で行なう旅、下から上へと行く旅です。

「貧しい人と交わるためには、彼を助けなくてはなりません、金が必要だし、金持でなければなりません……」。お金ですって！　こうした仲介物がなければ、近づきあうのはもはや不可能だと思われるほど、友愛は影の薄いものになったのでしょうか！　金はしょっちゅう人々の近づきあいをゆがめてしまうし、人間関係を不可能ないし卑屈にしてしまいます。お金ですって！　もしそういうふうに始めるなら、すべては閉ざされてしまうでしょう。――あなたの方から先に入っていって、信頼を獲得し、友情に値するものとなったとき、その時、もしお金を持っていて、何らかの前進がぜひとも仕事に必要となるなら、あなたはむしろ彼らの方から、名誉にも声をかけられるでしょう。――こうやって、こうした留保とともに、若い皆さん、あなた方は当然のこと、貧しい人々の友人となれるのです。そして最も簡単かつ効果的なやり方で、友愛の仕事を始められるのです。
この最初の第一歩であなた方は、自分たちと家族のあいだで多くのことを丸く収めてくれる自然の仲介者を持つでしょう。つまり子供です。あなた方にとって大変善良と思えるもの、子供が、あなた方の所にやって来るでしょう。子供は警戒心を持っていないし、諸階級の無意味な区分など知りません。また、われわれの精神をよぎっていく、すべての奇妙な考え、人間の本性に対立するそうした考えを知りません。子供のおかげで、あなた方は招き入れられ受け入れられます。子供はあなた方と自分の家族とのあいだに、気高く優しい親密さをもって存在しています。その時から、その家の妻はあなた方に言葉をかけ、多くのことを語るでしょう。夫が、まず最初に、あなた方に手を差し伸べるでしょう。

ああ！　もしもわれわれ博学なもの、教養あるもの、巧妙なものが、他の人々と、つまり少年少女のような気高い素朴さを持ち、論争など知らない人々と付合うようになったならば、ほどなく友愛がこの世に存在することとなるでしょう。

民衆に影響力を持つだろう人は、必ずしも天才ではないでしょう。彼は雄々しく素朴な人、意志による人という以上に、子供のような心の持ち主ということになるでしょう。

以上が、若者が見失ってはならないことです。何を行動し、話し、書くにせよ、力強く素朴な魂を持つよう、私は彼のために祈ります。大革命時の何人かの人、ラトゥール=ドーヴェルニュとかドゼ[*2]といった人々がそうだったような、論争とはまったく無縁な魂です。こうした高邁に澄みわたった心は、いかなる党派をも超越していて、世界がそこに結びつくであろう道徳的特徴となるものでしょう。

最近、親しいある若者とフォンテーヌブローを散歩していたとき（彼はやがてフランスにとって大切な者となるでしょうが）、彼は書き始めたばかりの一冊の本の話を私にしました。そしてその本の中に、当今の論争を入れるべきかどうかと尋ねました。私は彼に言いました。「まったくそんな必要はありません。論争はわれわれ年寄りにまかせておきなさい。戦闘の中に、新聞の動きの中に、すでに入り込んでいる作家たちに。論争は有用です。しかしそれはあなたの仕事ではありません。あなたはもっと高いことを目ざすべきです。私たちを高めるために、精神の高度な処女性を取っておいて下さい。錯乱したもの、苦い思いのものは何一つあってはならないのです。私たち働く世代が、あなたのところにすぐれた活動領域を持っていられるように、そこでは私たちが疲れた目を、生命の汚れない光で休ませられるようにして下さい。この生命を、この汚れなさを、この光を、しっかりと保って下さい。世界は多分ほどなく、そこから活力を引き出していくでしょう。あなたは論争を知らない。そうです、その点であなたはフランスの無知と似通っています。圧倒的大多数は、そんなものは何一つ知らないのですから。雄々しく、しっかりとした、あきらめを知る彼らの本能から、若々しく共感にみちたあなたの本能まで、おそらくは照応が、知られざる関連があるでしょう。教養ある、論争好きの人々の中間的な世界は、丸ごと、あなたを正しく評価しないでしょう。でもそれがどうだというのですか？……あなたはあんなにも高く、若い人よ、登っていくでしょう。民衆によって聞いてもらえるほどにまで高く。詩人と民衆がお互いを認めあい理解しあう日、新しい時代が、喜びにみち友愛にあふれる時代が始まるのです」。

第十回講義——1848.2.17.

若者と民衆との友愛の回復を

「言葉ではなく物事を」。

これが当代の人達に現下の大変な状況のもと、私が求めることです。効果ある行ないをということであって、無駄口や言い争いはほどほどにしていただきたい、空しい論争に力をついやすのではなく、自らのエネルギーを集中して欲しいということです。——軽薄な精神はおしゃべりをし、多弁になります。論争の精神は興奮し、けんかをはじめます。それらは前もって消耗し、精も根もつきはてるのです。犠牲の精神はそれほど騒々しくなく、密かに暖めつづけ、準備し、生み出します。それほどにはしゃべらず、それ以上に作るのです。

過ぎ去っていくであろう世代は、おしゃべりする世代でした。この世代が真の生産者の世代となるよう、行動する人の、社会的仕事の世代となるよう祈ります。行動のと言うのは、いくつもの意味においてです。文学も、空想の影から脱却し、具体性と事実性をおびるとき、一つの行動形態となるでしょう。文学はもはや個人の、暇人のお遊びではなくなり、民衆から民衆への声となることでしょう。

行為と言葉の目的とは、どんなものでしょうか？　同一の目的です。それも大変単純な目的で、それを見失わないようにしましょう。大騒ぎの口論をして、目的がわれわれの目から曇らされてしまうことの決してないようにしましょう。つまり目的とは、物事のより人間的、かつより正しい秩序の上に、友愛を基礎づけることです。政治的革命は、障害物を排除しなければならないもので、この至高の目的に前もって従属するものとなるでしょう。それは、自分がそこに到達する一手段でしかないということを忘れないでしょう。

反省的思考と本能との同盟

こうして、その最初の働きから早くも、「友愛」は友愛にみちたやり方によって準備されねばならないのです。つまりどんな改革も、政治的革命も、学識ある階級と庶民階級との、教養ある階級と教養なき階級との、同盟に基づかねばならないと私は言いたいのです。つまり、これらフランスを二分している両者が、彼らの最初の試みほどには束の間ではない成果を、今度はもたらしたいと欲するなら、利害と情熱の相互的犠牲を自らになさねばなりませんし、そうした自己犠牲の上に、どんな改革も政治的革命も基づかねばならないということです。新しい世界を作り出すためには、感情の一致が、行為と努力の合致が必要です。あらゆる行為の中で、二つの意志が最高に調和したと想定される行為が、子を産み出すのです。口論の中で受胎した子は、生まれてくるでしょうか？　はたして生きるでしょうか？　決してそんなことはありません。

私たちは民衆なしでは、良いことは何一つなせないだろうということをよく知っておきましょう（それがこの講義を貫く思想のすべてです）。わが国のブルジョア的な小さな改革は、ブルジョア自体にも全く役立ちません。――また民衆が、教養ある人、つまり時間があって研究をし、過去の時代の経験を学問の中に集中してきた人々の協力なしには、自分たちは長続きするものは何一つなせないということを良く知ってくれますように。

いずれにせよ私には、一般にこれら二つの力、学者と民衆が、通常の状態で互いを過少評価しがちだとは思えません。わが教養ある見識ある若い人々、私の教壇を取り囲んできたそういう人々は、苦しみながら働いている階級に対し、思いやりにあふれた感性と心を持っていると私には思えました。働く階級の方でも、しっかりと確かめられた学問に対しては深い敬意を抱いています。善良で慈愛あふれた医者が、どんな感情で取り囲まれているか見てごらんなさい。ボナパルトは、民衆に対する学問の影響力や、学問をたたえようという民衆の自然な傾向をよく知っていたので、イタリアで輝かしい勝利を収めてきたあとでさえ、学士院の力学部門に席を占めて、自分の人気を高められると信じたのです。

そうです、しっかりと築き上げるためには、学者と民衆との――研究とインスピレーションとの――反省的思考とエネルギーあふれた本能との、強固な同盟が必要です。

暗雲が、利害や思想の分裂や対立が、立ち昇ったことを私は十分知っています。そういった分裂や対立を組織化し、激化増大させる人々もいます。他方、和解に最も関係する人々は、せっかちとなり、暴力へ、破壊へと突進します。彼らは急いで破滅したがるのです……。時は素早く過ぎ去ります。時間的余裕は、つまりわれわれが猜疑心と闘おうと努め、必要性の名において利益そのものを犠牲にしようと決意し、社会的分裂の最も危険な影響を前もって無化しようと努められるような余裕は、なくなります。しかしそんなことはどうでもいいのです。利害にとらわれない真にフランス的な若者が持つ、和解という神聖な仕事を始めうる高潔な情熱を、私はいまだ信じています。若い人と民衆のあいだに友愛を再開するのに、多くの言葉、多くの討議は必要ないと思っています。友愛は自然な状態です。現状は、異様なもの、自然に反するものです。

若い人がほんの少しでもそのことを考えたなら、民衆を迎えに行くのに一瞬たりと躊躇しないでしょう。平穏な利己主義の中に閉じ込もるのは、自由ということではありません。財産の中でも、家族の中でも、安心は持てないでしょう。財産ですって？　そんなものは株式市場によって、銀行と王たちとの内密な同盟によって、吸い取られ消えてしまいます。家族ですって？　それは相対立する二つの信仰のあいだで分かたれ、国家の中に見られる反目の似姿をまさしく提供するものとなります。他の所で言ったことのある一言だけを、言っておきましょう。「他者に魂を奪われている女と結婚することは、離婚をめとることになります。若い人よ、覚えておいて下さい」。

こうして、あなたの心が避難しようとする愛の中でまで、あなたは傷つけられるのです。これが、あなたの生きている社会なのです。これが、あなたに親しい心につきまとう敵対的影響力です。こうした世界を変革しなければ、あなたは愛の幻しか、この世では決して持てないことになるでしょう……。

あなたのために、あなたの思想にいっそう適った、より良い世界を作り出さねばなりません。あなたの心が広がっていかねばなりません。そして個人的な愛そのものが、この世界で欲求不満におちいらないために、若い人よ、あなたは、愛のさらに普遍的な、さらに高い形態へと高まっていかなければなりません。自らをエネルギーと天分によって、新しいプロメテウス[*1]に、愛すべき卓越した対象に、一つの社会的パンドラ[*2]に、創り上げねばなりません……。こうした未来の創出を愛しなさい。未来をあなたは日々創ることになるでしょう。未来はあなたのものとなるでしょう。あなたが打ち立てる新しい「都市」を愛しなさい。あなたの信念を愛し、作り上げなさい……。今日女性はそっぽを向き、古くさい思想の方へと後退しています。なぜでしょうか？ それは、あなたの中に、新しい精神の生きた息吹を十分感じとれないからです。あなたを英雄的に感じ、あなたの中に神を認めるとき、すぐさま彼女は、あなたのあとを心から従っていくでしょう。

女性には神が必要です。だが今日の男の中に、彼女は神のどんなイメージを見ているでしょうか？……年は若いのに老成した多くの連中が、利害関係や金のことを狭い心で気にしていますが、そういった気がかりでしょうか？　あの未来への恐れ、競争へのあの激しい恐怖でしょうか？　それによって彼が、最も尊敬に値しない人間だと分かってしまうのですが……。——それとも、心をまったく必要としないで卑俗な快楽を求めに行き、さらに無関心に、かつてなかったくらい愛に対し無関心になって戻ってくる、あの致命的な冷たさ、ひからびた嘆わしい無感動でしょうか？

　何人かにあっては、冷たさは表面だけのもので、聖なる火は消えたというより、むしろ被い隠されているのだということを、私は良く知っています。彼らは言います。「もしも我々が懐疑的だったらだって！　信じ、愛すべき偉大なものは近い将来、何一つ出現しないと言うことでしょう。我々に欠けているのは信仰ではなく、むしろ信仰の対象です。誰が我々を信仰あるものにできるのか、あなた方は教えてくれるでしょうか？……我々は足踏みしているというのは本当です。もしも何らかの崇高な目的が示されたなら、我々もまだ翼を持てるでしょうに！」

　どんな人も、どんな人間の声も、必要不可欠なことが公衆を救いあなた方自身を救うよう、あなた方が呼びよせられているあの目的よりも、もっと高い目的を決して示せないでしょう。語るのは人間ではありません、時代が叫んでいるのです……。

宗教と政治の空白

かつて個人のヒロイズムに向って、これ以上広大な領域が開かれたことはありませんでした。

——やもめ暮らしのこの社会では、宗教と政治が同時に終わり、国家はもはや存在せず、聖職者ももはやいないのですが、そこでは人間が強く偉大になること、空虚になっている二つの巨大な場所を自らの豊かな活動によって満たすことが、なすべきこととして残されています。こうして、これら大いなる闇の中で求め恐れつつ、もはや祖国も神も見えなくなっているすべての者たちは、それらを彼らの聖なる場所で、人間の魂の中心で再発見するのです。

そうです、聖職者たちはもう存在しません。彼らの席はあいています。精神は他の場所を通りました。精神的力は他の場所にあります。自然に反する一つの生の悲しむべき秘密は、日々あまりにもあらわになります……。わが国の重罪裁判所の中でまで、あらわになります。——誰が聖職者の席を欲するでしょうか？

そして国家は次のような時に存在するのです。第一級の公的立場の人々が恥ずべきことで非難されると、法を引き合いに出す人々に対し、もっぱら力を示すことで対応し、唯一の正当化として、彼らに次のような挑戦、「強くあれ！」を投げつける時です。

多くの罪あることの中で、最も罪あることは、私の感じでは、現在をこんなにまで踏みにじってしまったことにではなく、なによりも未来を可能な限り窒息させてしまったことにあるのです。すなわち新しい世代を野蛮の中に打ち捨て見限ることで、遠からぬ諸革命を、前もって貶め危うくしてしまったことです。われわれの政治的後見人の不実のおかげで、さらに待たねばならないのは野蛮な革命ということになるでしょう。風俗の一般的進歩にも、この民衆の恵まれた本能にも期待しないなら、そうなってしまうのです。民衆は何がなされようと、理性の道を進んでいきます。

一八三三年に大きな実地調査が、通常の視察官によってではなく、教師や行政官や、あらゆる階級の権威ある人々四百人によってなされました。そしてこの調査がフランスの深い傷を、学校の無効性を暴露したとき、それをいやすために一体何がなされたでしょうか？　国家はこんなにもはっきりと事情を知ったのですから、自らの最も神聖な義務として、地方市町村が示した無頓着でけちな態度に再度身をゆだねることは、もはやないだろうと期待され、さらに国家自身で国民教育を引き受けるだろうと期待されたにちがいありません。三千万フランが必要でした。予算上では取るに足りない金額ですが、多くの無駄な出費のために五億フランにもふえてしまったのです。

すべては放棄されたままでした。――市町村はほとんど何もしませんでした。そのことは十分予測できたことです。――学校の教師たちを作るために創設された師範学校は、若い教師のために飢餓しか約束できないことになって、沈滞し滅んでいきました。――民衆図書館というあの豪勢な計画は、各村に公共の図書館を一つは備えようというものでしたが、あれらはみんなどうなったのでしょうか？……望まれなかったし、あえて何一つなされなかったのです。聖職者の活動を野放しにするためにか、高級な政治が人々を啓蒙するのを恐れたためにか、いずれのためであれ、そうだったのです。しかしながら、諸々の革命の前夜には、むしろ文明における進歩を、そしてそれから生み出される社会道徳の穏和化を、どれほど望まなければならなくなるでしょう。

国家も聖職者も、人々に対し最小の道徳的糧をも与えません。あの連中はそういうことをしたがらないし、できないのです……。自らの中に何も持っていない者が、他者に対し、いったい与えるべき何を持っているというのですか？

宗教的であれ政治的であれ、彼らの内で弁舌さわやかな者の言葉に、耳かたむけてごらんなさい。彼らは決まり文句を絶えず繰り返し、あるいはその時の状況に合わせて気持ちよく演じます。――原理原則は？　何もありません。思想は？　何もありません。――演壇での彼らの巧妙さは全部、神を巧みに避けることにあります。神の名を言うとしても、それは空々しく響きます。彼らはわびながら「よろしいでしょう。他のことを話しましょう」と言っているふうに見えます。

今日、彼らの中では誰一人、いつでも否認できる言葉しか口にしないでしょう。誰一人、一冊の本で、自らの定まらない思想をあえてはっきりさせようとしないのです。そうすれば思想は、明日になって、もはや否認できないからです。

民衆の偽れる先輩たちよ、引き退がりなさい！……降りなさい。――構わないでおきなさい。そして若者だろうと年寄りだろうと誰でもよい、信仰の名においてやってくる通りすがりの人が、正義の座に上ってくれますように。

大いなる心情を抱くすべての人は、公的道徳性のこうした師たちにとって代わるこの上ない必要性を、さらにいっそう感じているに違いありません。そういった公的道徳性についての教えは、

れます……。だが死のためにであって、生のためにではない！——彼らは今や教えてく

彼らの実例と訴訟以外、もはや私たちのところにやって来ないのです。——彼らは今や教えてくれます……。だが死のためにであって、生のためにではない！

したがって私は群衆の中から誰でもよい一人を選んで、彼の心臓に手を置き、それがどんなに鼓動しているかを聞き、そして言うでしょう。「君こそだ！……君は人間だ。人間たちに話したまえ。——私たちに人間の言葉を言いたまえ。神について、わがフランスについて、私の父祖たちについて、彼らが私のためになしてくれた不滅の行為について、私に何か言いたまえ……。君の心臓の中心部を開き、君の血を流し、君の言葉が涙とともに流れ出るようにしたまえ……。君こそ司祭だと私は認めよう！……人間よ、教会も国家も滅んでゆくこの崩壊の中で、君が唯一国家で教会でなければならない……。

君と連れだってゆく十二人の屈強な男を、若くかつ意欲まんまんたる十二人の男を、選びたまえ。みんないっしょに、力強く闊達な魂で高揚しながら、民衆の前を気取ることなく、歩み始めたまえ。彼らが法を所有するまでのあいだ、彼ら民衆に、書物と祭りを与えよ！　彼らに、栄光ある古代都市の教育全体であった至高の教えを与えよ。つまり真に民衆の演劇を。そしてその舞台の上で、民衆自身の伝説を示したまえ。民衆の行ないを、民衆がやってきたことを。民衆を民衆によって養い育てるのだ。民衆が自らを摂取し、生命のこの良き糧から力と勇気とを取り戻してくれるように。病んで消耗した哀れな者よ……。魂が今日民衆のもとに戻ってくるようにしたまえ。明日は「法」が戻ってくるだろう」。

民衆の書物は作られていません。私は完璧にそのことを知っています。そうした書物からは民衆自身が作られるのです。この民衆が生気を取り戻したら、自らのために自分自身で歌うでしょう。私たちはそれに耳傾けるでしょう。だが今日、話し、書かねばならないのは、まず私たちの方です。民衆の側の障害は、本当に大きすぎます。その心臓は締めつけられ、呼吸も十分ではありません。ほとんど声も出せません。はるか以前から黙していて、言葉がやって来ないのです。その乾き切った舌は、口の中で、動かなくなっています。

いかなる精神的な援助も、何と完璧に欠いたまま民衆の不幸な暗い日々は過ぎていくことか、思いみると心はうずきます。民衆を養い活気づけるものは何一つありません。胸ふくらませるもの、不幸の重みのもと打ちひしがれた人間を立ち上がらせるもの、それは何一つありません。許された唯一のこと、民衆のために通りで叫んでいるのが聞こえる唯一のこと、それは処刑の布告、死刑執行の案内です。町の裕福な労働者は、血まみれのメロドラマを、「法廷新聞」を持っています。犯罪の相互的教育といったものです。しかし農民の方は、何もありません。

慰めのない暗い生活です！　未開の生活で、社会はそこには罰するためにしか介入してこないのです！……私は自分のつらく貧しい幼年時代について、次のような奇妙な印象、何百万という人が暮らしている闇をあまりにもうまく表わしてくれる印象を、持ち続けています。つまり、十年か十二年のあいだ、一度として太陽が照ったことがなかったという印象です。

古代アテナイの民衆的演劇

私は時おり、人付合いと祭りの必要を感じていました。そして自らすすんで人々が見られるところに、教会に行ったものです。そして支柱のうしろで、別の時代の壮麗さに、人と人神とのあいだにわれわれを置く祭儀に参列しました。しかしいつも私はいっそう悲しくなってそこを離れました。私にはもっと神的な（そしてもっと人間的な）別種の祭りが必要だったのでしょう。

きわめて明るい生活、古代諸都市の輝かしい英雄的な生活、この言葉を許していただけるなら、まことに教育的なアテナイの民の生活を思い起こすとき、何というコントラストがあることでしょう。アテナイの民の生活は、公の行為において、祭りにおいて、すべて楽しいと同時にまじめなものでした。――「貴族的生活だ」と、中世の大いなる友は忘れずに異議を唱えるでしょう。だがあなた方の内の誰が、このような貴族集団を受け入れるでしょうか？　アテナイ人、自由で主権をもつアテナイの市民は、単に投票し、裁判し、戦うだけでなく、航海しオールをあやつったのです。舞台の上にも姿を現わしました。少なくともコロス[*3]の中で演じることは民衆の特権でした。市民でない住民は、あれらの見世物を見物し、それ自体見世物である宗教的祭りや世俗的祭りに参加しました。一番劣る奴隷でさえ、結局のところ、そうした祭りのまん中で暮らしていたのです。祭りのときに、アテナイの息吹きを吸い込んでいたのです。彼は自分の主人と同様にホメロスを読んでいました。一人ならずの自由民が、クレアントス[*4]のように奴隷の仕事をしていました。彼は昼ひなかずっと哲学するために、一晩中水を汲んでいました。プラトンはいっとき奴隷だったことがあります。ギリシア人からローマ人に手渡された最も忘れ難い遺産は、こういった奴隷の一人エピクテトスでした。

アテナイの美をなしているのは次のこと、つまりこの上なく行動的で精力的なこの民にあって、どんなアテナイ人も祭司たちと共に祭司だったし、俳優たちと共に俳優だったということです。祭式と演劇は、ある何人かの独占物ではなく、すべての人の仕事でした。

そこから崇高な一つのことが生じました。人間が、世界で類を見なかったくらい、諸能力の統一を持てるまでに高まったということです。サラミス[*5]の海戦の兵士だったあの偉大なアイスキュロスを想像してごらんなさい。彼は戦闘から戻ると、剣を投げ捨て、民衆の前で、自ら勝利のさまを演じてみせました。近代人ならまちがいなく舞台装置家のところに駆けつけ、海だの艦隊だのを注文したことでしょう。ドラマを、魂でないものすべての中に置いたことでしょう。アイスキュロスはほとんどそんなことを気にしません。彼は一人で、あるいはほとんど一人で演じます。あそこにクセルクセス[*6]の宮殿が、最も奥まった秘密の場所があります。すべてのアテナイ人が見つめています。王妃が待っています。彼女は恐れ、泣いています……。一人の使者が、灰を頭にのせ、彼女に敗戦を報告しにやってきます。クセルクセス自身もぼろぼろの装束で、手に弦のない弓をもって到着します……。アジアの弓は壊れてしまったのです……。永久の勝利であり、無敵のアテナイなのです！

さらにもっと大胆なことがあります。同じ人間が勝利者に、その神託が町を救ったのだと主張するデルフォイ[*7]の神に、立ち向かうことです。都市のこの若い神に、彼は自然の古い神々を対立させます。この若い神はオレステスの罪を定めました。だが聖なるエウメニス[*8]たち、流された血の復讐をするあの女たちは、親殺しを断罪します。彼女たちはアポロン自身に、次のような大胆不敵な言葉を投げかけます。「デルフォイのこの王座が見えるか？ そこからは何と血がしたたり落ちていることか！」

それは信じがたいような、たった一度しか見られなかった見世物でした。アイスキュロス自身が、舞台でその恐るべきプロメテウスを演じ、民衆の見ている前で、力と暴力の神によって釘づけにされ十字架にかけられたのです。それらの神は金槌を力いっぱいふるって、青銅の釘を打ち込んでいました。そしてプロメテウスのいる岩の高みから彼に対し、ユピテルの未来の死を、よりよい種族の神々の到来を宣言していました。

真の英雄たちでした！ 崇高なる統一でした！ 同じ人間が自らの祖国を擁護し、それを教え、啓示し、祖国に対し天を拡大したのです。アテナイの中心を揺るぎないものとし、野蛮人に抗してその神々を保証したのです。――しかしこれらの神々そのものを彼は野蛮と見なし、神々の後継者のことを彼らに予言しました。

アテナイのこの演劇は何とすばらしい教育だったでしょう！ ソクラテスやプラトンの巧緻な教え以上に、民衆の心に実りをもたらすものでした。プラトンらがアカデモス[*10]の園で、選ばれた弟子たちに論理として与えていたものすべてを、民衆はあの崇高な俳優たち、ソフォクレスやアイスキュロスから、力強くたくましいイメージとして、さらに言うなら英雄的行為として受け取ったのです。

民衆の至上権は、公共の広場でよりも劇場で現われました。アテナイは、ソフィストたちがその言葉の意味範囲を意識することなくこの町に与えていた名称、劇場＝統治という名称にふさわしいものとなりました。民衆全体が俳優で、古代の民衆を演じ（自らのかつての生活を再体験し）、あるいは現代の民衆つまり自分自身を揶揄していました。アリストファネスの中に、古いお人よしの民衆、自分の奴隷に愚弄され、持ち物をかすめとられる民衆を見るとき、こういった場面は民衆自身が演じなかったなら、著者や俳優にとってひどく危険な場面となったろうと確かに感じられます。じっさい民衆自身が、コロスの役を果たしていたのです。

演劇において至上権を持つ民衆は、かわるがわる俳優と批評家となり、公共の広場の論争で危うくされた統一を、そこにおいて絶えず再発見していました。民衆は思想と感情のこの共同体を、この同一の魂を、自らのために創っていました。この魂がアテナイの精髄であり、歴史の中で、世界の輝ける光として、いまだに残っているのです。演劇において民衆は、自らの思想を形成しました。その思想が彼らの習俗となり、その習俗から法が生まれました。分派そのものや対立する諸利害のあいだで、法は調和を欠くことはありませんでした。なぜなら法は共通の源を、中立的で公平無私な観点を想起させたからです。この観点において、民衆の意見、徳性、要するにその魂が、しだいに形成されていったのです。

民衆が民衆のために演ずる真に民衆的演劇、そこではアテナイとか我が国中世の神秘劇においてそうだったように、群衆が演じており、時にある町の半分の者が他の半分を楽しませていた、そういった演劇が、国民教育の最も効果的形態だと言えましょう。人々を近づけるために、友愛を手ほどきするために、効果的なのです。字が読めず、直接教えられても、まずは眠けをもよおしてしまうだろう疲れ切った労働者たちを育むのに、効果的なのです。精神を、つまり上演の真実を判定し批評する北方の反省的精神とか、南方の自発的で即興的な精神を、発展させ磨き上げていくのに効果的なのです。南方の人々には、出来上がった作品を与えてはもったいないでしょう。一つの台本で十分です。彼らは自分たちでそれを十分に展開していくでしょう。

民衆的ヒロイズムの力

私は国民教育について、いずれ講義をするでしょう。本来的教育、間接的教育、つまり書物、礼拝、祭り、演劇による教育といった、すべての分野で研究された国民教育についてです。ここで、一つの授業の中で、講義しようなどとは思いません。私はこの十回の授業で、絶対に皆さんに言っておかなくてはならないと思えた最も基本的なことを語りました。

ただ一言だけ言っておきます。国家と教会が、国民の発展に無関心ないし敵対的になっている今日、つぎのようなことがあれば個々人の天分は、国民の発展に力強く役立つでしょう。もしも個々の天分がいっそう霊感を受け、書物の中であれドラマの中であれ、共同の伝説、単純で力強く真実な伝説により、民衆から耳傾けてもらえるならばです。わが国の偉大な国民的伝説の大部分は、時代の論争の外にあり、いかなる権力も、あえてそれらを禁止すれば自らを告発させることになってしまう、そういった類のものです。

この教育手段は、あらゆるものの中で最も力強いもので、古代の天分でした。が、われわれには多分いっそう必要となっています。フランスにとって緊急に必要なのは、自分自身を再発見することです、自らが誰であり、かつて何であったか、何をしたかを、自らに繰り返し言うことです。小説めいたことや幻想的なものによって損なわれていない伝説、心と真実によって再発見された伝説、それだけがこの要求に答えてくれるでしょう。この伝説を心に持たず、伝説の持つ精神的影響力を感じていない者たちは、それを飾り立てていると思いながら無にしてしまいます。天才でさえその点ではまちがえます。シェークスピアの歴史劇は（一つを除いて）非常にあいまいで、歴史の前でまことに力なく、国民的伝説という聖なる分野では、世界で最も偉大な天才も、もし心に祖国を持っていないなら、演じられるべきではないということを十分に示しています。

自らに伝説をこれほどまで組み入れてしまった者、伝説が血と感性と骨の中に入りこんでしまった者、そういう者は一つの恵みを持つことでしょう。それは万人の感性が彼の言葉でゆり動かされ、万人が、そう、農民、職人、最も無教養な労働者、すべてが、彼を理解するだろうということです。万人が彼を尊敬し、何者も彼を笑わず、批評されることもなかろうということです。

万人が、この光を前に、望もうと望むまいと目をふせるでしょう。まわりに集まったすべての心が、偉大な和声家が思いのままに弦を動かせる巨大な鍵盤のようなものを、彼のもとで形成するでしょう。彼は全フランスを演奏し、そこから見事に協調し和合したすばらしいシンフォニーを引き出すでしょう。

文学的天分がこうした奇蹟をなしとげる第一条件なのかどうか、私には良く分かりません。シェークスピアの広さ、深さ、独創性は——強者の中の強者の力、タルチュフ[*11]を創った者の力も、多分なしとげられないようなものです。——はるかに多いものが、またはるかに少ないものが、必要です。いかなる心もあらがえない子供と聖性の魅力、といったものが必要です。オルレアンの乙女の言葉の中にあるようなものが、です。——同時に、民衆的ヒロイズムのみずみずしい活力が、パリサイ人[*12]のたくらみに対する彼女の鋭い言い返しの中にあるようなものが必要です。あらゆる文学よりももっと高いこの高みで、批評は息絶えます。言うところのしきたりも終わります。高貴なものは何一つないし低俗なものも何一つないのです。すべてが、この崇高な幼年期には許されます。それは自らの望むものをすべて言うことができます……。わたしたちの役割は、ほめたたえることです。

ジャンヌ・ダルクが最も偉大なことのさ中になした答えは、天からやって来たようにも見えますが、それらの答えの中に、他の答えが、民衆的な、若々しくはつらつとした、村の特徴を持った、辺境の農民というあの元気あふれた種族の答えが見出されます。これまでなされたように、そこに大きな相違を設けてはなりません。すべては同一の源泉から、民衆から、そして神から生じているのです。

詭弁を弄するような他の質問にまじえて、魔術だという口実になるものを見出して彼女を焼き殺せるようにするために、次のような質問がなされました。「ジャンヌよ、お前は武器を持った人々に、お前の旗にそっくりの旗を作るようにと言わなかったか、それが彼らに幸福をもたらすであろうと？——いいえ、私はただ次のように申しました。勇気りんりんとイギリス兵の中に入っていきなさい、と。私自身も入っていきましたから」。——それから、こういったあらゆる煩瑣な問題にがまんできなくなって、彼女は言いました。「私は神の命によってやってきました。この世に用はありません。私を神さまの所に戻して下さい！　私はそこからやってきたのですから。——ジャンヌよ、ではお前は、自分が神の恩恵に浴した状態にいると確信しているのか？（これは危険な質問でした。はいでも、いいえでも、どちらにせよ答えたなら、彼女は罠にかかったのです。）——もし私がその状態にいないのでしたら、神様が私をそこに置いて下さいますように。もし私がその状態にいるのでしたら、そこに置き続けようとなさって下さいますように！」——偽善者たちはこの答えに、あっけにとられたままでいました。

もう少し先の方で、フランスの救いのために王に是非とも言いたいと願っていた秘密、天からさずかった一つの秘密について語りながら、彼女は無邪気に言います。「ああ！　王様がそのことをお知りになったら、もっと安んじてお食事も摂れますでしょうに……。王様にそれを知っていただきたいのです。そして復活祭まではお酒を飲まないでいただきたいのです」。こういうところに農民の特徴があります。大いに節制していても、少しのワインは必要です。彼女は、戦場ではほとんど何も食べませんでした。ワインの中にほんのわずかなパンを浸して、それだけで、大いなる戦いの日にも十分だったのです。

わが国の著作者たちは、こうした類の特徴をまちがいなく削除してしまいます。ところが、まさしくそれが民衆的生なのです。彼らの内の誰が、あえて語ろうとしたでしょう。かの恐るべき打算的人物ナポレオンが、アウステルリッツで、ずっと前から選んでいたまさにその場所にロシア軍が位置するのを見た、あの厳粛な瞬間、喜びを抑えられず、当時はやっていた曲（ああ！そこにまさしく彼は来る……）を小声で歌い始めたということを。敵は自分自身でやって来ました、自らを埋葬しようとしているあれらの氷った池のところに。

フランス共和国の伝説

アウステルリッツは第一帝政の他の多くの出来事と同様、英雄的で崇高な一つの格言を生み出すでしょう。あの帝政は、諸事件の偉大さ、はるかな地の戦争の奇妙さによって、また残酷な状況の急転、運命の悲劇によって、つねに民衆の心をとらえる時代です。あれらの伝説には、しかし、あまりにも自然な感情を、つまりあらゆる道徳的観念を抜きにした力と勝利への偏愛を、増大させ強化するという欠点があります。観念と道徳性は、逆にわが共和国の美しい伝説の中で際立っています。オルレアンの乙女の伝説のかたわらで、真に姿を現わしうる唯一の伝説です。それらを尊重しなさい。あなた方は、あれらの聖なる伝説に思い切って触れるでしょうから、私たちのために、あれらを丸ごと保ち続けて下さい。フランスの名においてお願いします。フランスの生命を作り上げるものから何一つ排除しないように、たとえ、これこれの細部が英雄を侵害するように見える時でさえ。ああ！　彼を人間のままにしておきなさい……。どんなにか民衆は、そのことであなた方に感謝するでしょうか！

たとえば、あなた方が共和国第一の擲弾兵に関し、完璧で見事な伝説を伝えるとすれば、お願いですから何一つ削除しないで下さい。私たちに良いこと全体を示して下さい。ラトゥール＝ドーヴェルニュの中に、兵士を越えて一人の素朴な人、聖なる人を見てくれますように。彼は人のよい古美術学者で、世捨て人よりももっと控え目で、頑固なくらい貧しく、何も持たず常に度はずれで、貧者に与える貧者でした。――この恐るべき兵士は、善意の人、異常なくらい忍耐強く、小説的な優しい想像力にあふれ、ブルターニュの聖人伝の中で時々出くわすような、少々空想的な人物だったと言って下さい。

彼はまことにあっさりと、ひどく大胆なことをなしてしまったのです。誰もが非常識だと信じたようなことで、たとえば小さな銃を積んだ小舟に乗って、たった一人で砦を奪ってしまった時のような、ほとんどセルバンテスの中でしか読まないようなことどもでした。彼の好みは騎士道物語ではなく、ケルトの古美術でした。また書物を、ほとんど剣と同じように、身から離しませんでした。弾丸は時おり、堅いブルトン語『文法書』あるいは『カレー市歴史概要』にぶつかって潰れることになりました。彼はピレネーの辛く目立たない小さな戦いを、つねに徒歩でなしていました。まだ十分歩き通せるようになっていない可哀そうな新兵に、自分の馬を貸してやったからです。それらの新兵は、ごくわずかしか戦いに慣れていませんでしたが、その中のある者たちは、だが、後にイタリア遠征軍の誇りとなります。ラトゥール＝ドーヴェルニュの忍耐のこもった善意に、限りなく恩恵を受けていたのです。彼は、彼らを大胆にさせる方法をわきまえていました。それは腕に自分の外套をかかえて、たった一人で前進していくことです。敵の射撃を受けても外套に穴があくだけで、一度も傷つきませんでした。彼はやさしくほほえみながら戻ってきました。あの若者たちは全員、突進していきました……。

大革命時、彼は若くありませんでした。九二年の召集のときには、自分の本にかかりきっていました。その本の中で彼は、世界の唯一の起源であるケルト族の優越を、抗しがたいほど証明していました。彼は楽しげに出かけました。そして自らの理論を作動させ、ケルトの勇敢さを目を見張らせるほどに証明したのです。年齢のためや色々な状況から、何度も自分の書物へと戻ったものの、ある時はフランスの危機が、またある時は友情が、武器を手に取るようにと、つねに彼の心を連れ戻しました。彼は三度も志願兵となりました（最後は五十七歳の時でした）。しかも一度は代理兵としてです。友人でもある自分の古美術の先生に、その年いかない息子を返して、老後の支えとしてやるためでした。彼が戦場に着くか着かないかに、前哨戦で、敵の下っ端の槍騎兵が彼の心臓を突き刺しました。全軍が泣きました。兵士一人一人が彼のために尽くしたいと願い、何スーかを、一日分の給料を出しました。それらの金で、骨壺を買い、そこに彼の心臓を入れました。四十六番目の者が軍旗のもと、つねに彼の心臓を持ち運びました。彼の名前は名簿に残され、順番がくると一度として欠かすことなく点呼されました。そして最も古参の擲弾兵が答えたのです、「戦場にて死去」と。

共和主義の神話とナポレオン帝政の神話の隔たりをひどく感じさせるのは、あの感動的な手紙、あの英雄的な男がボナパルトによりフランス第一の擲弾兵と命名されたことの、その苦痛を表明している手紙です。彼は拒みます。そして自分の部隊の中に「決して第一位もなく、最下位もない」と抗議しています。彼は擲弾兵たちの尊敬と友情に真底心を動かされ、あまりにそうしたものに執着するので、彼らの心を失うことができないと言います。「私の道はつねにまっすぐで容易でした。私は自分の奉仕に対し、もしそれにいつか何らかの賞を与えて下さるというのなら、もっと軍人にふさわしい給料をいただきたいと期待していました。あるいは忘却を、あるいは私が死んだときにしか思い出していただかないことを、期待していました」。

共和国から帝政へと手渡された偉大な素晴らしい教訓！　すべてを祖国に与えたのに、誰一人祖国のために十分になしたとは思わないでいた、あの古き時代の最後の厳かな言葉。

あれらの伝説は、形態がいかなるものであれ、精神的遺産にしっかりと支えられているので、あなた方が試みにあれらの伝説を、南仏のある地域の農民たちのために上演してやろうとしら、彼らに一つの芝居を書いてやりさえすれば良いでしょう。一つの良いテクスト、もちろんリブレット〔=オペラなどの台本〕で十分でしょう。残余のことは自然とうまくいくでしょう。即興は彼らにあって生来のものですが、イタリアにおけるように柔軟であいまいではなく、驚くほど精力的なのです。香具師や野外劇場の周辺にいる彼らを見てごらんなさい。その目は輝いています。明らかに彼らは、俳優の役を喜んでやろうとしています。俳優に代わってしゃべろうとしています。

稲妻によってあまり活気づけられない諸国においては、国民的事柄に対して俳優は必要ないということさえあります。誰もが俳優となるでしょう。カミーユ・デムーランが、「それはアテナイ人たちだ」と言ったとおりです。わが国西部地方で、こうした慣例が存続しているかどうかは分かりませんが、つい最近でもまだ、いくつかの県ではパストゥレルを演じていたものでした。見事にやってのけていたのは、生き生きとした知的な若者たちでした。テーマはそこでは、豊かな拡がりをほとんど見せませんでした。すでに万人の心の中にあった国民的テーマが取り上げられたなら、どんなにか良かったことでしょう！

単に、もしもラトゥール=ドーヴェルニュのような尊敬すべき人物像を舞台に乗せるのなら、その人物像をそれに値するものとしうるような人間にのみ、この役をゆだねるのが望ましかろうという話です。私は次のような愚かしい偏見を打ちすててしまうよう希望します。つまり、ごく小声で読んだり言ったりするのが見事で立派だと思えることを、大声で言うのは世に言う不名誉であるという偏見です。善良な人々よ、あなたたちは、もしや自分たちを、シェークスピアないしモリエールよりもすぐれていると思うでしょうか？　あなたたちは、勝利したであろうときにあの戦闘を演じたあのサラミスの英雄よりも、もっと気高いのでしょうか？……

民衆的演劇の創造

おお、世界の哀れな俳優たちよ、仮面の下にあるあなた方を見ている私は、はっきりと断言します。もしもいつかあなた方が国民的劇をいっしょに演じるために民衆と結びつくならば、それは、あなた方が真実でありえる最初のこととなるだろうと。

ああ！　私は死ぬ前に、国民的友愛が演劇において再開するのを、どんなにか見たいことか！……単純で力強い芝居が村々で演じられ、そこでは才能の力が、心情の創造力が、全く新しい住民の若々しい想像力が、私たちに多くの物的資材、見事な舞台飾りとか、ぜいたくな衣装とかを免除させてくれます。そうした資材がないと、この衰弱した時代の柔弱なドラマツルギーは、もはや一歩も歩めないのですが。

あなた方はそこでアイスキュロスのいくつかの作品を見ることでしょう。それらは戯曲をポケットにしまいこみ、それを彼らの作品、彼らの雄々しいエネルギーと置き換えたもので、アテナイの演劇のように、無条件で、手加減なく、死あるいは生とたわむれるでしょう……。それらは、アテナイの劇のように、プロメテウスの岩の上に釘づけされ、自分たちの手を釘に、胸をハンマーにゆだねるでしょう。

演劇とは何でしょうか？　より良い役割を引き受けるために、エゴイストで利害関係にしばられた現代的な人間を放棄することです……。ああ、そうしたことが私たちには何と必要でしょうか！……お願いですから、あなた方の魂を民衆的演劇に、民衆のただ中に、取り戻しにいらっしゃい！

演劇とは何でしょうか？　私たちのさもしいけんかを一時忘れることです……。二人の男を一緒にしてごらんなさい。ほかの所でだったらどこででも、彼らは言い争いあうでしょう。彼らを劇場に、俳優ないし観客として、よりよい価値を持つ人間たちを再現するためか見つめるために、送り出してごらんなさい。彼らはすべてを忘れ、いっしょに批判するか喝采するでしょう。――いっしょに忘れることはそれだけで、もう友愛です。

ある男が大テミストクレス[*13]に記憶術を提示にやってきました。「むしろ忘却術を教えてくれ」と彼は言いました。ところで、その術とは演劇です。悪を、低俗さを、野卑を、そして生を忘れる術です。逆に、高度の生、高貴で純粋な、他の時代に持たれていたそういった生を、思い出す術でもあります。

祭りなのです！　私に祭りを下さい！　そしてドラムを、私が見ているものよりももっと高貴な、想像上の物事を下さい！　古代の英雄たちの言葉を聞くと、何と私は休まるでしょうか、疲れをいやされ立ち直るでしょうか！

私に次のように言わないで下さい（これが彼らの通常の反対意見です）。「いいや、君はひどく不幸だから祭りなんか必要としない。君は陰うつすぎるし、困惑しているし、気をもんでいる。不幸の重みのもと、もうあまりにも沈み込んでいる。君のところの生活は重苦しくて緩慢だ。君の貧弱な血は、ほとんど流れていない……。祭りが君にとって何の役に立つのだ、ドラムが、また古代の苦悩の光景が？……君自身で十分そんなものは持っているだろうに」。

いやはや！　先生方、あなた方に言っておきますが、まさにだからこそ私には祭りが必要です。宗教裁判も祭りを十分与えていましたし、恐怖政治もそれを与えました……。そして最も活動的な国民だったゆえに最も幸せだった国民にまで遡れば、ペリクレス[*14]はすでにこの若く雄々しい国民に言っていました。「私たちには美しい祭りがある。生の憂愁を慰め和らげるために」と。

アテナイ人たち、領土がエーゲ海から小アジアにまで及び、イタリアを切望していたあの至高の民アテナイ人たちが、昼も夜も、祭りや劇の上演をたらふく与えられていたのに、憂愁にみちていたとしたら、どうして私が悲しくないわけがありましょう？　おお厳格な先生方よ、何らかの政治的饗宴に席を持つ喜びを、そして選挙人と被選挙資格者の権利について話を聞く喜びを、あなた方は私に認めないのですから。そうした権利は、本当のところ、私のものではないでしょうか？

少なくとも私はどこかの村で、ブドウの収穫や麦の取り入れのあと、ああいった美しい伝説のどれかが演じられるよう、そして演じるのを見られるよう願うでしょう。ラトゥール＝ドーヴェルニュのような利己心をはなれた好人物たちのいた英雄的時代に、自分がやって来たよう一瞬思い描くためです。今やそういうことが、私にも起こるべき時です。私は帝政の終末を見ました(思い出す限り太陽が一度も昇らなかった時代です)。王政復古の愚行を、それ以後の裏切りを見ました。何らかの幻想を抱くには、舞台に幻想を置くことがどうしても必要なのです。ずい分前から、本当にずい分前から、私は笑ったことがありません……。そもそも、私はかつて十分笑ったことがあるでしょうか? それが私の心に欠けていること、そしておそらくはフランスに欠けていることです。フランスはほとんど笑いません。あるいは、口許で笑うだけです。もしもフランス人が決定的に、権力者たちを、自分自身を、自らの長い我慢を笑いとばしたなら、世界のあらゆる王座の中の、ただ一つでも立ち続けていられるのかどうか、一体誰に分かるでしょう?

その間も、人生は過ぎていきます。私たちはみんな、善良な人々が言っているように、この世で私たちの哀れな生しかもっていません。だから笑いましょう……。が、それゆえにこそ、私たちの心は立ち直らなければなりません。人々は近づきあわねばなりません、そして町も、また田舎も。農民は私たちを、彼らの良き俳優である私たちを、少しは迎え入ねばなりません。もっとあとで、農民自身が自ら演ずるものとなれるでしょう。少なくともある日、愉快な一座の中で食卓が共有されますように。その食卓が、昔の人々がやっていたように、負債ゆえに囚われている何人かの人々の解放によって、祝福されますように。あるいは連盟祭のとき祭壇で受け入れられた愛から生まれ、そして見捨てられたある子供を、養子縁組することで祝福されますように。そのときわれわれは、陽気にラトゥール＝ドーヴェルニュを、またあらゆる他のドラムを、国民的芝居を、英雄的格言を、一緒に演じることができるでしょう。何だってかまいません、笑い、泣き、そして言うことができるでしょう、「私は人間だ、私は生きた」と。

講義の結び——1848.4.1.

革命の翌日

一ヵ月の内に一世紀が過ぎてしまいました。私たちのまわりですべてが変ってしまいました。私たちは突然別の生活状況に立ち入ったのです。——だが思想の状況は同じです。この講義の理念、その必要性は存続しています。その理念は、起きた事実によって証明され、むしろいっそう容認され、新しい世界に再び語りかけにやって来ます。

しかし何よりもまず、ほとんど求めていなかった者たちに限りなく与え給うた神に、感謝を捧げましょう。神は、それぞれが一つの革命を引き起こしたであろう、ずいぶんと数多くの中間状態を、われわれには免除して下さいました。私たちが一番恐れていたのは、フランスが衰弱し、うさんくさくなり、とまどいながら、様々な制度のあいだをただよい、やっとの思いで泳いでいくことでした。ところがフランスは自らの力の中で、ゆるぎなく安定しています。

しかしながら、このすばらしく見事な出来事にもかかわらず、私たちははるか昔から吹き込まれている思想と同じものを、相も変らず再生しています。

革命は外的な表面上のものであってはなりません。革命は中に入り浸透していかなければなりません。ひたすら政治的でありすぎた最初の革命以上に、深いものでなければなりません。――物質的面の改善にほとんどもっぱら気を奪われている社会主義者たちが欲する以上に、深いものとならなければなりません。――革命は人間の奥底に行き、魂に働きかけ、意志に到達しなければならないのです。革命は欲せられた革命、心の革命、道徳的かつ宗教的な変革とならねばならないのです。[1]

その時まで、私たちは何も持たないでしょう。

もしそうしたことが私たちに欠けているとしたら、私たちはこの革命から求められるに違いない、無限の犠牲を払えないままでいるでしょう。

私たちの本の中で、講義の中で、様々な形で再現されるこうした思想、それを今年は特に若者に向って述べたのですが、そうした思想はわが国の学校の中で（そのことを私たちはいつまでも感謝します）、最も気高い反響を見出しました。

私たちはこの講義の中で若者たちに語ってきました。彼らによって、「革命」は様々な階級間の同盟となるであろうと。彼らは「都市」の生来の仲介者、仲裁者となるであろうと。彼らの声によって、誤解や意味ない反目は雨散霧消し、無力化しうるであろうと。私たちは彼らの若い心に、新しい世界のあの栄えある司教職を提供したのです。[2]

以上が、前にも話したことです。あとでも、この同じ言葉がさらにいっそう有効となるとき、そのことを言うでしょう。彼らの有益な影響力によって、フランスの救済のために、人間性の名誉と世界の教育のために、あの崇高な友愛が持続してくれますように。しばしば戦闘があったバリケードで、互いのために死んでいった者たちのところに現われた、あの崇高な友愛が！

友愛の祭典

三月四日土曜日、死者たちをマドレーヌ寺院へと運んでゆく大群衆にまじって、まったく整然と歩んでいた五十万人のまん中で、私はこの世で最も平和的であると同時に最も勇敢なこの民衆に、深く心を揺り動かされました。女たちは、乳飲み子を腕に抱いて、あの銃剣の林立した森の中をさまよっていました。そのとき歌声がやんで、見事なまでの静けさがあたりを覆いました。何か子供の声だけが聞こえたようです。

私はちょうどそのとき、自分の研究室にこもっているときみたいに、もの思いにふけっていました。その思いは心の方から唇に上ってきて、私は大声で述べたのです、次のように。「今日という日が永遠に続きますように！……今日私たちを活気づけている真に兄弟的な感情の報酬として、この感情を心の中に保ち、拡大し、強化していけますように。そして、この魂の宝を、きわめてしっかりと守って、私たちが躊躇することなく、この兄弟的感情のために他の感情を犠牲にできますように。こういった日の喜びを前にすれば、地上における他の善きことすべてが一体何だというのでしょう?……勝利にみちた葬儀のこの日は、献身と、自己犠牲の祝祭です。彼らは、すべてを、自分たちの生を捧げました。こんどは私たちが、もっと長く、もっと困難な犠牲の道に呼ばれています。私たちは、この世の上空はるかを飛翔する翼を必ずしも持っていません。私たちは道の上を歩いていくでしょう、多くの石で足を傷つけながら。私たちの心を、高く、高く、保ちましょう。地上の障害は思い切って踏みつけていきましょう……。私たちの中で、私たちの思想のこの勝利の中で、私たちの利益も習慣もすべてが譲歩し従わねばならないのです。それがつらいなら、その代わりに、多くの人々、昨日は絶望の中にいたのに今日では救われて希望に喜びあふれている、あれらの人々の復活を取り上げましょう。私たちの心を大きく拡げ、巨大な入り口にして、私たちのところにやって来る世界を、喜んで抱きしめましょう。私たちがいっそう利益を得られないとしても、ここでは何一つ失うことはありえません。得る者が失い、死ぬ者が生きるのです……。こんにちは、友愛と正義の好ましく巨大な世界よ! おまえが私に何をもたらしてこようと、それは良いもの。おまえ相手に私は計算などしないでしょう。私は何を与えても、それはちっぽけなもの。私が与えるのは死すべき人間、あすになれば息をひきとるだろう人間です。おまえは私に、未来全般、人類の幸福への友愛あふれた関与を提供するでしょう。おまえは私に、未知の天を見つめ予測し、信仰と愛によって、新しい神の統治の下に入っていく機会を与えるでしょう!」

古きものの否定と、真の革命の肯定

ここ五年間の私の本と講義全体を再検討してみると、それらの傾向は実際的、政治的、宗教的なもので、様々な道を通って、「革命」を準備したものでした。私は一般的方法においても、また人々に、彼らとしばしばひどくかけ離れた考えを手ほどきしようとしたその特別な手段においても、何一つ後悔することはありません。私は、ひたすらまっすぐ歩いてきました。

多くの他の人々のようには、回りにやたらに発砲したり、小競合いしたりはしませんでした。私は心〔臓〕めがけて行ったのです。

宗教上のイエズス会的やり方と、政治上のイエズス会的やり方とは、思いがけない偶然によって似通ってしまった仲間ではなく、うそに関する同一の方法と理論でした。もしそれらを、それらの接合点において捉えなかったなら、つまり両者とも同一のものである魂の中で、いつわりの天才であるところの魂の闇の中で捉え、把握しなかったなら、彼らに対するどんな攻撃も、まじめではなかったことになります。

いつわりはまず論争的で否定的な二冊の本、『イエズス会士たち』と『司祭…』の中で提示されました——ついで真実が、二冊の肯定的書物によって正面に置かれました。それらはもはや戦うのではなく教育する書物、『民衆』と『革命史』でした。それらにこの一八四八年の講義をつけ加えましょう。本講義で私は、やって来るのがわかっていた新しい革命の性格を見定めたつもりです。つまり学校と民衆との、学生と労働者との同盟です。
私たちの『イエズス会士たち』は、最初ある新聞社によって四万八千部印刷され、地方紙に転載され、ついで少部ずつ海賊版が作られ、さらには世界中のあらゆる言葉に翻訳されました。とりわけイタリアに浸透しました。——同様のことが『司祭…』についても言えます。これはアラビア語にさえ翻訳されました。この本の中で、敵は家庭そのものにおいて捉えられたのです。ものごとのよくわかった家庭、革命に直接関係のあるそれぞれの家庭で捉えられたのです。トゥールーズの恐ろしい裁判[*1]のあとで、何ごともこれ以上効果的に心を動かし、聖職者たちの力を、またその共犯者である政府を、これ以上深く弱らせていったものはないとあえて言いましょう。政府はこの破壊が、自分を支えるものとして役立ちうると無分別にも信じたのです。

　これら戦いの本の中で、私は戦闘にそれほど心奪われていなかったので、いつわりの神々の祭壇をこわしながら、別の祭壇の位置をすでに示すことができました。

　論争の渦中を通り抜けて、否定に相対する多くの否定のあいだに、一つの肯定を、現実的で積極的で真実な生きている物を与え、抽象化を排除し、あらゆる理論に対して、一人の人物を、人間なるものを示すことが必要でした……。私はあらゆる論争を忘れました。私は文筆家の虚栄を捨て去り、皆から離れてたった一人、自分自身と相対しました……。それから自らの胸を開いて、そこに『民衆』なる書物を読みとったのです。

　それは私でした、そして万人でした。内部を読めば読むほど、そこに濃縮して反射された外部せがよく見えてきました。友愛という語は大変弱くて、この書物を支配している感情を表わせません。団結とか統一の方が良いでしょう。一つの魂の中への、一つの世界の統一です。

行動におけるこの統一こそ、私が語ったことのあるような、バスチーユの奪取、連盟祭、九二年の出陣、その他数多くの崇高な瞬間における「革命」の偉大な日々の、至高の性質です。「革命」の基底と実質を真に伝えようと欲するなら、これこそ引き出し明るみに出さねばならないことです。民衆のああした偉大な行為の中に、いわゆる歴史が第一位に挙げてきた諸々の個人の影響力を従属させてしまわねばなりません。恐怖政治の諸手段（非常に早く、憲法制定議会から早くも使われていた）は、つねに恐怖政治の必要を創り出し増大させていったということを示さねばなりません。それは革命を救うために、五十年間にわたって革命を失ってしまったのです。――外側で失いました、信じられないようなあらゆるプロパガンダを、革命に引き渡して。――内部で失いました、人々の心を破壊し、性格を堕落させ、カエサルの勝利の下に人間の敷きわらを横たえて。

崇高なる共和制の精神

力の中での寛容、勝利の中での優しさ！……フランスは行為の中で、また言葉の中で、そうしたものを何と明示したでしょう！　新しい革命の基本は寛大のそれでした。現在および未来への人間味あふれた誓いでした。それはまず第一に、「人間の生命の不可浸権」を宣言したのです。

もしこの時に、あらゆる民のすべての心がフランスのために高鳴っているとしても、どうして驚くことがありましょう！——ああ、フランスよ！　一体誰が、ほんの少しでも人間であるなら、おまえを崇めないでいられるでしょう？……おまえは自らに征服を禁じました。だが同時に、自らの気高い発議において、世界の女王として、また立法者として語ったのです。おまえの言葉は聞き入れられるでしょう……。

この点においてすべては奇蹟です。それは奇蹟の状態で、崇高に、光のおかげではっきり見えないままでいます。目くるめくような最初の状態から、やっと立ち直ったかどうかだったのです。確かなこと、それは偉大なる栄光は、民衆に、労働者に属しているということです。彼らは見積もりも計算もせず、信じ、行動しました。ただ民衆だけが信じたのです。

たった一人武器もなく、権利についての深い感覚以外の何の力も持たず、弾丸の前に自らの胸を置く以外何もできず、民衆は、今日こんなにも簡単に打ちのめされ、明日は飢えさせられうるとは考えてもいません……。民衆は軍隊を驚かせ、動揺させ、戦い、交渉します……。私自身、わがパリの広場で、勇者たちが勇者たちに呼びかける、あの高貴でそつのない真心に驚嘆したことがあります。ほとんどパンもない極貧の人々が、胸甲騎兵たちに食べるべきパンを分けてやるのを見たことがあります。あれらの騎兵は、その時から、民衆に襲いかかることが出来なくなりました。

しかしながら、軍がやろうとしていたことを、当初誰が言いえたでしょう？　軍を信じ、軍は何もしないだろうと思っていたということ、それはパリの民衆の不滅の名誉です。注意深く民衆から引き離され、大量の憲兵に取り囲まれ、見張られ、フランスから遠く離れてアフリカの野蛮な戦争に赴かされていた軍を、凡庸な心は、われわれの敵となろうと信じたかもしれません。――ところがです、軍はフランス人を知っているし、完全にフランス的なのです。軍は自らの足の下に、軍事的虚栄を投げ捨てます。自らの武器でもって民衆を武装させます。そして布地に印刷された彼らに向けた称賛の言葉、「もしも我らがこの世にいるなら、それは兵士のおかげだ」にふさわしくなるのです。

同じように驚かせることがあります。独占的に選挙権を与えられていたブルジョアジーが、六ヵ月にわたって、政治的宴の中で、この独占権を失くすために行動したことです。ブルジョアジーは改革の名のもとに武器を取りました。つまり選挙人という自らの特権を放棄し、他にも分け与えるために、です。ブルジョアジーは民衆を支持しました（G・サンドがすばらしい手紙の中で、あんなにも見事に言ったように）。ブルジョアジーは、まだ武装解除されたままの民衆を保護し、民衆に襲いかかる騎兵隊を、その銃剣の先端を、受けとめました。あの勇敢な国民兵（ルセレ）の人間味あふれた英雄的行為が、永遠に忘れられませんように。彼は弾丸の中をつっ切り、パレ=ロワイヤルの兵士のところに、逃げるように頼みに行ったのです。彼は至近距離から撃たれたあと、まだ傷ついてはいなかったのに、その場に動くことなく留まり、彼らのために命を危険にさらし続けました。一発の弾丸によって、大地に撃ち倒されるまで。

ところで、ここで学校の持っているすばらしい役わりについて、お話しておかなければなりますまい。もっともついさっき（二四五頁）十分お話ししましたが。

それを繰り返しましょう。すべては奇蹟でした。世界で最大の強国を無に沈みこめてしまうどんでん返しを、目の前での急変を見ることよりも、心の奥底に、かつて考えられたこともなかったようなヒロイズムや高邁さの深淵を見ることの方が、さらに大きな驚きなのです。消え去ったものは大きかった、しかし現われ出たものはさらに大きかった。新しい一要素が、一つの世界が、一つの新しい魂が姿を現わしたのです。

英雄的な、崇高な魂、それがわれわれのもとに残りますように、神よ！　それが、消え失せることのありませんように！

そうした魂を、私たちはどんなに必要としているでしょう。思いもかけない未知の職業生活に入るとき、成人として初めて他人の支配を脱し、自分たちの行動に責任を持ち、そういうものとして、犠牲と精力を払うよう運命づけられ、英雄としてあり続けるよう求められるとき。――さもなくば無だとされます。

共和制のもと凡庸なものは何一つありません。偉大さがその本性です。そこに達しないとき、共和制は存在しないのです。

次のように言ってはなりません。「私は状況が命じることをやるでしょう、十分やるでしょう」……。いいえ、「私はさらにもっとやるでしょう」でなければなりません。

「十分」というのは、悲しみと、退屈と、困難にみちています。「さらにもっと」とか「過度に」は、陽気で容易です。どうしてでしょうか？　「過度に」やる者は、心によって報いられ、情熱によって運ばれていくからです。最初の歩みが、やっとの思いでなされれば、あらゆる障害が感じらます。他の者は、大きな翼に乗って行くでしょう。山から山へと着地しながら、ま正面から太陽を見つめるでしょう……。

神という太陽よ、私たちに大いなる新しい光を与えて下さい。こんなにも新しい状況のために、かつてない友愛の炎を私たちに与えて下さい……。それぞれが（それがあなたの特徴となるでしょう）他者のことを心配し、自らの一部をさいて、隣人のため、逆方向の利益のため、誠意あふれた保護者となるのが見られますように。

たとえば、われわれの心うつ社会改革の試みの中で、労働者が農民のために弁護し、農民が労働者を弁護する姿が見られますように……。彼ら、勇気ある力強い二人の男が、互いにか弱い女のために、諸権利を要求する姿が見られますように。人に脅威を与えることなどできず、涙によってしか働きかけられない女のために……。

あなた方若い人々が、万人のために尽くして下さるように！——あなた方、私の学生諸君よ、私は皆さんに呼びかけました、まさに今年、人間たちに提供された最大の使命を果たすようにと、和解の新たなる聖職を果たすようにと。あなた方、万人から愛され万人に受け入れられる皆さんは、自らの心を拡大して下さい、そこに万人が含まれてしまうほどに……。私はそのことを言ってきたし、それはもう確かめられたことです。万人が、金持も貧乏人も、ブルジョアも民衆も、万人が、あなた方の内で、彼らの子供を見たということは。万人が、あなた方の言葉に耳傾けるでしょう。そしてあなた方が彼らの間にいるようになるから、言い争いはなくなるでしょう……。フランスは、本来あるがままの偉大なるものとして留まるでしょう。分裂することなく、世界のように一なる大いなるものとなり、そして、天においても先頭に立つのです！

(1)　聖職者たちの同盟は、先の政府の失脚に一役買わなかったとは言えないのですが、この聖職者たちが革命をすでに利用しています。彼らは最初おずおずと、この動きに加わりました。そこにおいてどんなふうに受け入れられるか、良く分からなかったからです。部隊の旗が大司教によって、こっそりと祝福された最初の場面が思い出されます。大司教はたまたま、自分の門口で彼らに出会い、どうして欲しいか尋ねた等々というのです。その後聖職者たちは大胆になります。「自由」の樹を祝福するよう自分達を招聘させます。自由はそれ自身神の加護であって、他のいかなることをも要求しません。神の加護はひたすら選挙において人々が、自らに対し不利に働かないようにと求めます……。この集団の奇妙な状態！　一方の者は昼に祝福し、他の者たちは夕方に劫罰を下します。彼らは私たちに賛成なのでしょうか反対なのでしょうか？　結果をみれば程なくそれが分かるでしょう。——新しい原理が現われ出るでしょう。ナポレオン、シャルル四世、ルイ＝フィリップといった、永久に自分の同盟者を失った古いものとは、かかわり合わないようにしなさい。もしも二月に死んだ者達に意見を尋ねたなら、彼らがマドレーヌ寺院に祀られに行きたいなどと望むのは確かでしょうか？

(2)　いつか講義または本の中で、私たちは新しい司教職の性格について明確に説明するでしょう。こうした性格の一つは、それまで教会の中でのみ行なわれていた募金活動が、コレージュ・ド・フランスで始まった日に明らかになったのです。それらの募金はもはや宗教的圧政のためにではなく、自由な友愛という人間味あふれた思いの中でなされました。──こうした目的で、わが国の学校の生徒たちによって、ここに一つの委員会が創設されました。その間、トゥールや他の町々でも似たようなものが形成されたのです。

全学生へのメッセージ

三月六日、私たち、キネと私は、共和国と革命によって、民衆の勝利によって、フランスの学生生徒全員の勝利によって、幸いにも教壇に戻れました。親しい者一同のこの祝宴のために（親しい者といっても数多かったのです）、私たちは、パリで最も広いソルボンヌの大教室を借りねばなりませんでした。教壇に三つの椅子をしつらえさせました。その一つは、残念ながらやって来られなかったミッキェーヴィチのためのものでした。彼はイタリアに革命を見に行っていたのです。見事な革命の一つを見るために、わが家に、つまりフランスにということですが、留まってさえいればよいなどとは考えていなかったのです。

たった二ヵ月間中断させられたのですが、私は聴講生諸君からほとんど離れず、いくつかの言葉を発表して満足していました。キネの方は、すばらしい論説を発表していました。人々が新聞で読んだもので、革命からインスピレーションを受けた、まちがいなく最も美しい論説でした。

さて以下が私のメッセージです。

若者よ、共和国の先頭に立て！

これは一つの教訓ではなく、友愛にみちた救済であり連盟です。私たちは全学生諸君に握手を求めにまいりました。皆んなで共和制に敬意を表わそうとまいりました……。この未来の政府、少し前にお話ししていたようなそれが、今ここにあるのです。私たちはそれをしっかりと握っています……。ああ、私たちはそれを手放さないでしょう。

共和制は理性によって作られた理性の政体であり、精神の統治であり、魂の勝利なのです。勝利したのは魂なのです！

では敗れたのは何でしょうか？　物質であり、粗暴な力です。

思い出して下さい。あんなにも最近だったことなのに、すでに古くなってしまったあの物質と金と武力の統治を。思い出して下さい、破壊できないだろうと信じられていたあの統治を。

年十五億フランの金と、世界で最も鍛え上げられた三十万の見事な軍とに支えられた巨大な権力、それが、途方もないバベルの塔で、鉄と火の輪でもって、パリを掌握していました。これらの壁のかたわらでは、バビロン[*1]やニネベ[*2]の伝説の城壁など、何だというのでしょう！……

だがこの大きな権力の中心は、心臓はどこにあったでしょうか？……そもそも心臓があったのでしょうか？……いいえ、空洞と腐敗以外何もありませんでした。この腐敗は割れて膿を出し、陽にさらされて証明されました……。どんなに正当化しても、彼らは天をあざけり、天に刃向かうことになったのです！……

心から生じるものは何もなく、彼らはわが民族の分裂によって、自分たちが力を得ると信じていました。彼らは言っていました。三つのものがある、民衆、正規軍、国民軍だと……。とんでもありません、ただ一つしかなかったのです。闘いの日にそれが分かりました。王政に反対する団結、フランスの友愛のみだったのです。

私は一度として、そのことを疑ったことはありません。そのことを、つねに明言してきました。この友愛の主要な機関は学校になるだろうと、つねに言ってきました。学校から最初のきらめきが発したのです。魂のこの勝利を最初にしるしたのは、コレージュ・ド・フランスのためにあなた方がなしたデモ、精神の自由のためにあなた方がなしたあの要求でした。

あなた方は国民軍と（国民軍には、あなた方のお父さんや兄弟がいます）、民衆と、正規軍とのあいだに現われました。仲介者としての、代弁者としてのこの役割は、五十年ものあいだ沈黙していたフランスが、初めて話そうとする荘厳な行為においても、やはりあなた方が担わねばならないものです。何という瞬間でしょう、そして何とわずかしか準備はなされていないことか！……何と多くの不明瞭さ、不確かさ、誤解であることか！……どんなにあなた方が必要とされていることでしょう、あなた方、若くて、外向的で、うさんくさくなく、個々人の利害を脱却し、純粋で寛大な自由の伝道師たちが！

あなた方はあらゆる人々から信じてもらい、自分たちの言葉を聞いてもらいたいと思いますか？……あなた方の行為によって、あなた方の言葉に権威を与えなさい。新しい手本を、公平無私のそれを示しなさい。国民の品行を「共和国」の高みにまで高めなさい。無償の職務を追い求め、もうかる仕事を避けるようになさい。安心して下さい、そうした仕事に没頭する人々は、つねに十分にいるのですから。

私たちは、崇高な道、名誉の道、犠牲の道に入っていくのです。各人がまず最初に、自分の中で完全な犠牲をなしてくれますように。その時以降、彼は軽やかに、心楽しく、不安もなく行くことでしょう。

目標は大いなるものです。

フランスは世界に平和をもたらすという任務をおびています。永続する唯一の平和、自由のそれです。どんな代価によってでしょうか？　そんなことは問題になりません。私たちはそうしたことに、すべてを、私たちの血を含めてすべてを、負っているのです。

今このとき、地球全体にとって恐るべきものとなって、フランスが諸国民のあいだに、武装はしていても、しかし、世界に恐怖の沈黙を押しつけない仲介者として、席をしめてくれますように。逆にフランスが、沈黙したあらゆる諸国民に、声を取り戻させてくれますように。

フランスは黙っていることができないのです。自分と無関係と呼びうることが、世界に何一つないことが分っているからです。フランスは、はるかに遠い諸国民のところでも、思想および伝統として、自らを見出し自らを認めます……。それらの諸国民はフランスを眺めて、皆が皆、そこに自らの姿を認めるのです。それらのあいだに、ただ一つの相違があります。一方の者たちはしゃべり叫びます。私たちに！　と。他のものたちは涙を流し、それ以上話すことができなくなります。その呼びかけは、いっそう激しいものとなります……。いいや、世界の統一が必要です。この言葉を取り消す必要はありません。自由な統一、聖なる統一、魂と心の統一が必要です。

こうした統一の何というしるしでしょう、この席が空いたままでいるとは！……これはポーランドの席、われらの偉大な親しいミッキェーヴィチ、あの五千万の人々の国民詩人の席なのです。彼の言葉は、世界の結合のように、東洋と西洋の連盟のように思えました。それはコレージュ・ド・フランスからアジアにまで広がっていったのです。

この席はポーランドの席です。

しかし、ポーランドとは一体何でしょうか？

それは世界の苦悩を最も総括的に代表するものです。ポーランドの中に、私は苦しみつつある民を見ます。

それはアイルランドであり、飢餓です。それはドイツであり、検閲であり、中でも思索する民衆にのしかかる思想の専制です。それはイタリア、皆さん、今このとき、あのミケランジェロの最後の審判の魂のように、生と死のはざまに中ぶらりんになっているイタリアです……。死と野蛮がひきずり降ろすものを、だがフランスは、高みへと引き上げます……。その日からそれは救

コレージュ・ド・フランスに復帰したミシュレとキネを迎える学生たち

われます……。誰一人それに触れてはなりません！

そうです、皆さん、私にはヨーロッパのあらゆる国旗が、この席の上に、はためいているのが見えます。ここに、自分たちの墓から出てきて、涙にくれている十ヵ国もの民が見えます。

彼らの魂が、彼らの息吹きがここにあります……。彼らの旗は目には見えません。しかしそれらは、まもなく姿を現わすでしょう。その点では、もう一つ別の、はるかに高く広い囲い地が、連盟祭の広場が、青天井全体が必要です。フランスが自分の子供たちに、友愛の肩を組むよう呼びかけるだろう崇高な日々、私たちがあらゆる友好的諸国民をも、そこに見出すことができますように。私たちの隊列に彼らの列をしっかりとまじえ、すべての者が同郷人のようになって、群衆の中をかきわけても、ただ一人の異郷人をも見つけられなくなりますように。そしていっとき、いずれにせよ喜びに輝きながら人類が、次のように自らに言ってくれますように。「私が一なるものであること、世界には一つの民しかいないこと、私はそれをはっきりと知っていた！」と。

訳注

第一回講義

＊1　体調が……＝ミシュレの『日記』には、一八四七年十一月二十日および十二月十三日の二回、インフルエンザにかかったため思い通り仕事ができないという記述がある。

＊2　道徳的ワーテルロー……＝一八四五年から四六年にかけフランスでは、小麦が凶作だったうえ投機業者による買い占めや役人による輸入穀物の隠匿が起き、北西部で暴動が発生、一方ある鉱山主が塩坑採掘権獲得のため現職大臣を買収するなど腐敗事件が頻発した。これに対し時のギゾー内閣は適切な対策をこうじなかった。これが二月革命の引き金となる。

＊3　ヴィーコ＝イタリアの歴史哲学者（一六六八－一七四四）。デカルトの機械的合理主義に反対し、歴史における社会の有機的発展を強調。ミシュレはその主著『新しい学』を一八二七年『歴史哲学の原理』として翻訳出版した。

＊4　一八三三年に……＝この年十二月ミシュレは『フランス史』I、II巻を同時に刊行、その第II巻巻頭に「フランスの景観」という章を置いて各地の風土的特質を述べた。

＊5　読者を一五〇万以上に……＝一八三六年エミール・ド・ジラルダンの『プレス』紙とアルマン・デンタック

の『シエークル』両紙が、紙面の広告スペースをふやすことで予約講読料を安くしてから、新聞の発行部数は急速にふえていく。数ヵ月のうちに『プレス』は二万部、『シエークル』は三万部になる。さらにはウージェーヌ・シューの「さまよえるユダヤ人」を連載した『コンスチチュショネル』が二万四千部に達する。鹿島茂『新聞王伝説』巻末にある一八四一年当時の新聞・雑誌一覧によると、当時出されていた三二の新聞等のうち発行部数の分かっているもの一八の合計は一〇万五六五〇部である。一部を何人もが回し読みしていたから、読者数はその何倍にもなったことだろう。もっとも新聞の大量販売時代は普仏戦争終了後、販売店網の充実等によってはじまり『プチ・ジュルナル』が初めて一〇〇万部を突破することになる。

＊6　ブーローニュの野営地＝ナポレオンはイギリス上陸を目指して一八〇四年、一五万の兵士と一七〇〇隻の船を英仏海峡に面したパ・ド・カレー地方の海岸に集結させた。その司令部が群都ブーローニュ・シュール・メールに置かれたため、こう呼ばれる。一八〇五年八月この作戦は最終的に断念される。

＊7　アウステルリッツ＝一八〇五年十二月二日ナポレオン率いるフランス軍は、現在チェコに位置するこの地でオーストリア、ロシア連合軍を打ち破った。

第二回講義

＊1　ステュクス＝ギリシア神話において冥界を流れる川。

＊2　ミラボー＝フランス革命時における立憲王政派の指導者（一七四九‐九一）。二十三歳の時、ある金持ちの娘と結婚したが、経済学者の父から浪費家とみなされた彼は妻の財産に手を触れることを禁止される。人妻ソフィーと出会って恋におち、二人はスイスに、ついでオランダへと脱出するがまもなく連れ戻され、彼は一七七七年から三年間ヴァンセンヌの城に幽閉される。そこから書いた『ソフィーへの手紙』が名高い。

＊3　ヴァンセンヌ＝パリ一二区の東側にある森で、かつて王室の狩猟場、一八六〇年からパリ市に譲られて公園となる。その北の端にかつて政治犯の監獄として使われていたヴァンセンヌ城がある。

＊4　ロクレ＝法律家（一七五八‐一八四〇）。主著『フランスの民法、商法、刑法体系』。

＊5　サヴァール＝物理学者（一七九一‐一八四一）。一八一九年からコレージュ・ド・フランス教授。

＊6　メジエール＝フランス東部アルデンヌ県の県都。

＊7　モンジュ＝数学者（一七四六‐一八一八）。理工科学校の設立に尽力した。

＊8　クルーエ＝化学者、冶金学者（一七五一‐一八〇一）。モンジュと協力して硫黄ガスの液化に成功した。

＊9　ケルスス＝アウグストゥス時代のローマの医者、碩学。

＊10　ラブレー＝（一四九四頃‐一五五三）。『ガルガンチュア』、『パンタグリュエル』で知られるこの大作家は、モンペリエ大学で医学を修め、リヨン市立病院に勤務したことのある医者でもあり、その方面の学術書も著していた。

＊11　ビセートル＝パリ南方の町。老人病院や精神病院がある。

＊12　サルペトリエール＝パリ一三区にある神経科、精神科を中心とする病院。

＊13　ミッキェーヴィチ＝ポーランドの詩人（一七九八‐一八五五）。その民族主義思想のため、当時外国に分割されていた祖国を追われ、ロシアや西欧各地を遍歴。一時コレージュ・ド・フランスで（一八四〇‐四五）スラヴ文学を講じミシュレの同僚となっていた。

第三回講義

＊1　ラトゥール＝ドーヴェルニュ＝軍人（一七四三‐一八〇〇）。その勇猛さからナポレオンにより「フランス第

一の擲弾兵」と呼ばれた。

＊2　ウェルギリウス＝ローマ最大の詩人（前七〇‐前一九）。北イタリアの地主の子として生まれるが、共和政末期の内戦の際、土地を没収された。

＊3　テレンティウス＝ローマの喜劇詩人（前一九五頃‐前一五九）。カルタゴに生まれ、奴隷としてローマに連行されたのち解放される。

＊4　エピクテトス＝ローマ帝政期のストア哲学者（五五頃‐一三五頃）。はじめ奴隷だったが、のちに解放される。

＊5　ダルジャンソン兄弟＝兄ルネ（一六九四‐一七五七）。政治家、文筆家。外相となり、『回想録』を残す。弟マルク（一六九六‐一七六四）。陸相を勤める。『百科全書』は彼にささげられた。

＊6　デュボア枢機卿＝（一六五六‐一七二三）。金権政治家でもあったが、外交手腕にたけ一七一七年対スペイン四国同盟締結を成功させた。

＊7　ショアズル＝政治家（一七一九‐八五）。ポンパドゥール夫人の寵を得て、各国大使ほかを歴任。『百科全書』の刊行を援助する。

＊8　ダニエル＝旧約聖書「ダニエル書」の主人公（前七‐六世紀）。

＊9　テュルゴー＝政治家、経済学者（一七二七‐八一）。ルイ十六世により財務長官に任じられ、国家財政再建のため自由主義経済政策を押し進めるが、貴族・僧侶階級に反発され引退した。

＊10　ラヴォアジェ＝化学者（一七四三‐九四）。〈質量不変の法則〉の発見など近代化学の創始者と言われる。

講義中止命令に対し

＊1　キネ＝歴史家、詩人、政治家（一八〇三‐七五）。ミシュレの親友で、一八四二年以来コレージュ・ド・フラ

ンスの同僚であった。ミシュレ同様熱烈な共和主義者であり、かつ保守的宗教界への強烈な批判者であった。

＊2 ロッシ＝経済学者、政治家（一七八九－一八四八）。一八三三年からコレージュ・ド・フランス教授。

＊3 ルトロンヌ＝考古学者（一七八七－一八四八）。一八三四年からコレージュ・ド・フランス教授。

第四回講義

＊1 コシチューシコ＝ポーランドの愛国者・軍人（一七四六－一八一七）。アメリカの独立戦争に参加、戦功を立てたのち帰国。ポーランド軍を指揮して一七九二年のロシアによる祖国侵入に抗し一時勝利を収めるが、翌九三年ついにポーランド第二次分割が行なわれて亡命。国民軍最高司令官となって独立戦争を始めるが、九四年ロシア軍に捕らえられてペテルブルクに送られる。九六年エカテリーナ二世の死による特赦を受け、アメリカに、ついでフランスに亡命。亡命ポーランド人の精神的指導者として、また共和国フランスへの支持者としてナポレオンのポーランド政策に同調せず、スイスで死んだ。

ミシュレは『北方の民主主義伝説』の中で、コシチューシコに対し最大限の讃辞を呈している。

＊2 クラリス・ハーロウ＝イギリスの作家サミュエル・リチャードソン（一六八九－一七六一）の書簡体小説『クラリッサ』の女主人公。この作品はルソーの『ヌーヴェル・エロイーズ』に多大の影響を与えたと言われている。

＊3 マルグリット・ド・ヴァロア＝フランス王妃（一五五三－一六一七）。フランス国王アンリ二世とカトリーヌ・ド・メディシスとの娘。アンリ・ド・ナヴァール（のちのアンリ四世）と結婚。美貌で多くの愛人を持ったためアンリ四世即位後、教皇の命により離婚させられる。

＊4 セヴィニェ〔夫人〕＝女流作家（一六二六－九六）。娘にあてた『書簡集』により有名。

＊5 メソジスト派＝十八世紀にイギリスの聖職者ジョン・ウェスリーによって創始されたキリスト教の一教派。

＊6　九二年の出陣＝外敵の侵入と国内での反革命の反乱を受け、一七九二年七月二十二日「立法議会」により「祖国は危機にあり」との非常宣言が出されると、フランス全国から義勇兵が続々とパリに集結、前線へと向かっていった。

＊7　ショッセ・ダンタン街＝パリで新興成金が多く住んでいた一区画。

第五回講義

＊1　ブリエンヌの学校＝シャンパーニュ地方南部の町ブリエンヌ＝ル＝シャトーに一七七六年作られた士官学校のこと。ナポレオンも一七七九年から八四年までここで学んだが、九〇年に廃校となった。

＊2　オッシュ＝軍人（一七六八‐九七）。革命戦争で頭角を現し、一七九五年ヴァンデの反乱などで王党派の鎮圧に活躍した。

＊3　ヴァンデ＝フランス西部、大西洋に臨む県。一七九三年からこの地で反革命の反乱が起きた。

＊4　コンディヤック＝哲学者（一七一八‐八〇）。百科全書派にあって感覚論をとなえ、フランス唯物論に多くの影響を与えた。

＊5　ジェリコー＝画家（一七九一‐一八二四）。当時の海難事件を題材とした「メデューズ号の筏」（一八一九）で古典主義の伝統を打ち破り、ドラクロアとともに絵画におけるロマン主義運動の先鞭をつけた。動物画、とくに馬をよく描く。落馬が原因で死んだ。

＊6　プーサン＝十七世紀最大の画家の一人（一五九四‐一六六五）。代表作「アルカディアの牧人」。

＊7　ダヴィド＝新古典主義の画家（一七四八‐一八二五）。代表作「マラーの死」、「戴冠式」。

＊8　ティツィアーノ＝イタリアヴェネチア派の画家（一四九〇頃‐一五七六）。代表作「ウルビノのヴィーナス」。

＊9　オーベルマン＝セナンクールの、（一七七〇－一八四六）の、幻滅と悲哀を描いた自伝的小説（一八〇四）。
＊10　マンフレッド＝イギリスロマン派の詩人バイロン（一七八八－一八二四）の代表的詩劇。
＊11　コレッジョ＝イタリアルネサンス期の代表的画家（一四九四－一五三四）。パルマの修道院、大寺院のフレスコ画等を描く。
＊12　アヌビス＝エジプトの冥界を司る神々の一つ。ジャッカルの頭を持つ姿で表される。

第六回講義

＊1　ベランジェ＝詩人、シャンソニエ（一七八〇－一八五七）。風刺的、政治的な歌を歌い大衆的人気を博した。
＊2　九三年＝一七九三年一月二十一日ルイ十六世が処刑された後、二月、フランスはほぼ全ヨーロッパと戦争状態に入り、イギリスを中心に第一次対仏大同盟が結成され、同時に国内ではパリで暴動が発生、三月からはヴァンデの農民暴動が大規模な反乱へと発展、それを受けて革命派の方では六月山岳派が権力を掌握、七月ロベスピエールが公安委員会のイニシアティブを取り、八月には国民総動員令を出し、九月から恐怖政治を始めるといった具合に、この年はフランス革命期において最も劇的な一年であった。
＊3　アブド・アル＝カーディル＝アルジェリアの抗仏戦争指導者（一八〇八－八三）。フランスによるアルジェリア植民地化は一八三〇年ごろから始まったが、彼は三一年から十六年間抵抗戦争を指導、一時は停戦協定を結びアルジェリアの約三分の二の地域の主権を認めさせたが、協定を踏みにじったフランスにより最終的には敗北を喫した。
＊4　ヨブ＝旧約聖書「ヨブ記」の主人公。相次ぐ不幸に苦しめられながらも神への信を失わない正しき人の受難をテーマとする。

第七回講義

＊1　フォントノア＝フランス国境に近いベルギーの村。一七四五年サックス元帥率いるフランス軍が、ここでイギリス、ベルギー連合軍を破った。

＊2　ロスバッハ＝ドイツ東部の村。七年戦争の時、一七五七年十一月五日ここでフランス軍がフリードリッヒ大王の軍に破れた。

＊3　セヴェンヌの戦い＝ルイ十四世による「ナントの勅令の廃止」（一六八五）を機に新教徒弾圧が強まり、南仏セヴェンヌ地方にいた新教徒のカルヴァン派（＝カミザール）の反乱が、特に一七〇二－〇五年にかけて激化、一七一〇年まで続いた。この宗教戦争の結果、多くの新教徒が殺され、国外亡命者も多数でた。

＊4　システム＝イギリスの財政家で、摂政時代（一七一五－二三）に一時フランスの蔵相をも務めたジョン・ロー（一六七一－一七二九）の政策構想。ローは金銀貨に代わる銀行兌換券＝紙幣の優越をとなえ、摂政オルレアン公フィリップの支持を得て、銀行の設立や西方会社によるアメリカ植民貿易の独占的推進により、フランス金融システムの発展を計るが、最終的には株価の大暴落を招く等で失脚した。

ミシュレはフランス史一五巻『摂政時代』において、信用を中心にすえたローのシステムは、経済史上における一種の革命であったと高く評価している。

＊5　アンヴァリッド＝ルイ十四世がパリに建てた傷病兵のための施療院で、その後軍事博物館になる。ナポレオンの墓所ともなっている。

＊6　ガルガンチュア＝ラブレー（一四九四頃－一五五三）の「第一の書ガルガンチュア」の主人公。大食漢の巨人でルネサンス的人間の典型となっている。

＊7 ポール＝ロワイヤル＝十三世紀パリの南郊シュブルーズに創設されたシトー会女子修道院で、十七世紀院長アルノーの改革を経てサン・シランの指導のもと、イエズス会と激しく対立したジャンセニスム運動の中心地となる。パスカルやラシーヌもここで学んだ。

＊8 ペルゴレージ＝イタリアの作曲家（一七一〇－三六）。宗教音楽の「スタバート＝マーテル」（三六）が知られている。

＊9 デムーラン＝フランス革命期のジャーナリスト、政治家（一七六〇－九四）。ダントンとともにロベスピエールらの恐怖政治を攻撃、寛容を唱えたため捕らえられ処刑された。夫の逮捕に抗議した彼の妻も処刑された。

＊10 『四十エキュの男』＝ヴォルテールの短編小説（一七六七）。

＊11 ティタン＝オリュンポス神以前の巨人族の神。

＊12 グロ＝画家（一七七一－一八三五）。ダヴィドの弟子となるが、その古典主義を脱しロマン主義に向かう。ナポレオンの愛顧をうけ、戦争画、肖像画を多く描いた。

第八回講義

＊1 レムノス＝エーゲ海北部にある火山島。

＊2 フィロクテテス＝トロイア戦争時のギリシア軍の英雄。

＊3 モレヴリエ＝フランス西部メーヌ＝エ＝ロワール県にある村。

＊4 フィニステール＝ブルターニュ半島西部を占める県。県都カンペール。

＊5 モルビアン＝ブルターニュ半島中南部にある県。県都ヴァンヌ。

＊6 ボカージュ＝フランス西部地方の生垣や林に囲まれた農地や牧草地。

＊7　ジャン・シュアン＝革命期にブルターニュやノルマンディーで起きた王党派の農民蜂起の指導者ジャン・コトゥロー（一七五七‐九四）に付けられたあだ名（シュアンとは方言でフクロウのこと）。バルザックの小説『ふくろう党』はこの事件から想を得ている。

＊8　カトリノー＝ヴァンデの反革命反乱の指導者（一七五九‐九三）。

＊9　宣誓司祭＝教会を国家に従属させ、教皇との従属関係を断つことを目的として一七九〇年、憲法制定議会によって制定された聖職者基本法に賛成した司祭のこと。

＊10　クレベール＝軍人（一七五三‐一八〇〇）。ヴァンデの反乱鎮圧に活躍。後にナポレオンのエジプト遠征に従軍、エジプト総指令官となる。

＊11　マルソー＝将軍（一七六九‐九六）。外国からの革命干渉戦争で何回も勝利を収める。ふくろう党員への思いやりでも目立った。

＊12　シエイエス＝僧侶出身の政治家（一七四八‐一八三六）。革命直前『第三身分とは何か』を発表。その後一時ナポレオン、デュコとともに臨時執政となるがナポレオンに敗れた。

第九回講義

＊1　グランヴィル＝詩人（一七四六‐一八〇五）。

＊2　ドゼ＝将軍（一七六八‐一八〇〇）。ナポレオンのエジプト遠征を指揮。マレンゴの戦闘でナポレオンを救援中に戦死。

第十回講義

＊1　プロメテウス＝ギリシア神話における半神。ゼウスが人間から火を奪ったとき、その火を盗み人間に与えた。ゼウスの怒りをかいカウカソス山に鎖でつながれ、夜ごと再生する肝臓を鷲に食われたという。

＊2　パンドラ＝ギリシア神話においてプロメテウスへの復讐のため、ゼウスの命で土塊から創られた人類最初の女。ゼウスはこの女をプロメテウスとその弟のエピメテウスに与えた。兄弟の家には開けてはならないという箱があったが、パンドラは好奇心からこの箱を開けてしまった。と、中からありとあらゆる苦悩がこの世に飛び出し、箱の底にはただ「希望」だけが残ったという。

＊3　コロス＝ギリシア悲劇の合唱隊。劇展開の背景となる共同の心情を代弁、英雄たちの持つ劇的性格を浮き立たせる役割を担っている。

＊4　クレアントス＝ギリシアの哲学者（前三三一－前二三二）。ストア派の祖ゼノンの弟子。宇宙を生命体とみなし神をその霊魂とみた。

＊5　サラミス＝ギリシア中部テルマイコス湾の島。本土との間の海峡で前四八〇年ギリシア艦隊がペルシア艦隊を破った「サラミスの海戦」で知られる。

＊6　クセルクセス＝アケメネス朝ペルシアの王（在位、前四八六－前四六五）。前四八〇年ギリシアに遠征し一時アテナイを占領するが、サラミスの海戦でギリシア艦隊に大敗した。

＊7　デルフォイ＝古代ギリシアの都市。パルナッソス山南麓にあり、ここの神殿でアポロンの神託がなされた。

＊8　オレステス＝ミュケナイの王アガメムノンと王妃クリュタイムネストの子。父を共謀して殺した母と叔父アイギストスを、成長後姉エレクトラと協力して殺すが、母殺しの罪ゆえに発狂、のち正気に戻ったという。

＊9　エウメニス＝ギリシア神話で「善意と好意の女」の意。だが、しばしば復讐の女神エリニュスたちと混同される。

＊10　アカデモス＝ギリシアの英雄。この名を冠したアテネ北西の森の一角で、かつてプラトンが弟子を集めて教えたのがアカデメイアであり、今日のアカデミーという語の語源となっている。

＊11　タルチュフ＝モリエール（一六二二－七三）の韻文喜劇（六四）。タルチュフという名の聖職者の偽善と腐敗を描く。この言葉はその後普通名詞化し「えせ信者、偽善者」という意味を持つようになる。

＊12　パリサイ人＝ユダヤ教の一派。『福音書』ではその形式主義と偽善が、イエスによってたびたび非難されている。

＊13　テミストクレス＝アテナイの政治家、将軍（前五二八頃－前四六二頃）。民主派の指導者。ペルシア軍をサラミスの海戦で破る。

＊14　ペリクレス＝アテナイの政治家（前四九五頃－前四二九）。アテナイをギリシア随一の強国にするとともに、学芸を振興、「ペリクレス時代」と呼ばれる黄金期を築いた。

講義の結び

＊1　トゥールーズの恐ろしい裁判＝一七六二年南仏トゥールーズの織物商人ジャン・カラスが無実の罪で処刑された、いわゆるカラス事件のこと。カルヴァン派のカラスはカトリックに改宗しようとしていた自分の長男を絞殺したとされ、高等法院で車責めの刑を宣告されて殺された。この事件を知ってから不審を抱いたヴォルテール（一六九四－一七七八）は、調査を進めるうちカラスの無実を確信、六五年ついにカラスの名誉回復を実現した。人間の狂信が引き起こした冤罪の典型として名高い。

コレージュ・ド・フランスへの復帰

＊1　バビロン＝古代メソポタミアの都市。バビロニア王国の首都として繁栄した。

＊2　ニネベ＝古代アッシリアの首都。

1847年のミシュレ

■Jules Michelet (1798-1874)■　フランス革命期にパリで民衆の子として生まれ，ナポリの思想家ヴィーコの影響のもと歴史家となり，コレージュ・ド・フランス教授等を歴任.『フランス史』『フランス革命史』ほかの歴史書,『鳥』(1856)『虫』(57)『海』(61)『山』(68) といった自然をめぐるエッセイ,『民衆』(46)『女』(59) 等，同時代の社会をめぐる考察など膨大な作品を遺し，フランスにおいては，単なる歴史家の枠を超えた大作家として，バルザックやユゴーと並び称されている.

訳者解説

ミシュレ・五月・そして現代

大野一道

本書は Jules Michelet "*L'ETUDIANT* précédé de Michelet et la parole historienne par Gaëtan Picon" (Editions du Seuil, 1970) の、ジュール・ミシュレ（一七九八－一八七四）の著作部分の全訳である。

この作品は、一八四七年から四八年の学年期にコレージュ・ド・フランスで行なわれた講義録をのちにまとめたもので、「学生」というタイトルを付けてミシュレの死後一八七七年に初めて刊行された。つまりタイトルはミシュレ自身の手になるものではないゆえ、本訳書では学生への直接的呼びかけという本書の内容をより正確に伝えうるよう、『学生よ』と題して出版することにした。ミシュレはこの講義を「社会変革と若者の役割」といったテーマで行なおうと考えていたらしいが、講義全体には何のタイトルも付けなかったのである。この作品はその後一八九九年、当時の大物歴史家エルネスト・ラヴィスの序文と共に再刊され、それ以降フランスにおいても長く忘れ去られていた。

『現代フランス文学の展望』や『作家とその影』などで知られる文芸評論家ガエタン・ピコンがこの作品と出会い、一九六八年五月のいわゆる五月革命の光のもとに、百二十年昔のこの講義のもつ今日性を発見して、いうなれば驚愕の思いをこめて一九七〇年に再々刊したのが、本書の底本として使った、冒頭に掲げた版である。ガエタン・ピコンは「ミシュレと歴史家の言葉」と題する四十ページにわたる解説を巻頭に置いて、『学生よ』のみならず、人々の記憶の底に埋もれかかっていた著者ミシュレ自体の再評価をも試みている。

それは何よりもまず歴史家としてのミシュレの文体が、後世のバレス、アラゴン、マルローといった文学者の文体へと引きつがれていくような、いかに歴史家を越えた文体となっているかを精緻に分析したものである。とりわけランボーの文体とどれほど似通ったものであったか、「ミシュレを読んで、しばしばランボーの声を聞いたように思ったのは誤っていただろうか?」とさえ述べている。さらにピコンは、歴史という分野が、書かれることによって初めて歴史は歴史たりえるという、いかに言葉に依存した、そういう意味では本質的に文学と通いあう分野であるかを説く。そして歴史家は書くこと、あるいは彼が書いた歴史作品により、いかに歴史家となるかといったことも述べている。まさにミシュレが「『フランス史』一八六九年の序文」(『世界史入門』藤原書店)で、「歴史家によって歴史が作られる以上に、歴史が歴史家を作るということなのである。私の本が私を作ったのである。私こそ歴史が作り上げたものだ」と語っていることの確認である。こうした「言葉」をめぐる考察に文芸評論家としてのピコンの面目がいかんなく発揮されていると見ることができよう。だが、さらに注目すべきなのは、全体を三章に分けた解説部分の第一章をなす「学生、マルクス、そして五月」と題された文章である。本書を読む上でこの箇所が、直接的に最も役立つ手引きとなっているし、以下その部分を少し詳しく紹介しておこう。

ミシュレと五月革命に通底するもの

今ははるか昔のこととなってしまった「五月革命」。それはフランスで一九六八年年頭からくすぶっていた社会不安が、パリ大学の教育改革問題を端緒として、教育と社会の現状に異議申し立てした学生たちの一大運動へと高まり、その年五月、多数の労働者や知識人をまきこんだ国民規模の騒ぎへと一挙に拡大、議会の解散総選挙を引きおこしたり、やがては大統領ド・ゴールを退陣へと追い込んでいくきっかけともなった事件である。が、同時に、専門分野に閉じこもって全体を見通す視野を欠いた学問や文化のあり方への反省という普遍的な問題提起を含んでいたゆえにか、この騒ぎは全ヨーロッパへと波及、ほどなく東洋の果ての我が日本にも全共闘運動として引きつがれることとなった。おなじ東洋の中国には当時毛沢東の指導による文化大革命があり、この文革闘争、そしてそれを先導する毛沢東思想といったものとも何らかの形で呼応するものがあったはずである。現代社会の、特にその文化面の閉塞状況、病弊を何らかの改革によって、時には暴力を伴う行動によってでも打ち破らなければならないというのが、極言すれば全世界的スケールで、当時の若者が持っていた意識だったとさえ言えよう。各地でストが発生し、学生たちが街頭で警官隊と衝突し、といったまさに革命を彷彿させるような出来事が頻発したが、同時にその終息も早く、社会体制自体が打ち倒されて変ったといった国もなく、「五月革命」はいつまでもカッコ付きの革命でしかないと言われるかもしれない。しかし学問の現場で、また労働の現場で、それぞれの疎外状況が反省され、近代的効率至上主義といった文化のあり方への根源的懐疑と、そこからの脱却の模索が真剣に試みられるようになったのは確かだし、この事件を機に、文化の面を中心に大きな変化が起きたのは確かであろう。革命の名に値したか否かはともかく、世界の空気はこの出来事の前後で、明らかに変った。

ガエタン・ピコンはこの一九六八年五月の直後、偶然本書『学生よ』を手にする。ミシュレのことを調べたいと思ってだったのだが、ピコンはごく間近にあった五月の出来事と照らしあわせてしか本書を読めなくなる。「作家＝講義者〔＝ミシュレ〕の提言と〔五月の〕学生たちの異議申し立てのそれとのあいだに、驚くべき類似があるように思えた」からだ。『学生よ』は一八四七年十二月から開始された講義である。翌四八年二月、「二月革命」が起きる寸前に講義中止命令を受け〔そうした経緯については後でまたふれる〕、革命終焉後再びコレージュ・ド・フランスに戻って記念講演をするところで終る。まさにこれは五月に先立つこと百二十年前のもう一つの革命、さらに一層本格的だった革命の生きた証言なのだ。

ピコンはミシュレがこの講義を始めるにあたって意図したものを、ミシュレの『日記』（一八四八年二月二十三日）から読みとろうとする。「政治革命や、国家の諸手段を待つことなく、われわれは今日からでもすぐ、自分たちに残されている自由の範囲内で、友愛の仕事を始めなくてはならない。この仕事の端緒は若者によってなされなければならない。若者は時間があり思いやりがある。彼自身いまだプロレタリア〔＝いまだ何も持たぬ者〕である」。この記述を受けてピコンは、「彼自身いまだプロレタリアであるというのは、若者が特別な社会階層であり、革命的プロレタリアの交替要員であるという、この世にそれまでなかった考えである。こうした考えや事実は五月の出来事がフランスで明らかにしたことだったが、驚くべき簡潔さとともに、一世紀以上も前にすでにはっきりと述べられていたのだ」と語る。

ミシュレの先見性、予言性といったものを、ピコンはいくつもの要素で感じとる。若者は社会を構成する各分野にきっちりとはめこまれてはいない。階層、職能その他もろもろの次元で区分けされている社会の、どの部門にもいまだ完全にははまりこんでいない。若者＝学生の選んだ学問的専攻は、そういった分野への手引きであり、準備段階であるにしても、彼はまだ専門家ではなく、どの道であれ本物のスペシャリストとなっていない。「金持の息子は金持ではありません。ましてや所有者ではありません。彼は相対的に貧しいのです」（第四回講義）と本書にある通りだ。若者は社会的にいまだ何者ともなっていない。逆に言えば若者はどんな者にもなりうる潜在的可能性（ないし危険性）を持っている。それゆえ社会のあらゆる人々と連帯しうる能力を内に秘めている。社会に出れば彼らは何らかの分野の専門家となり、たとえば医者とか弁護士とかといった存在となる。本人の意識もそういった専門的立場によって限定され、しばられてしまうだろう。だが学生としてある「今日、彼は人間です。彼はまだ人間たちに関心を持っています」（第四回講義）。人間として人間に向きあい、人間として交わること、それがまだ出来るはずだとミシュレは言うのだ。

ピコンの解説からは離れるが、人間として人間に交わること、人種、国民、性別、門別、地位、職業、所属宗教その他もろもろの社会的差異や区分を越えて、ひたすら人間として人間に向きあう姿勢、それをフランス語ではソーシャビリテ sociabilité と言う。この言葉はふつう日本語では社交性と訳されるが、おそらく社会的人間関係と言う方が適切である。右に見たミシュレの思想は、このソーシャビリテの表わす意味を、学生は最もよく体得しうる立場にあるということと同じであろう。フランス革命は「自由、平等、友愛」のモットーのもと、社会における身分的位階制とでも呼べるようなシステムを打倒し、真のソーシャビリテを人間の社会関係の中心に据えようとした運動だったとも考えられる。革命の神髄はそこにあったとも解釈できる。

こうした革命観からすると、二月革命の直前にミシュレが学生たちに語った言葉は、フランス革命が胚胎したソーシャビリテの精神を受け継ぎ、来たるべき社会の中で生かせという呼びかけだったと言えるのである。革命は恐怖政治、ナポレオン帝政、王政復古を経て、完全に挫折してしまったように見えた。だが「七月革命の閃光」(『フランス史』一八六九年の序文)があり、やがてその光が消し去られようとしているかに見えたとき、迫り来る新たな革命の予感にミシュレは捉えられる。そこで彼は、それまでかかり切っていた『フランス史』を中世末期で中断、一挙に三世紀近く下って『フランス革命史』の執筆にとりかかり(第一巻は一八四七年刊)、同時に『民衆』(四六年)を刊行、四七年末からこの『学生よ』の講義へと入る。

大革命を受け継ぎ二月革命へと手渡そうとした革命の根本精神、それが本書のいたる所で息づいている。それはまた革命が真の革命である限り、どんなに時へだてても変らずに引き継がれ蘇りうるものではないのか。五月革命にもまた、そうした精神の息吹が、同じような欲求が、見事なまでに息づいていたとピコンは感じたのだろう。

革命の根本精神としてのソーシャビリテ（この語をピコンは使っていないが）は、強者による弱者の排除、排斥、無視といったことと完全に相反するものである。だからピコンが言う通り、「社会は通常の働きの中で汚染されていくゆえ、未来の健康への見込みは、ミシュレにとっては、少数派の側に、女や子供の側にあった。一九六八年の革命家たちにとっては、低開発国の民衆や、アメリカの黒人たちの側にあった。だが万人にとっては、それは学生の側にある」ということになるのだ。たしかにミシュレは言っているではないか、「成長しているのは誰でしょう？　子供です。渇望しているのは誰でしょう？　女です。熱望し上昇してゆくだろうのは誰でしょう？　民衆です。／そこにこそ、未来を探し求めねばなりません」（第三回講義）と。

少数者や弱者の尊重と復権、これが革命の精神の本質だと言えるだろう。二十世紀末の今日の状況で言えば、南北問題における南の人々とか、もしかしたら人間によって根絶やしされようとしている他の生命体、通常強者たる人間によって無視され踏みにじられている万物の救いと尊重、それがフランス革命のもたらしたソーシャビリテの究極に見えてくるはずのものだ。民衆（ミシュレにあっては、いまだ何ものでもない者、生まれたままの状態の人間のように、社会的な様々の差異化、特権化を受ける以前の人々、つまり地位、権力、門別その他もろもろの誇るべき何かを何一つ持っていない普通の人といった意味で用いられる語である）が、果たして少数者かどうか、ピコンは女を少数者に入れているが男と比べて女の数が少ないのか否か、などといった難くせをつけるのは止めよう。少数者とはその存在をほとんど無視されている、社会的に小さな存在ということであり、そうした者たちを尊重するところにしか未来はない、とミシュレは言うのである。先に人間以外の生命云々と言ったが、ミシュレによれば鳥も虫も、その他沈黙したままうめき苦しんでいるすべての生き物が、究極的には「私の民衆」(『民衆』)となるだろう。

こうした少数者の中に学生も入るだろう。いまだ彼らは何ものでもないのだから。そうした彼らがまずやるべきこと、それは既成のシステムの中でエリート養成のために行なわれている教育に対する、「反=教育」の形成である。これは人々を階級化し、特権化する既成の「教育」を補うべき任務を帯びた教育、書物や公式の勉学から解放されて、「人生の観察の中で、人生の最も教育的な形態である労働と苦悩の中で」体得すべき教育である(第三回講義)。実人生との接触によってしか学べないことは多々あるのだ。働いている人々の現実の中でしか捉えられない真実があるのだ。そうした人々と生きた言葉を交わすことで、学生たちはどんなにか多くを学べるだろう。こうしたミシュレの思いは、たとえば『民衆』の中にある「代価を払ってしか生活を知ることはできない。……共感とまごころによって貧しくなり、意志によって労働と苦悩とに自らを結びつけること、それが代価である」という言葉とも符合する。これは幼い時から働きながら学んで一家をなしたミシュレの、自己の体験にもとづく信念の一つだったと言えるだろう。

反対というよりも補うものといった意味での「反」の使い方は、今日でもたとえばマルク・フェローが、『新しい世界史』や『植民地化の歴史』の中でさかんに用いている「反=歴史」においても見出される。フェローの言う「反=歴史」とは、これまでのヨーロッパ中心的な世界史観に代る、第三世界の少数派の立場から見ての歴史のことであり、世界史は反=歴史を取り込み我がものとすることによって、初めて真に人類全体の歴史となりうるというのである。ミシュレにあっても「反＝教育」は、けっして書物や公式の教育を否定し排除するものではなく、両者があいまって真の教育がなされるということなのだ。だがこれまで少数派とか異端的とみなされてきたものへの排除を排除することが、多数派とされ主流とされてきたものへの新たな排除を生みだすとしたら、この世から排除の構造はいつまでもなくならないだろう。

少数派の復権は、それまでの多数派の失権を意味してはならない。すべての者が手をたずさえて平等の立場に立ち、共に生きる構造こそどんな場合にも必要であり、真の全体性を回復する道となるだろう。この世における排除自体の排除こそ肝要なのだ。あるいは不寛容への不寛容こそ必要なのだ。

学生の革命的使命

ミシュレが本書において繰り返し呼びかけている社会全体の「統一」とか「調和」といったことは、右のような意味において理解されるべきだろう。社会全体をこうした方向に押し進める主体は、現状において少数者の立場にある側となるべきだろう。なぜなら現状において優位に立っている者、利益を得、自らの権益を享受している者たちに、変革を期待することはできないからだ。ここにいまだ何者ともなっておらず、社会において相対的少数派で、しかも社会全体や人類全体についての問題意識を持ちうる立場にある、学びつつある者、「学生」の革命的使命が生じる。学生こそ社会の中で、少数派と共感し手をたずさえ、多数者に多数者の特権に甘んじていることがいかに不当であり、また社会全体、あるいは人類全体にとっていかに危いことであるかを、教え知らせる任務をおびているのだ。そうするためにまずなすべきこと、それはそうしようと欲すること、「欲しようと欲して」(第八回講義) いくことである。すべては人間の精神から、意志や意欲から、情熱から出発するほかないであろう。ミシュレが学生たちにまず訴えるのは、自分一人の狭い世界に閉じこもることなく、目を大きく社会に開いて、そこに立ち向かっていこうとする若々しい情熱を持てということだった。

ところで学生たちがそうした意欲を我がものとしたあと、彼らが使命を果たすために、まず用いるべき手段は何であろう。それはミシュレが学生たちに向かってなしているのとおなじもの、「言葉」、直接人が人に向かって話しかける肉声を伴った言葉ということだろう。言葉は話しかける対象への理解を持たねば力を持たない。理解はしかし、相手への想像力を欠く所には生じない。「意欲と想像力の効果」をピコンは力説している。そして意欲と想像力のもたらす人間活動の代表的表現形態として、ミシュレがしばしば言及している演劇を考える。その他文学にも言葉の問題があるし、ジェリコーをめぐる絵画の考察にも人間の生き方そのものへの反省が認められる。だが本書において歴史家ミシュレの最大の関心は、やはり歴史に向けられるだろうとピコンは見る。

歴史に関してミシュレが述べていることどもの中で最も注目すべきなのは、歴史とは記録として書き残されたもののことではない、少なくともそれのみのことではないという視点だろう。「歴史とは時間である」(『フランス革命史』) と彼は繰り返し述べているが、このあまりにも当たり前と思われることに、人は案外気づかないのである。つまり今われわれが生きている時代も時間の中にあるのだから、現在という時代もまた歴史内存在である。逆に言えば、十年前、百年前、千年前とさかのぼっていってみても、どの時代も、その時代における現代であり、多くの人々がそれぞれの仕方で生きていた生きた時間のつらなりに他ならなかったのである。過去と現在との区別は今われわれが生きている瞬間か、すでにやってきて時の彼方に永久に去ってしまった瞬間かという差でしかない。生きている現実の時間の中ですべては生起したし、しているし、するであろうし、生という事実そのものには何の差もないはずである。「歴史とは復活である」（『民衆』）とミシュレが言うのは、だから過去の生を、生きている今現在のわれわれの生と全く同様に、生きたものとして捉え直そうという試みのことであろう。そのためには何よりも想像力が、そして復活させようとする意欲が必要となる。すでに書き残された記録類も、さまざまな刺激を想像力に与えうるし、貴重な資料として役立ちうるだろう。だがわれわれが過去について最も思いをはせられるのは、一般に現在生きている人が過去について語るときとか、過去をまざまざと思い出させるような物を前にしたときではないのか。つまり記録よりも記憶の現存が歴史にとっては第一義なのだ。

「日々、あなた方が自分の部屋で、何らかの本を、大革命の歴史を、もしかしたら私の革命史を読んでいらっしゃるあいだ、そうなのです！　そんな瞬間に、私は思うのですが、皆さんは時おり、そういうことに気付くこともなく、大革命が、第一帝政が通っていくのを聞いていらっしゃるのです。六十歳か、もっとにもなる男が、しゃがれ声で、しかじかの品を売り叫んでいる、あのことを言っているのです。……だからガラス窓に顔を押しつけてみれば、あなた方は見出すでしょう。それは本の中で読んだと思ったもの自体であり、本はそれらについて不正確なイメージを与えていたのだということ、そして、現実こそ存在し続けているのだということを。……いっとき彼らと話してごらんなさい。皆さんは書物に書かれていない歴史に関する、あらゆることに驚いてしまうでしょう。書かれてあるのは、最小の部分、多分最も値しない部分です。ところが書かれていない物ごとの、生きた世界があります」（第二回講義）。これこそミシュレの歴史観のエッセンスを示す言葉と言えよう。存在し続けている「現実」、「生きた世界」、じつはそれこそが肝心なのであり、それを今生きているこの瞬間のみならず、かつて生きていた過去の瞬間においても捉えてくる作業こそ歴史なのだ、ということだろう。

　歴史とは歴史家の書いた歴史書の中にある以上に、その時代時代を生きた人々の直接的証言や、その時代を証言する物の中にあるというのだ。今日のアナール派的歴史観では常識化しているそうした見方を、すでにミシュレは我がものとしていた。事実彼の『フランス革命史』には、彼の父親の証言をはじめとして、直接革命期を生きた人々の証言類が多く素材として使われているし、『十九世紀史』では、幼い日のミシュレ自らの記憶が歴史の証言として用いられている。もちろんこうした「復活」の試みは、個々の証言に関して部分的に成功するだけであり、過去のある時代を完璧に全体的に蘇らせるなど不可能であろう。もちろん現実のあらゆる細部を汲み尽くすことなど、今生きている現在に関してさえ出来ないのだから、遠い過去に関してなどとうてい不可能である。ミシュレが「全体としての生命の復活として私に提起された歴史」（『フランス史』一八六九年の序文」）と言うとき、細部のよせ集めとしての全体が構想されていたわけではない。たとえば人間の体の全細胞を寄せ集めて、死んだ人間の生命が蘇るかといえば、けっしてそんなことはあるまい。生命は部分をこえ、そして部分を寄せ集めたという形での全体をこえ、一なるものとして存在するのではないか。右に引用した言葉のすぐあとに、「復活は生命の表層においてではなく、内的な深い有機体的なものとして考えられた」と述べているのは、そのようなことを意味しているはずだ。生命を生命たらしめるものは、全体を一つの存在としうる一点、有機体的な分割不可能な一点、いうなれば魂といえるものにあるのである。それゆえ過去の復活に関しても、過去の一時代の魂ともいえるものを把握しうる断片でもあれば、十全にその時代は復活しうるかもしれない。こういう意味で歴史は細部にも宿りうるだろう。ただしその細部が全体を写し出すような細部であれば、である。街を物売りしながら通り過ぎて行く老人に、大革命期を生きた民衆自体を見るといった方法は、そのような立場から生じるだろう。ミシュレが夢みた「全体史」は、もちろん今日まで完璧には実現されていないが、しかし「全体を見通せるような歴史」は、以上のように考えればけっして不可能なものではないだろう。

余談かもしれないが、マルク・フェローは来るべき歴史が「全体的であるように、ただし全体主義的でなく、と願っている」（『新しい世界史』）と言っているが、それも同様の立場からのものと考えられる。ここでフェローの言う「全体主義的」とは、一つの立場、理念なり世界観なりドグマなりから、全世界の森羅万象を把握し解析し裁断しうるという姿勢を言うのだろう。往々にしてこうした姿勢は傲慢となり、他の立場に立つ者を無視し圧殺してしまう。それに対して「全体的」とは、この世で想定されるあらゆる立場から物ごとを見て考えるということであり、その意味では、細部をことごとく尊重しながら、しかもそれぞれの細部が全体とつらなるものであり、全体の「魂」のようなものを持つと信じるといった姿勢である。こうした姿勢こそ、世界の統一と調和実現への一里塚となるものだ。

ミシュレが本書冒頭で「道徳的ワーテルロー」と述べているのは、こうした全体性を忘れ、全体への視点を失い、個々の階級なり階層なり個人なりが、てんでバラバラに自己の利益追求にのみ走っていくような、社会全体の分裂状態を嘆いている言葉といえる。フランスは道徳的大敗北をきっしたようなものだ。勝利は全体性の回復にある。国民全体の統一と調和にある。それはやがて全人類の統一と調和に向かわなくてはならない。本書は「私が一なるものであること、世界には一つの民しかいないこと、私はそれをはっきりと知っていた！」と人類が自らに言えるようになることを祈って結ばれることになるが、この結語から見てもミシュレが学生たちに呼びかけたかった最大のテーマは、すべての人々の仲立ちとなって、すべての人々を単にフランスのみならず、最終的には全人類へと広がる結びつきの方へと向かわせること、多様性に満ちた一なる全体を調和的に実現するよう先頭に立って行動を起こすこと、そのためには書物を離れ生きた現実の中に飛びこみ、街に出よ、ということだったと分かるだろう。

ここに五月革命の若者たちが求めたのと同じ志を、ガエタン・ピコンは何よりも見出すのだ。最後に、こうしたミシュレの思想と、そしてそれとある面で深く通底していたと思われる五月の若者たちの想いと、マルクス主義思想との比較検討をピコンが行なっているので、その点に触れておきたい。

マルクス主義との対比

五月革命においてまず第一に告発されたのは、現代文明ないし文化の閉塞状況であり、所有のシステムや、資本主義的搾取の問題ではなかったとピコンは言う。少なくとも資本主義の打倒が結果的にもたらされると予想されていたにせよ、それ自体を目的としてはいなかったのである。ところでミシュレはそういったところまでにも到っておらず、ミシュレの目には、個人的所有の廃止は究極的目的とは見えなかった。ミシュレは同時代の社会主義者ルイ・ブランの、もっぱら物質的要因をもとになしたフランス革命の分析を非難している。ミシュレも所有のシステム変更の重要性は十分に認識しており、フランス革命の最大の事業は、実際に農作業している農民に、自らが耕作している土地の所有権を認めた点にあると、繰り返し強調している。本書第八回講義の中で、フィニステール地方の農民たちと、ヴァンデ地方の農民たちとの革命に対する姿勢の違いを、彼らの土地とのかかわり方の相違から説明しているのも同じ視点に基づく。だがミシュレの考えでは、革命は農民が土地所有者に、つまりそれまでの農奴状態を脱して自作農になったところで完成するのではなく、こうした土地の所有形態の変革が生の全的変革を生み出し、人間の条件の本質そのものを変化させるという所で成就するのである。つまり世界観とか人生観とか、ありとあらゆる価値観の一大変化が起きて、革命は本物の革命となりうるというのだ。

フランス革命にそくして言えば、農民の自立が、農民の意識を解放し、彼らを一個の人間として真に自由にしたとき、革命は成就するのだ。自らの所有が確かなものとなって、人は他者に依存せずに生きていくことができる。ミシュレにあって私的所有は、それが際限なく他者の所有権をも侵害していくような勝手気ままなものとならない限り、自由を真に保証する第一の基盤として肯定されるべきものなのである。もちろんピコンの言う通り彼も階級の存在を十分に認識しており、それを遺憾に思っている。彼もまた階級なき社会の実現を願っている。だが彼の考える階級は、所有の有無によって、言いかえれば経済的な次元によってのみ定義されるものではない。むしろ民衆が時代の文化状況から排除され排斥されている点こそ、疎外の最たるものであり、階級による差別化の最も起こる地点なのだ。たとえば女に対する男の愛が損なわれるのは、経済的条件付けによるという以上に、道徳的宗教的条件付けによって起きる。たとえば教養ある者と働く階級、古い宗教的ドグマに捉えられている人々と革命の理想を信じる者たち、そうした対立する項の間に、男と女の愛のかけ橋をかけることは困難だろう。「こうした世界を変革しなければ、あなたは愛の幻しか、この世では決して持てない」(第十回講義)。

つまりミシュレは、社会が引き起こすさまざまな問題の中で、経済的疎外がすべてであるとは考えないということである。同様に彼の「民衆」は、いわゆるプロレタリアートではなく、むしろ何の特権も特権意識ももたず、人間として他の人間に向きあって生きているふつうの人のことであり、そういう意味では社会全体をカバーするものである。民衆の知恵は、教養ある者たちの、貴族ないしブルジョアの知識や知恵と相対立するものではない。民衆の本能は知識の光と手をたずさえて、真の人間的文化を生みだすという、むしろ相互補完的なものである。それゆえミシュレにあって革命とは、社会の一部分が（それがどんなに大半を占めるものであろうと、全体でなければ一部となる）、他の部分を打倒し、独裁的権力を握って新しい社会を作り出すといったことではない。新しい社会を創造すべき部分こそプロレタリアートだとしても、そのプロレタリアートに特別の特権的地位を与えたり、ましてやその特定の指導者に誰よりもすぐれた天才的能力ありとして特別視するようなことは、キリスト教の古いドグマにあって、神に特に選ばれた選良としての民や個人を想定していたある種の神秘主義と、本質において全く同一のものとミシュレには思われたはずだとピコンは言う。ミシュレにあって革命とは、すべての部分が他の部分と、自由に平等に友愛をもって交わること、そういう意味で社会が、ひいては全人類が一なるものとなること、各部分を各部分として保ちながら調和的に一体化すること、多様性のもとでの協調関係に入ること、だったのである。

どの階級であれ、どの国民であれ、全体から見ての一部分が、特権的な地位を与えられて、世界に冠たるものとなることとは、革命などではなかったのだ。こうしたミシュレの思想が、そしてそのある部分は五月革命の若者たちの想いと通じているだろうが、いかにマルクス主義とは異なるものか、これは言を待たないだろう。悪はブルジョア文化や所有にあるのではない。そうしたものが社会の悪の根源をなすのではない。それがもっぱら独占的に他者を排除し、社会を分裂させ、その一部のみ特権化させ、他の部分をおとしめること、そうした構造自体にこそ悪はあるのである。ブルジョアジーにとって代って他の部分が、やはり文化や所有を独占すれば、それは権力の次元での一大変化ではあっても、人間社会のあり方自体の革命とはけっしてならない。こうした観点からすれば、ミシュレの革命観はマルクス主義以上にラジカルだったと言える。悪は、様々な段階で人と人とを差別化し、ある種の者のみを特権化していく、人間精神のあり方自体に根ざしている。悪は、いうなれば人間の魂自体の中にある。そこから次のようなミシュレの言葉は生まれるのだ。「革命は外的なもの、表面的なものであってはなりません。革命は中に入り浸透していかなければなりません。ひたすら政治的でありすぎた最初の革命以上に、深いものでなければなりません。――物質的面の改善にほとんどもっぱら気を奪われている社会主義者たちが欲する以上に、深いものとならなければなりません。――革命は人間の奥底に行き、魂に働きかけ、意志に到達しなければならないのです。革命は欲せられた革命、心の革命、道徳的かつ宗教的な変革とならねばならないのです」（講義の結び）。

この言葉は、「深い」と言いながらまことに浅薄なもので、社会のシステムの実体を知らない者の言だといった批判もなされてきた。現実の革命をなすうえでどれほど多くの血が流されねばならないか、そうした戦いを経て獲得しうる変革を、まるで宗教上の、意識上の問題のようにして処理してしまうのは、いかに観念的で誤っているかという見方である。しかしミシュレから言わせれば、マルクス主義が構想し、いっとき実現したと信じた革命は、真の革命にいたる道程での一過程でしかない。その意味ではそれ自体を目的として想定することのけっしてできない手段でしかない。目的と手段を混同し、それによって多くの悲劇を生み出すことなど、とうてい許しがたいことだ。

いずれにせよ「マルクス主義（トロツキズムであれスターリン主義であれ）は、産業社会それ自体への、生産と消費の社会への、いかなる批判をも含んでいない」とピコンは断定する。それゆえ社会主義諸国は資本主義に追い付き追い越せとして、物量のより大きな生産に邁進することとなり、その結果資本主義諸国以上に、大規模な自然破壊を生み出したりした。地球全体、人類全体といった視点がマルクス主義には乏しかった。「社会主義諸国にあっては、革命はすべてを変えると約束したが、実際には所有体制を変えたものであり、本質的には何一つ変えなかった」ともピコンは述べる。それに対し「五月は『生を変えよう』と言ったランボーの側にある。……そして五月は、それと知ることなくミシュレの側にあった」。ミシュレ、ランボー、五月。ピコンはそこに、真の革命、生それ自体の革命の、一つの系譜を見ようとする。

もう一点マルクス主義とミシュレの（あるいは五月の）、相違点に言及しておこう。それは未来をどう見通すかという問題である。「マルクス主義にとっては、生産手段所有という要素をラジカルに消滅させること、およびその消滅から引き起こされるあらゆることがあるだろう。しかし来たるべき社会の方は、予見できるものとしてある――なぜなら生産手段所有の消滅という変更を留保として、社会は同一のものとしてあるだろうからだ。やって来るものは（産業生産ないし文化生産の分野において）、かつてあったものの改変というよりむしろ発展と開化となろう」とピコンは言う。そしてそれは「ミシュレにとっては正反対のことだった」とも。ミシュレには未来は見通せるものとは思われない。人間のまなざしはふつう、現在ないし過去の方にしか用立たない。人は未来を見るのではない、ただ聴くだけである。「いったい私は誰に未来を尋ねたらよいでしょう？……歴史上の公式は、算術や代数学のように同じ要素でできているものではありません。……精神世界は……自らの創造者であり、……もろもろの世界を創造するのです！……問題なのは、まさに日々自らを創造する自然、日々自らを作る自然であり、不思議な測り知れない、神のような、恐るべき、人々が意志と呼んでいる力なのです」（第三回講義）。この絶え間ない創造、人間の自由が作り出すもの、きのうとも、今日とも異なる新しいもの、それが未来であるから、未来は十全に見通すことが本来的に不可能な世界なのだ。だが「もし見ないとしても、少なくとも聴いてみることはできます」とミシュレは続ける。そして未来を知るために「子供……女……民衆」といった方向に「耳を貸すべき」だと述べる。

つまりミシュレにあっては科学的な意味での、あるいはマルクス主義的な意味での未来の予見は、人間の歴史的現実に対しては存在しないものなのである。ただ過去からやって来る聞えるか聞えないかの小さな声に、未来への息吹きを聴きとることができるだけだ。その未来は、過去ないし現在から出発して見通すことのできる何らかの具体的社会システムを、あらかじめ想定させるようなものとはなりえない。

だがそのことは、ミシュレの思想には目差すべき究極のものがなかったということではない。友愛と結合による人類の調和、これは既に見てきたように彼が未来に求めた理想である。その方向を目差して、しっかと見すえて人類は歩み続けねばならないのである。互いの間で誤解や憎しみを一歩一歩退けながら。争いや戦いを少しずつ減らしながら。だがこの目的は、ある手段を用いて一挙に実現しうることなどありえないだろう。革命的手段による即座の解決など、まずありえないのである。こうしたことがミシュレの基本認識だった。これは人間が自由であるためである。自由ゆえに、未来は百パーセントは予測できないものとしてあり続ける。しかし自由であることを妨げ、万人が平等に友愛をもって生きることを妨げ、不寛容を押しつけ、排除の論理をふりまわす、そうした物事に対しつつねに否、否、と叫びつづけて生きること。そうした姿勢を保ちつづけ、未来をその方向にしっかりと据えつけることが必要である。未来に関しては、いわば向かうべき方向のみが明らかなのであり、やってくる具体的システムがあらかじめ見通せるものではないのだ。

この点でも、ミシュレは五月の異議申し立てに近いだろう。

以上が、ピコンがこの『学生よ』に関して、五月革命との対比のもとになしている分析の概要である（私見も多々まじえてしまったが）。そこには本書の含んでいる重要なテーマがほとんど言及されているが、もちろんあまりに五月に引きつけて見ているという時代的制約もあるし、ピコンが触れていない大切な問題がいくつかあると思われる。二点のみ補っておきたい。

孤独と社会的人間関係

その一つはミシュレがジェリコーについて語っている講義（第五回）の末尾で、人間が真に豊かで生き生きとした創造的な存在となるためには、「二重の条件……孤独であり……社会的人間関係に富むことが必要」であると述べている点である。真の天才たちの「孤独は社会的人間関係をとり結べるもの」だったという点である。これは学生たち一人一人の生き方への、教師ミシュレのサジェスチョンとみなすことができる。ミシュレはこの講義で学生たちに人間教育をやっていたとも言えるわけで、洋の東西をとわず、時代を越えて、右の言葉は傾聴に値するものを含んでいるように感じられる。

孤独とは何であろうか。他者を離れて（物理的というよりも精神的次元で）自分が自分に向きあう状態、そして自分をしっかりと見つめ、真の自己を発見し、その自己への本当の愛にめざめ、自信と誇りをわがものとするための条件ではないのか。そこには静寂が欠かせまい。本書の中に、「皆から離れてたった一人、自分自身と相対しました……それから自らの胸を開いて、そこに『民衆』なる書物を読みとったのです」（講義の結び）と述べられている箇所があるが、まさしくミシュレが孤独に耐えて、自己の内に発見したものを証言している言葉とみなせる。一方社会的人間関係に富むとは何であろうか。すでに何度か繰り返したように、どんな人とも社会的差異を意識することなく人間としてまっとうにつきあえる状態ということだろう。あらゆる人々に心を開き、あらゆる人々の問題を自らの問題として受け止める、想像力の豊かさと心の広さを意味するだろう。時に喧騒の中に、雑踏の中に飛びこむことも必要だろう。

この二つの要件を共にもって、人は真に豊かな人となりうるとミシュレは言うのである。豊かな人とは、他者をいわれなく見下したり侮ったりすることない自己愛をもつ人であり、逆に言えば他者を前にして、いわれなく平身低頭したり恐れあがめたりすることない自己への誇りをもつ人のことである。つまり人は強者に対して卑屈になり、弱者に対して傲慢になるといった態度をけっしてもたず、自己は自己、他者は他者として、共に尊重し敬愛しながら、それぞれの天分を十全に生かせるように励んでいかねばならないと言うのである。それが孤独であり同時に社会的人間関係に富むということの内容ではないのか。このことは単に一人一人の個人の次元の問題だけではなく、集団としての人間、民族とか門閥とか国民といった次元でも認められることかもしれない。真に豊かで他者から尊敬されるような人間集団は、内に自信を秘めながら、卑屈になることも傲慢になることもなく、他の人間集団と交わることができなければならないだろう。

共和主義の理想

ところでピコンが触れていない第二の問題として、本書の末尾にある次の言葉に注意しておきたい。「共和制のもと凡庸なものは何一つありません。偉大さがその本性です。そこに達しないとき、共和制は存在しないのです」(講義の結び)。「共和制は理性によって作られた理性の政体であり、精神の統治であり、魂の勝利なのです」(コレージュ・ド・フランスへの復帰)。

そうなのである。本書をなしているこの講義全体が七月王政から第二共和制への一大転機、二月革命をはさんでなされたのであり、ミシュレの想いは共和国の再来によって一応は報いられたとも考えられ、ミシュレは真の共和的精神のあり方を、この講義全体を通して訴え続けたのだともみなせるだろう。だがしかし共和制とは何であろうか。おそらくフランス人ピコンにとっては、あまりに自明の問題であって、あらためて言及する必要など全く感じなかったことだろうが、われわれ日本人には、なかなか分かりにくい問題でもある。

手許にあるフランス語の辞書によれば、「共和制とは権力が世襲君主制の手の中にない政治体制」ということである。ではいわゆる民主制、民主政治とはどう違うのだろうか。多分共和制が政治社会体制の形態自体を指すのに対し、民主制はその運用の実態とか内容の方を指すといった違いがあるだろう。民主的王政もありうるし、非民主的共和制もありうる（大統領が一般国民の意志を無視して勝手に政治を動かす場合など）。だがミシュレの時代、フランス大革命の記憶がまだ生きたものとして人々の胸に留まっていた時代、共和制への希望や期待は一種宗教的ともいえる共和主義の熱として、フランス社会にあった。共和主義とはいうなればフランス革命のもたらしたイデオロギーであり、その代表的イデオローグがミシュレやユゴーといった人々だったのである。

革命のイデオロギーとしての共和主義は、ミシュレの言う革命という「新しい宗教」への信仰ともいえるものである。それは多分フランスの十九世紀全体を何らかの形でおおっているし、二十世紀末の今日まで脈々と生き続けているようにも思われる。フランス大統領は誰であれ国民に向けての演説を終えるとき、「フランス万歳、共和国万歳」と唱えることをつねとしているのだから。

われわれ日本人は、そこから共和制への彼らの想いが、先に引いた辞書による定義に収まりきるようなものでないことを感じる。むしろ本書『学生よ』全体を通して、われわれは共和制への彼らの想いを、それはまた革命の理想への共感と同じことだが、まざまざと学びとることができるのではないだろうか。ミシュレは新しい共和制の再来を、再建を、学生達に呼びかけていたともみなせる。それゆえここまでピコンの解説を手がかりに見てきたすべてが、共和主義的精神のあり方とその方向性を示すものとも考えられるのである。つまりミシュレの思想からすれば、そしてそれは即フランス革命のメッセージとも言えようが、人類が目差すべきなのは、全地球的規模での共和制の実現に他ならない、ということになろう。

ミシュレの内にある理想としての共和制は、特権的な一部の手から、万人の手に主権を移し、万人の価値を等しく認め、すべての人がかつての王のように誇り高く貴い存在として生きられるようにする社会ということである。すべての人に奪われることない貴さがあるという基本的人権の意識も、そのような社会では自明のこととなろう。真に共和制的社会はその意味で、社会的人間関係が十全に開花した社会である。ここに先に見た孤独云々の問題とも結びあうものが出てくる。

二十世紀末の現代、われわれの生きている世界では、マルクス主義のもたらした革命がすべてではないにせよ主要部分において挫折し、革命という言葉自体がすっかり色あせてしまったように見える。人類は、革命すべき何ものをももはや持たず、現状が最良であり、これ以上のものはもうないのだといった、真に満ち足りた状況にあるのだろうか。様々な形での排除や差別や不寛容が地上からなくならない限り、そんなことは断じてあるまい。五月革命の若者たちがなしたように、矛盾を含んだ状況に対し、否と、異議申し立てする必要もあるだろう。だが否定は大いなる肯定があって、初めて真に力を持ちうる。ミシュレの基本姿勢は、五月の若者たちにも通じる異議申し立てをしつつ、常にまい戻るべき普遍の原理を信じたことにあった。その原理とはフランス革命の原理、自由と平等と友愛であり、その日常的具体的あらわれとしてのソーシャビリテである。そしてそれらに基づく社会体制としての共和制の理想である。そうしたものの全人類的、全地球的スケールでの実現を目差して、学生たちに、まず自らの生きる社会にあって、自己犠牲を払いつつ、真に友愛にみちた新しい状況を作り出すよう一段の努力を求めたのが、本書であった。本書をひもとくとき、われわれはフランス革命によって始まった革命の原理が、現代でもまだ、ほんの一部でしか実現されていないことに気づかされる。革命はこれからもなされ続けねばならないだろう。しかしそれはマルクス主義的な革命ではなく、「心の革命、道徳的かつ宗教的な変革」、「人間の奥底に行き、魂に働きかけ、意志に到達」する、友愛の革命とならねばならないだろう。

すべては意志から、意欲から、情熱から始まるほかはない。本書を読むとき、すでに五十歳になろうとしていたミシュレの、あまりにも若々しい情熱に心打たれるのは訳者一人ではあるまい。この情熱は、ミシュレ個人のものというより、フランス革命の息吹きと夢が生み出した人類の青春の一つ、ロマン主義時代に共通する特徴だったかもしれない。「語るのは人間ではありません。時代が叫んでいるのです」（第十回講義）。本書は二月革命ただ中のヨーロッパの危機的状況（二月革命もまた時を移さずヨーロッパ各地に波及したのだから）を、今日に伝える最良の証言の一つであろうし、これがマルクスの『共産党宣言』と同じ年になるものだという点にも、何か意味深いものを訳者は感じている。

最後に、一八四七年から四八年にかけてのコレージュ・ド・フランスでのミシュレの講義が、どのような経緯を経てなされたかについて触れておきたい。講義にそれぞれの日付が付いているが、実際に行なわれたのは第三回目までであり、その内容が時の政府から見て余りに煽動的で危険と思われたため、講義中止命令が出されてしまう。それゆえ第四回目から十回目までの講義は実際には行なわれておらず、付けられた日付は、行なわれる予定だった日付でしかない。ミシュレは第一回目の講義から講義録を分冊として、毎回印刷配布していたので、中止命令後の講義に関しても同様に逐次印刷配布することで、自らの訴えを学生達に届けようとした。そして七月王政顚覆後に行なわれた「講義の結び」および「全学生へのメッセージ」も同様に配布された。

それゆえ第三回目までの講義には拍手喝采といった注記が入っているし、実際に教室で講義しなかった分は、直接原稿として書かれているので所々に原注が入っていたりする。また四回目以降の原文は文章語となっているが、本来この原稿をもとに肉声で行なわれるべきものであったのだから、本書ではすべて口語体として訳出しておいた。また各講義には回数だけが記されていて、それぞれの回のテーマについての表題はないが、内容が分かりやすくなるよう本訳書では適当と思われるタイトルをそれぞれに付した。また各講義内部での小見出しも、読者の便になろうかと思い訳者が入れたもので、ミシュレ自身のものではない。もともと『学生よ』という本書のタイトル自体ミシュレのものではないことは先に述べたが、本書の内容をさらによく伝えられるようにと、これは編集部の意向もあって、「一八四八年革命前夜の講義録」というサブ・タイトルを付すことにした。読者の皆さんには以上のような点をお含みのうえ、ミシュレの熱い思いに、その肉声そのものを聴くような気持で、もしも触れていただけるとしたら、訳者としてはこの上もない幸せである。

末尾ではあるが藤原書店社長藤原良雄氏との何回もの熱い語らいの中で、本訳書の企画が熟成していったこと、そして同編集部山本規雄氏には校正その他細々とした仕上げ作業で大変御苦労いただいたことを記して、感謝の意を表したい。

一九九五年三月

著者紹介

ジュール・ミシュレ（Jules Michelet, 1798-1874）

貧しい印刷業者の一人息子としてパリで誕生。独学で教授資格（文学）を取得，1827年エコール・ノルマルの教師（哲学と歴史)。『世界史序説』『ローマ史』執筆に続き，『フランス史』に着手（中世6巻，1833-44。近代11巻，1855-67)。1838年コレージュ・ド・フランス教授。カトリック教会を批判し『イエズス会』『司祭，女性，家族』を発表。『フランス革命史』（1847-53）執筆の傍ら，二月革命（1848）で共和政を支持し，ルイ・ナポレオンによって地位剥奪。各地を転々としながら『フランス史』（近代）執筆を再開。自然史（『鳥』『虫』『海』『山』）や『愛』『女』『人類の聖書』にも取り組む。普仏戦争（1870）に抗議し『ヨーロッパを前にしたフランス』を発表，パリ・コミューンの蜂起（1871）に触発され『19世紀史』に取りかかるが心臓発作に倒れる。

訳者紹介

大野一道（おおの・かずみち）

1941年東京都生まれ。1967年東京大学大学院修士課程修了。中央大学名誉教授。専攻は近代フランス文学。著書に『ミシュレ伝』『「民衆」の発見――ミシュレからペギーへ』，訳書にミシュレ『女』『世界史入門』『学生よ』『山』『人類の聖書』，共編訳書にミシュレ『フランス史』全6巻（以上，藤原書店）他。

学生《がくせい》よ ――1848年革命前夜《ねんかくめいぜんや》の講義録《こうぎろく》〈新版〉

1995年　5月25日　初版第1刷発行
2014年10月20日　新版第1刷発行 ©

訳　者　大野一道
発行者　藤原良雄
発行所　株式会社 藤原書店

〒162-0041　東京都新宿区早稲田鶴巻町523
電　話　03（5272）0301
FAX　03（5272）0450
振　替　00160-4-17013
info@fujiwara-shoten.co.jp

印刷・製本　慶昌堂印刷

Printed in Japan
ISBN978-4-89434-992-6